陷阱

DIE FALLE

梅蘭妮·拉貝 Melanie Raabe 著

趙丕慧 譯

你絕對抗拒不了。

——《Elle》雜誌

這本書什麼都有：複雜的人物，侷限住行動的強烈地方感，迂迴迷人的情節。

——《環球郵報》

吉莉安・弗琳和珀拉・霍金斯的書迷一定會喜歡這本節奏明快、峰迴路轉的小說。

——美國《書單》雜誌

極具巧思，令人費解的驚悚小說。

——《女人與家》雜誌

寫得眞好……情節充滿了出人意表的轉折……可能就是因爲這樣的混雜，讓《陷阱》製造出的大漩渦就跟它的魅力一樣大。

——德國《世界日報》

愛、張力、深度，以及一縷史蒂芬・金的風格——全都在這本精采的小說裡。

——德國《布莉姬》女性雜誌

寫得漂亮又精采的心理驚悚小說……就國際的標準來看，也是一本精心打造的處女作，趣味盎然。

——西德廣播公司

梅蘭妮・拉貝的小說對大衛・芬奇執導的犯罪故事《控制》提出了德國人的回答。

——德國《阿萊格拉》女性雜誌

一本引人入勝的心理驚悚小說。

——德國《圖片報》

我一翻開書就入迷了……拉貝讓你從頭至尾不停質問何者是真何者是假，同時步步營造出緊張的氣氛。

——Debbie Howells，《The Bones of You》作者

愛看驚悚小說的人絕不能錯過。

——《Essentials》月刊

精采的處女作！

——3Sat Kulturzeit/Krimibuchtipps

一本令人驚豔的懸疑小說。

——《Für Sie》雙週刊

一

我不是塵世中人，至少他們是這麼說的。好像只有一個塵世似的。

我就站在從未使用過的空洞、寬闊的餐廳裡，從大窗戶向外望。餐廳在一樓，可以將屋後的草原盡收眼底，還有樹林的邊緣，有時能看見鹿或狐狸。

現在是秋天，我佇立眺望，感覺像在照鏡子。色彩由淡轉濃，層層敷設；秋風吹得樹木搖曳，吹彎了一些枝椏，也吹斷了幾根樹枝。今天是很美、很濃豔的一天。大自然似乎也覺察到有什麼事即將落幕，因此凝聚起全身之力，要做最後一次的激湧。不久之後，我窗外的景致就會了無生氣。日光會變爲濕濕的灰色，然後是易脆的白。來看我的人——我的幫手、我的出版商、我的經紀人（也是僅有的一個）——會抱怨濕氣太重，溫度太低。抱怨他們必須用麻木的手指刮擋風玻璃之後才能出發，抱怨他們早晨離家時天色仍暗，晚上回家時仍得摸黑。這些事都與我無關。在我的塵世裡，無論冬夏，都是攝式二十三點二度。在我的塵世裡，只有永晝，沒有黑夜。在這裡，無雨，無雪，無凍僵的手指。在我的塵世裡，唯有一個季節，而我至今仍無以名之。

這棟別墅就是我的塵世。有著敞開式火爐的客廳是我的亞洲，圖書室是我的歐洲，廚房是我的非洲。北美洲在我的書房，我的臥室是南美洲，澳洲及大洋洲在外面的露台上，雖僅數步之遙，卻遙不可及。

我有十一年沒有走出屋外了。

你可以在所有的報章上讀到原因，儘管某些過於誇大。我病了，沒錯。我沒法離開屋子，正確。可是我並不是被迫生活在一片魆黑之中，我也沒有睡在氧氣帳裡。我的生活差強人意，事事井然有序。時間是一道潮流，強大卻溫和，讓我能逐波而浮。只有布克維斯基偶爾會引入混亂，牠到草原上嬉鬧後，爪子會帶進泥土，毛皮會帶進雨水。我極愛以手去撫摸牠蓬鬆的粗毛，去感覺濕氣附著我的皮膚。我極愛布克維斯基在地磚及鑲花木地板上留下戶外的粗獷痕跡。在我的塵世裡，沒有泥巴，沒有樹木，沒有草原，沒有兔子，沒有陽光。啁啾鳥鳴來自錄音帶，陽光來自地下室的日光治療室。我的塵世並不遼闊，卻安全。至少，我是這麼想的。

二

地動山搖發生在週二，事前並沒有微震——至少沒有能驚動我的徵兆。

地動山搖時我在義大利。我經常旅行。我發現造訪那些我熟悉的國家最是輕鬆自在，況且從前我常去義大利，我不時會舊地重遊。

義大利是個美麗又危險的國家，因爲它讓我想起我的妹妹。

安娜，還沒去過義大利就深深愛上它；安娜，買了義大利語錄音帶，天天聽，時時聽，把錄音帶都聽壞了。安娜，辛辛苦苦存錢買了台偉士牌機車，在我們的家鄉小鎮上馳騁，彷彿在羅馬的窄巷中狂飆。

義大利讓我想起妹妹以及昔日舊事，在黑暗來襲之前。我一直想把安娜從腦海中驅逐，可是她黏得牢牢的，像舊時的黏蠅紙。其他黑暗的想法也會落在這張紙上，無法阻止。

所以管他的，就去義大利。整整一週，我躲進樓上從未使用過的三間客房，命名爲義大利。我放上義大利音樂，看義大利電影，沉溺在描述義大利文化風情的紀錄片中，翻閱大本精裝書，叫外賣送來義大利的珍饈美食，還有葡萄酒。喔，葡萄酒，幾乎讓我的義大利名副其實。

而此刻，我就走在羅馬的巷道中，尋找一家特殊的餐廳。羅馬城悶熱潮濕，我也筋疲力竭——因爲要抵禦一波波的觀光客，因爲要拒斥街頭小販，因爲要掬飲四周的美。色彩令我目眩。灰濛濛的天空低低地籠罩著這座「永恆之城」，但底下的台伯河卻流淌著暗淡的綠色。

我一定是睡著了，因爲醒來時，敘述古羅馬的影片結束了。我醒來時茫然不知所以，想不起是否作了夢，花了一番工夫才回到現實。

近來我鮮少作夢。我從滾滾紅塵隱退的頭幾年，作的夢是前所未有的鮮活，彷彿我的頭腦想要補償日間接收不到的新刺激，它爲我創造了最多彩多姿的歷險——熱帶雨林裡會說話的動物；豔麗的彩色玻璃打造的城市，居民個個有魔法。可是，儘管我的夢開頭總是明亮愉快，遲早都會變暗，像是一張吸墨紙，紙上的黑墨會逐漸擴散。雨林中的樹葉會枯落，動物不再說話。玻璃變得極銳利，會割傷手指；天空也變成黑莓色。而且他會出現——那頭怪獸。有時只是隱隱一股脅迫感，言語無法形容；有時是條朦朧的形影，隱伏著，幾乎看不見。偶爾他會追逐我，我會奔逃，盡量不回頭看，因爲我受不了看見他的臉，即便是在夢裡。只要我凝目看著那頭怪獸，我都會死——死了，然後清醒，每一次，都大口喘氣，像溺水的女人。而在那頭幾年，夢仍不放過我，我很難驅離那些在夜晚湧現，並且像烏鴉停棲在我床上不走的思緒。我束手無策；無論回憶有多痛苦，在那些時刻，我都無法不去想她，不去想我的妹妹。

今夜無夢，也無怪獸，可是我仍不自在。我的腦袋裡縈繞著一句話，卻模糊不清。還有人聲。我眨眨眼，眼皮膠著。我注意到我的右臂睡死了，我按摩右臂，想讓它恢復生氣。電視仍開著，聲音就是從那兒來的——聲音不知怎地鑽入了我的夢，喚醒了我。

是男人的聲音，一板一眼，不卑不亢，這些播映我極喜愛的紀錄片的新聞頻道都是這類的聲音。我把身體抬起來，摸索著遙控器，卻找不到。我的床很大，我的床是海洋，一堆枕頭和鴨絨被，波浪似的大本精裝書，以及一整支的遙控器艦隊：電視的，電視接收機的，光碟播放機的，兩部格式不同、客製藍光播放機的，音響的，舊影帶錄影機的。我挫折地吐息，電視的聲音說著我不想知道的中東諸事——此時不想聽，今天不想聽。我在度假，我在義大利，我一直很期待這次的旅行！

來不及了。電視上的人聲仍播報著真實世界的事實——許許多多的戰爭、災禍、暴行，我本希望耳根能清靜幾天的——都爭先恐後地往我的腦袋裡鑽，幾秒之內就逐走了我的明朗心情。義大利氛圍消失了，旅行夭折了。明天早晨我會回到我真正的臥室，把義大利徹底清除。我揉揉眼，光亮的螢幕害我的眼睛痠澀。主播報導完了中東，正在報導國內新聞。我認命地看著他，疲累的眼睛水汪汪的。男主播的滔滔不絕結束了，換上了柏林的現場報導。一名記者在說什麼總理最近的一次出訪，他後面的德國國會大廈高聳入雲，宏偉莊嚴。

我的眼睛調整焦距，心中一驚，眼睛一眨，不敢相信。可是我看見他了！就在我的面前！

我搖頭，茫然不知所措。不可能。我不敢相信我的眼睛。我再眨一次眼，眨得很急，彷彿能藉此擺脫這個影像，可是毫無差別。我的心一顫。腦袋裡想：不可能。可是我的五官知道是眞的。天啊。

我的世界在震動。我不了解四周發生了何事，可是我的床開始抖動，書架也搖晃，隨即摔到地上。照片落地，玻璃碎裂，天花板出現裂縫——起初細如髮絲，接著粗如手指。四壁崩塌，聲音無法形容，卻又是寂靜無聲——徹底的寂靜無聲。

我的世界變成了廢墟。我坐在床上，瞪著電視，四周盡是殘骸。我是個開口的膿瘡，我是腐肉的臭味。我的腦袋裡掠過一道閃電，明亮炫目，燒痛了我。我的視線變紅，我緊揪著心口，我頭暈，我的意識忽明忽滅。我知道是怎麼回事，這種猛烈、赤紅的感覺：我的恐慌症要發作了，我換氣過度，隨時會昏倒，我希望我會昏倒。這個影像——這張臉——我受不了。我想要移開視線，卻辦不到；我彷彿化爲石塊。我不想再看，可是我不得不看。我受不了；我的眼睛盯著電視。我無法別開臉——我做不到；我的眼睛瞪得銅鈴大，而且我就瞪著它，瞪著夢中的怪獸。我拚命想要清醒，想要死，同時清醒，就如同我在夢中近距離看見怪獸的時候一樣。

可是我早已醒著。

三

隔天早晨，我從瓦礫堆下爬出來，把自己一塊一塊拼接回去。

我叫琳達·康拉德茲，是個作家。每年我都規定自己要寫一本小說。小說很暢銷，我的生活富裕，也就是說，我有很多錢。

我三十八歲，我生了病。媒體臆測我罹患了神祕的疾病，不良於行。我有十年多沒邁出家門。

我有家庭。應該說是我的父母仍健在，我有很長一段時間沒見過他們了。他們不來看我，我沒法去看他們。我們也不常通電話。

有一件事是我不願去想的，可卻也是我沒法不去想的。事關我的妹妹。事情發生在多年之前。我愛我的妹妹，她叫安娜。我妹妹死了。她比我小三歲。我妹妹十二年前死的。妹妹不是就那麼死了，妹妹是被謀殺的。十二年前我妹妹被殺害了，而我發現了她。我看著兇手逃走，看見了兇手的臉。兇手是個男人。兇手把臉轉過來對著我，然後就逃走了。我不知道他爲什麼要逃，我不知道他爲什麼不攻擊我，我只知道妹妹死了，而我活著。

我的治療師說我是嚴重受創。

這就是我的人生，這就是我。我眞的不願去想。

我把兩腳踩在地上，下了床，至少我是這個意思，但其實我連一吋都沒有挪動。我在納悶自己是不是癱瘓了。我的手腿都無力，我再試一次，可是大腦的指令似乎虛弱得無法傳遞到四肢。也許躺一會兒沒有什麼要緊。雖說是早晨，但除了一棟空洞的房屋，也沒有什麼大事等待我去做。我放棄了掙扎。身體異常沉重。我躺在床上，但沒睡回籠覺。等我再看著床頭木桌上的時鐘，已是六個小時過去了。我嚇了一跳，不妙。時間過得越快，夜晚來得就越早，而我害怕黑夜，儘管家裡亮著燈。

再嘗試幾次後，我拖著身體進了浴室，再下去一樓——簡直像長征到世界的盡頭。布克維斯基朝我衝過來，搖著尾巴。我餵了牠，幫牠的碗裝水，放牠出去跑一跑。透過玻璃窗看著牠，我想到看著牠奔跑嬉戲通常都會讓我開心，可是今天毫無感覺；我只想要牠快快回來，好讓我再上床躺下。我吹口哨叫牠。牠在樹林的邊緣，只是一個躍動的小小斑點。如果牠不肯自己跑回來，我也無計可施，但牠總是會回來——回到我身邊，回到我小小的塵世裡。即使是今天。牠撲向我，懇求我跟牠玩，可是我沒辦法。牠放棄了，很失望。

對不起，夥伴。

牠到廚房裡最愛的地方趴下，難過地看著我。我轉身，回到臥室，直接上床，覺得既虛浮又脆弱。

在黑暗之前——在我退隱之前——我在眞實世界中仍生龍活虎，我只有在感染嚴重的流感時才會像這樣。可是我不是因流感而病倒，是因憂鬱而病倒，每當想起安娜以及當時發生的點點滴滴，我都會這樣。我通常都極謹愼地把這些事情阻擋在腦海之外，設法讓我的人生不起波瀾，就這麼過了很長的一段時間，壓抑住所有與妹妹有關的想法。可是現在它回來了。而無論時間過去了多久，傷口都沒有癒合。時間只是個江湖郎中。

我知道該在還來得及時做點什麼，以免我被完全吞沒在憂鬱的大漩渦裡，被吸入全然的漆黑中。我知道我應該和醫生談一談，或許請他幫我開個什麼藥，可是我無法面對它。可是還得費那個力氣，感覺太不值得。而到頭來，無所謂。反正我只是變得消沉，我可以一輩子躺在床上。反正有什麼差別？既然我沒辦法走出家門，又何必費事走出臥室，或是下床？或是離開我此時此刻躺著的地方？白晝會過去，夜晚會取而代之。

我突然想到可以打電話，或許就打給諾伯特。他會來。他非但是我的出版商，也是我的朋友。如果能移動臉部肌肉，我會在想到諾伯特時露出微笑。

我想著上次的見面。我們坐在廚房裡，我做了番茄肉醬義大利麵；諾伯特說著他到南法的假期，說出版社裡的大小瑣事，說他太太最近的煩惱。諾伯特是個大好人——嗓門大，風趣，滿肚子的故事。他有全世界最悅耳的笑聲；精確一點來說，是他和我這兩個世界裡最悅耳的笑聲。

諾伯特稱我是他的嗜極生物。他第一次這麼叫我，我還得上網查資料，查到後驚訝不已，他說得還眞對。嗜極生物是一種有機體，適應了極端的生活環境，能夠在對生存有害的棲地存活下來，例如高溫或冰凍、黑暗、輻射的環境，強酸中，或是徹底的孤絕中——這必定是諾伯特的原意。嗜極生物，我喜歡這個詞，我也喜歡他這麼叫我，聽來像是這一切都是我自己自願的，彷彿我自己喜歡這種特立獨行的生活，彷彿我有選擇。

此時此刻，我唯一的選擇是向右或向左側躺，是平躺或趴睡。幾小時過去了。我費了極大的力氣不去東想西想。不知何時，我下了床，走向四壁長長的書架，拿了幾本書，拋到床上，再播放我最愛的比莉・哈樂黛唱片，再溜回鴨絨被下。我聽著音樂，翻著書頁，閱讀到眼睛痠澀，渾身也因音樂的洗禮而軟綿綿的，像洗過了熱水澡。我不想再看書了，我想看電影，可是我不敢打開電視。我就是不敢。

我聽見了腳步聲，嚇了一跳。比莉的歌聲不再。我必定是在某個時刻以我的遙控器關掉了她哀傷的聲音。誰來了？現在可是半夜三更。狗爲什麼不叫？我想把自己弄下床，抓個東西來自衛，或是躲起來，或是做點什麼，可是我只是躺在床上，呼吸淺促，瞪大雙眼。有人敲門，我沒吭聲。

「哈囉！」有人大喊。我不認得的聲音。

又一次。「哈囉！有人在家嗎？」

門開了。我悶哼了一聲——這是我無力的尖叫。是莎樂特，我的幫手。我當然認得她的聲音，是我的恐懼扭曲了她的聲音，變得陌生。莎樂特每週會來兩次，幫我購物、寄信，照料一切該照料的事。是我付錢與紅塵的聯繫。

這時她立在門口，猶豫不決。「妳還好嗎？」

我的思緒重新歸位。既然莎樂特來了，那就不可能是夜晚。我一定是在床上躺了相當長的時間了。

「對不起，貿然闖進來，可是我按了電鈴，妳沒回應，我不放心，就自己進來了。」

電鈴？我記得有一聲鈴聲鑽進了我的夢裡。這麼多年了，我又作夢了！

「我覺得有點不舒服。」我說。「我睡得很熟，沒聽見電鈴響，對不起。」

我很慚愧，連坐起來都沒辦法。莎樂特似乎很擔心，雖然她不是個容易大驚小怪的人。這也是我會雇用她的原因。莎樂特比我年輕，可能年近三十。她身兼一堆工作——在幾家咖啡館當服務生，在鎮上的電影院賣票，諸如此類的。而每週她會來我這裡兩次。我喜歡莎樂特，喜歡她染成藍黑色的短髮，喜歡她結實的體格，喜歡她俗豔的刺青，喜歡她粗俗的幽默，喜歡她說她的小兒子，她都叫他「不要臉的小魔鬼」。

既然莎樂特看起來很緊張，那我一定是一副鬼樣。

「妳需要什麼嗎？要我跑趟藥局還是哪裡嗎？」

「不用了，謝謝，家裡什麼都有。」我說。

我的聲音怪怪的，像機器人。我自己聽得出來，可是我無力改善。

「今天沒有事讓妳做，莎樂特。我應該早點通知妳的，對不起。」

「沒關係。採買的東西都在冰箱裡了。要不要在我走之前帶狗出去？」

天啊，狗狗。我究竟是在床上躺了多久？

「那就麻煩妳了。」我說。「順便也餵牠一下好嗎？」

「沒問題。」

我把鴨絨被拉上來蓋住了鼻子，表示對話結束。

莎樂特在門口又徘徊了一會兒，應該是不放心丟下我一個人，然後她做了決定，轉身走了。我聽見她在廚房餵布克維斯基。我通常很喜歡屋子裡有聲響，但今天只覺空落落的。我讓枕頭和鴨絨被和黑暗包圍住我，可是我睡不著。

四

我躺在黑暗中，想著我的人生中最黑暗的日子。記得在妹妹下葬的那天，我哭不出來——當下沒辦法。我的頭腦和身體只充滿了一個想法。**為什麼**？所有的空間只容納得下一個問題：**為什麼死的會是她**？

我總覺得我父母也在問我相同的問題——我的父母，其他弔喪的人，安娜的朋友、同事，幾乎是每一個人——因爲，畢竟我也在，我必定看見了什麼。究竟是發生了什麼事？爲什麼死的會是安娜？

我記得弔喪的人哭泣，拋擲鮮花在棺木上，互相依偎，擦淚擤鼻。一切對我都好不眞實，整個都是扭曲的——聲響，顏色，甚至是情感。牧師的聲音拖沓得奇怪。人人都是慢動作。玫瑰和百合——都是單一顏色。

喔，對了，花！想到花讓我瞬間落回現實。我在床上坐了起來。我忘了叫莎樂特澆暖房裡的花，而她現在已經走了。莎樂特知道我有多愛我的花，她知道我通常都會親力親爲，所以她不太可能會澆花。沒有別的法子了，只能我自己去。

我下了床，一面呻吟。赤腳踩著涼涼的地板，我硬逼著自己一腳前一腳後，沿著走廊走向樓梯，下去一樓，穿過大客廳與餐廳。我打開暖房，進入了叢林。

我的屋子裡盡是空落落的地方和死氣沉沉的物件——布克維斯基是例外。但是在暖房這裡，綠意盎然，由生命所統領。棕櫚、蕨類、西番蓮、天堂鳥、火鶴花，以及最重要的蘭花。我愛極了異國花卉。

我把暖房視作我個人的小溫室，蒸騰的熱氣幾乎立刻就讓我的額頭出汗，而我當作睡衣的寬鬆長T恤也黏著我的身體。我愛這片翠綠的叢林。我不要秩序井然，我要的是混亂，是生命。我要細枝樹葉拂過我，恍如置身森林中。我要聞到花香，我要在花香中醺然如醉。我要吸收所有的色彩。

我環顧四周。我知道看見我的植物應該能給我喜悅，但今天卻毫無感覺。我的暖房光線明亮，外頭卻是黑夜。冷漠的星斗透過玻璃屋頂眨呀眨。我像換上了自動導航系統，執行著平時能給予我無限滿足的工作。我澆花，以手指觸摸土壤，感覺是否乾燥鬆塌、需要澆水，或是會沾黏在手指上。

我穿枝拂葉，走到暖房後頭，這裡有我的私藏蘭園。恣放的蘭花擠在架上，或是吊掛在天花板上。我的最愛在這裡——我的最愛，也是我的問題兒童。那是一株小蘭花，與妍麗茂盛的其他姐妹株相比，它貌不驚人，幾乎可說是醜陋，僅有兩、三片暗淡的深綠色葉片和乾乾的、灰色的根，算不上有莖梗，沒有花朵，很長一段時間不開花了。只有這一棵不是我特地爲暖房採購的，它是我在許久許久以前從我的往昔、從眞正的塵世帶來的。我知道它不會開花，但我就是捨不得丟棄。我給它一點水，接著我轉而注意一株特別美麗的白色蘭花。我用手滑過葉片，感覺天鵝絨似的花瓣。花苞摸起來強韌，綻放著生命，無須多久就會有鮮花怒放。我想著剪下幾枝含苞的莖梗，拿回屋中插瓶，那會多美；但這念頭一浮現，我就又想到了安娜。即使是在暖房裡，我也無法把她從腦海中驅逐。

小時候，安娜不像我一樣，也不像其他的孩子一樣愛摘花。她覺得把美麗的花朵拔下來很殘忍。如今回想起來，我的唇邊忍不住露出微笑。安娜的怪癖。我相當清楚地看見妹妹站在我的眼前——金髮，矢車菊藍眼眸，小巧的鼻子，大大的嘴巴，淡色眉毛，只要一生氣眉心就會出現深紋，左頰上的痣正好點出一個三角形。角度對的話，夏日的陽光會照出她臉上的細細的金毛。我能清楚地看見她，也能聽見她的聲音，銀鈴般清脆，還有她放肆、男孩般的大笑，與她陰柔的天性是那麼鮮明的對比。我看見她在我的眼前，哈哈大笑，我的肚子像是挨了一拳。

我回想起和治療師的第一堂諮商，就在安娜死後不久。警方毫無頭緒，以我的口述組合出的嫌犯圖像也毫無用處。就連我自己都覺得不像是我看見的凶手。可是，無論多麼努力，我就是只能做到這樣。我記得我跟治療師說我必須知道爲什麼會發生這種事——說這種懸而不決對我是種折磨。我記得她跟我說這樣子很正常，對親屬而言，最壞的地方就是不知道。她推薦了一個自助團體給我。自助團體——簡直是笑話。我記得我說只要能找出原因來，我願意付出一切代價。這是我欠妹妹的，我至少得爲她做這件事。

爲什麼？爲什麼？爲什麼？

「妳對這個問題太過執念了，康拉德茲小姐。這樣不好，妳得放下，妳還有自己的人生。」

我努力擺脫安娜的影像以及與她有關的一切想法。我不要去想她，因爲我知道會陷入死胡同。當年，我幾乎發瘋，知道安娜死了，知道凶手仍逍遙法外。

一籌莫展是最可怕的部分。最好是壓根就不去想，讓自己分心，忘掉安娜。

我現在也盡量這麼做，可是這一次卻行不通。爲什麼？

接著新聞主播的臉孔在我的心裡掠過，我的腦袋像打開了什麼開關，忽然明白幾個小時以來我都處於震驚之中。

我終於弄清楚了。電視上的那個人，害我如此消沉的那個人，是眞的。

不是惡夢，是現實。

我看到了殺害我妹妹的凶手。雖然十二年過去了，我卻記得每一個小細節，其中的意義讓我不想明白都不行。

我手上的澆水器掉了，鏘一聲落在地上，水潑灑在我的光腳上。我一轉身，離開了暖房，一路絆到腳趾，但我不理會腳上的傷，匆匆前進。

我迅速地穿過一樓，往樓上跑，在走廊上疾行，進了臥室，喘不過氣來。我的筆電在床上，隱隱透著威嚇。我遲疑了一下，隨即坐在床上，把筆電拉過來，手指顫抖。我害怕打開電腦，好像有人可能會透過螢幕監視我。

我打開了Google，輸入了我看見那個人的新聞頻道。我很緊張，老敲錯鍵，第三次才敲對。我叫出了網頁，進入「記者」欄。我就快認爲整件事純粹是出於我的想像了——就快認爲那個人並不存在，是我夢見的。

但是，我找到了他，只不過按了幾下滑鼠。那頭怪獸。我本能地伸出左手擋住他的照片。我無法直視他——還不行。牆壁又開始搖晃，我的心跳狂飆。我專注地呼吸，閉著眼睛。平靜淡定，就是這樣。我再度睜開眼睛，讀他的姓名，他的簡介。我發現他得過獎，已成家，功成名就，人生美滿。我心裡有根弦綳斷了，我感覺到了多年來不曾有過的感覺，滾燙熾熱。我緩緩拿開了遮著螢幕的手。

我看著他。

我直視那個殺害我妹妹的男人的臉孔。

憤怒堵住了我的喉頭，我只能想到一件事：**我一定會逮住你**。

我砰地合上筆電，推開，站了起來。

我的心思電轉，心跳如雷。

最不可置信的一點是，他就近在咫尺！隨便哪個正常人都能輕易查出他的下落，但我困在自己的房子裡。而警方——警方當年就是不相信我。不是眞的信。

如果我想跟他說話——如果我想跟他對質，想叫他自清——那麼我得讓他自己過來。我要如何誘惑他來這裡呢？

我的心中又掠過了與治療師的談話。

「可是爲什麼？爲什麼死的偏偏是安娜？」

「妳或許永遠也找不到答案，妳必須接受這種可能，琳達。」

「我沒辦法接受，永遠也沒辦法。」

「妳遲早會懂的。」

永遠不會。

我思索再三，情緒激盪。他是記者，而我是知名作家，出了名的隱士，多年來各大雜誌和電視台爭相要訪問我，尤其是新書上市期間。

我記得我的治療師說：「妳只是在折磨自己，琳達。」

「我沒辦法不去想。」

「如果妳需要理由，就編一個，或是寫本書。把它從心裡沖刷掉，然後妳一定得放下，過妳自己的人生。」

我的寒毛根根倒豎。沒錯，就是這樣！

我的全身都起了雞皮疙瘩。

答案明擺在眼前。

我會寫一本新書。以過去發生的事爲基底，寫一本犯罪小說。設下誘餌來釣凶手，同時也是爲我自己準備良藥。

我的身體擺脫了沉重之感。我離開臥室，四肢又乖乖聽話了。我進入浴室，沖了個澡，擦乾身體，換上衣服，走進書房，打開電腦，開始寫作。

摘自琳達．康拉德茲之《血親姐妹》

1 喬納斯

他使盡．全力毆打她，女人跌撞在地上。她掙扎著爬起來，身子尚未挺直，就急著逃跑，卻已來不及。男人的動作快多了。他又把她打倒在地，膝蓋壓住了她的背，揪住她的長髮，使出蠻力抓著她的頭去撞地，一次又一次。女人的尖叫聲變成嗚咽，隨即不再出聲。男人放開手。幾分鐘前，他的五官還被盲目的痛恨扭曲，此時卻一臉的懷疑。他皺著眉，打量著沾滿血腥的雙手，而在他背後一輪圓月升起，浩瀚銀亮。精靈們嬉笑，匆匆跑到躺在地上彷彿死亡的女人身前，纖長的手指沾了她的血，抹在他們雪白的臉上，有如戰彩。

喬納斯嘆口氣。他有好久沒到劇場了，這次當然也絕不是他的主意。是蜜亞又想看舞台劇了，換換口味，不要每次都是看電影。她的一位女性朋友推薦新編的《仲夏夜之夢》，蜜亞立刻就買了票。喬納斯很期待這一夜，不過他原以爲會是一齣輕鬆的喜劇，結果他看見的卻是魔魘似的妖精，撒旦似的精靈，以及在黑暗的樹林中大卸彼此四肢的情侶——個個肢體動作激烈，還噴灑了過量的假血。他斜睨了太太一眼，她正看得兩眼發光。其他的觀眾也著了魔一般。喬納斯覺得格格不入，他顯然是劇場中唯一不覺得舞台上的暴力演出有何可取之處的人。

也許是他曾經也像他們。也許是他曾覺得恐怖與暴力令人迷醉又饒富興味。他記不清了，約莫是太久以前的事了。

他的思緒飄向了他正在忙的案子。蜜亞若是知道他坐在黑暗的劇場中想著工作，必定會輕賞他的肋骨一記肘捶——但事實就是事實。他想著犯罪現場，在心中搜揀過幾百片不同的拼圖，都是由他以及同事費盡了千辛萬苦蒐集來的，而這些拼圖最終會讓被害人的丈夫快速落網……

劇場忽地一片漆黑，喬納斯愣了愣，緊接著燈光四起，場內掌聲如雷。

他四周的觀眾起立喝彩，彷彿是有什麼默契，唯有他一個人給蒙在鼓裡。喬納斯．韋伯警司覺得他是地球上最孤獨的人。

他在暗黑的街道上驅車回家，蜜亞一言不發。她在排隊領取大衣以及走路到停車場時就消泯了對表演的激動，此刻她聽著收音機的音樂，臉上掛著愉悅的微笑，笑容卻不是因他而生。

喬納斯打開方向燈，駛上車道。車燈照耀下，他們的屋子像粗糲的黑白照片。他關掉引擎，拉上手煞車，手機也在這時震動。

他接了電話，以爲蜜亞會有什麼反應，嘟囔一聲或嘆氣，或至少翻白眼，但是都沒有。她搽著櫻桃紅唇膏的嘴唇無聲地道晚安，就下了車。喬納斯看著她走，同時聽著同事的聲音從手機中傳來。他坐在那裡看著太太走遠，漸漸被黑暗吞噬，蜂蜜色的長髮、緊身牛仔褲、深綠色上衣也變得模糊。

過去，他和蜜亞爲了兩人能共處，連一分鐘都不肯放過，而且總是因爲有公事打斷相處的時間而抱歉，但現在他們越來越不在乎了。

喬納斯強迫自己專心聽電話。他的同事報出了一個地址，他鍵入了導航系統，說：「好，我上路了。」

他掛斷電話，長嘆了一聲。他結婚還不滿四年，就已經用「過去」和「現在」來區分了，他自己也很驚訝。

喬納斯移開視線，不再凝視蜜亞關上的門，又發動了汽車。

五

在我的塵世中不存在的東西：樹上墜落的栗子，兒童在秋葉堆中跑進跑出，電車裡衣著光鮮的人們，機緣巧合的偶遇，矮小的女人被巨犬拖行有如在玩水上滑行，流星，學游泳的小鴨，沙堡，後車撞毀前車車尾，各種驚喜，導護媽媽，雲霄飛車，曬傷。

我的塵世是一塊貧乏的調色盤。

看電影是我的消遣，看書是我的興趣，我的眞愛。可是音樂卻是我的避風港。只要我精神昂揚（並不常見），我就會放一張唱片，也許是艾拉．費茲潔拉，也許是莎拉．沃恩，我幾乎會有眾樂樂的感覺。若是反過來，我覺得傷心蕭瑟，那麼比莉．哈樂黛或妮娜．西蒙就會陪我一起受苦，有時甚至會安慰我。

我就站在廚房裡，聽妮娜的歌聲，一邊把咖啡豆放入舊式的磨豆機裡。我喜歡咖啡的味道，那種濃郁的、強烈的、撫慰的香氣。我轉動把手，樂於碾壓。之後，我打開了存放咖啡粉的木頭抽屜，放入濾網。我一個人在家泡咖啡，總是靠手工。裝磨豆機，磨咖啡豆，燒水，看著釀泡的咖啡一滴滴滴入杯子——這是一種儀式。如果你像我一樣過著如此平淡的人生，那麼從小處獲得快樂會是很值得一試的事。

我把濾網清空，對著杯中的咖啡沉吟。我端著咖啡到餐桌後坐下，瀰漫房間的香氣令我平靜。

從廚房窗戶能看見延伸到屋前的車道，靜謐平和，但不會多久了，再一陣子我夢中的怪獸就會步上這條車道。他會按我的門鈴，我會讓他進來。想到這裡，不禁心頭一懍。

我呷了一口咖啡，扮了個鬼臉。我一般喜歡黑咖啡，可是今天覺得太濃了。我打開冰箱，拿出牛奶，這是我為莎樂特及其他客人買的，我倒了不少。著迷地看著小小的牛奶雲在杯中旋轉，收縮擴散，形狀無法預測，如同嬉戲中的兒童。我驀然想到我也讓自己置身於無法計算、無法控制的情況中，就和這些旋轉的牛奶雲一樣。我能把那個人誘到我的屋子裡，沒錯。

然後呢？

牛奶雲不再旋舞，定了下來。我攪拌咖啡，小口啜飲，視線又落在車道上。車道兩側種植栗樹，很快葉子就會轉黃、轉紅、變棕。有史以來第一次，我竟感覺到脅迫，我忽然發覺呼吸困難。

我沒辦法。

我硬生生將視線從車道上拉回來，拿起了智慧型手機，滑了一兩分鐘，找到了能夠讓我隱藏號碼的裝置。我起身，把音樂調小，接著撥了調查安娜凶殺案的警局號碼。我記在心裡，至今不忘。

我聽見對方的鈴聲，心跳開始加速。我盡量讓呼吸穩定。我告訴自己我這麼做是對的，無論如何都該信任警方，把凶殺案交給專家處理。我告訴自己我會把寫到一半的手稿塞進書桌最底層的抽屜，或是索性丟掉，拋到腦後。

鈴聲第二次響——拖沓得令人心慌。

我緊張得有如參加考試。我想到警方是不會相信我的，就像當年他們也並不相信，我不由得躊躇。我正考慮是否要掛上電話，有人接了，是個女人，我立刻就認出了她的聲音。

安德莉亞．布蘭特這些年來仍然在重案組。我不喜歡她，她也不喜歡我。我的決心立刻動搖。

「喂？」布蘭特拖長聲音。我一聲不吭——對話尚未開始，她就不耐煩了。

我打起精神。

「喂，我能不能跟朱利安．舒默警司說話？」我問道。

「他今天休假，請問是哪位找？」

我吞嚥一下，不知是否該跟她說（非得是她不可，不是嗎？）或是乾脆掛斷。

「我是為了一件舊案打來的。」我最後還是說了，彷彿沒聽見她的問題。我無法報上身分，現在還不行。「是十幾年前發生的凶殺案。」我再補充。

「喔？」

我能覺察到女警豎長了耳朵，而我眞恨不得賞自己一巴掌，竟未預想到會有這番對話。在我最需要謹愼行事之時，我舊時的衝動個性又冒了出來。

「如果在凶案發生這麼久之後，」我問道，「新的證據又出現了，妳怎麼看？是從前一個認爲知道凶手是誰的目擊證人？」

安德莉亞．布蘭特只遲疑了一下。「妳就是那個目擊證人嗎？」她問道。

可惡！我應該攤牌嗎？我在天人交戰。

「如果妳想要做筆錄，隨時都可以打電話來。」布蘭特說。

「這種舊案破案的機率有多高？」我問，不理她的話。

我幾乎能聽見她壓下一聲嘆息，不由得納悶她會接到多少通類似的電話，但卻無法提供什麼具體的線索。

「我可能沒辦法提供精準的數字，小姐怎麼稱呼？」

想釣我的名字。我一聲不吭。女警忍耐著彆扭的沉默，過了一會兒，也不再想挖出我的姓名了。

「是這樣子的，要破解這些『舊案』通常是借助 DNA 資料——也就是所謂的『基因指紋』，」她說，「這種資料仍然是最可靠的，甚至在罪行發生後幾十年都靠得住。」

不像證人的證詞，我這麼想。

「可是，我說過，如果妳想來做筆錄，我們隨時都歡迎。」布蘭特說。「請問我們談的是哪一件案子？」

「我會考慮。」我答道。

「妳的聲音挺耳熟的，我們見過嗎？」

我一心慌就掛斷了電話。直到現在我才發覺我不知何時站了起來，在廚房裡踱步。一種不愉快的感覺沉甸甸地壓著我的胃，我坐回餐桌後，等著脈搏變慢，把咖啡喝完，都涼了。

我記得調查小組的組長，印象還不壞，可是那個和他同組的冷漠年輕女警，我就寧可遺忘。即便是在錄證詞時，我都感覺安德莉亞·布蘭特不相信我。有一陣子我甚至覺得她認為凶手是我，儘管所有的證據都矛盾。

現在我必須向安德莉亞·布蘭特說明我認出了殺害安娜的凶手，是一名廣受尊重的記者，而且是在事發十二年後從電視上認出來的。我不可能到警察局去做筆錄，因為只要一想到踏足戶外就想吐……

不。如果我要那個人為他的罪行負責，我就得自己來。

六

偶爾，我照鏡子會認不得自己。我站在浴室裡，對著鏡中人沉思——我有好一陣子沒做過這種事了。我當然每天早晨和晚上會對著鏡子刷牙洗臉，可是大體而言，我不會用心去看。今天卻不同。

反攻日。我邀來家裡訪問我的記者現在會開著車在趕路，隨時都會出現在車道上。他會下車，走向前門，按電鈴。

我已成竹在胸。我研究過他，我知道在他坐在我對面時我會看見什麼。可是**他**又會看見什麼？我瞪著自己，瞪著我的眼睛鼻子，我的嘴，我的臉頰耳朵，隨後又瞪著我的眼睛。我的外表讓我詫異：原來我長這個樣子。這就是我嗎？

門鈴聲害我嚇一跳。我在心裡再將計畫溫習一遍，接著挺起雙肩朝前門走。我的心跳得好響，整棟屋子都聽得到，連窗櫺都爲之震動。我最後呼吸一口，打開了門。

多年來，這頭怪獸連在我的夢中都不放過我。此時此刻他站在我面前，伸出一隻手。我按捺住尖叫著逃跑的衝動，壓抑下暴怒。我絕不能遲疑，絕不能發抖。我會直視他的眼睛，我會說話嘹亮清晰，我已下定決心要這麼做，我已爲此準備妥當。這一刻到了，這一刻就在眼前，卻幾乎顯得不眞實。我接住他的手，笑著說：「請進。」我沒有遲疑，沒有發抖。我直視他的眼睛，我的聲音有力，嘹亮清晰。我知道這頭怪獸傷不了我。世人都知道他在這裡——我的出版社，他的編輯部……即便只有我們兩人，他也傷不了我。他不會傷害我，他並不笨。

然而……我卻費了九牛二虎之力才背對著他，帶頭走進屋子。我已選定餐廳爲訪談的房間，並不是有什麼策略，只是率性而爲。我的幫手莎樂特走進餐廳，拿走他的大衣，忙東忙西，閒話家常，供應飲料，放射魅力——做我付錢請她做的事。但這一切對她並不僅是工作。她並不知道是什麼情況，可是她的存在讓我心安。

我盡量擺出放鬆的姿態，不去瞪著他看，也不去端詳他。他很高，黑色短髮參雜了灰絲。但最惹眼的地方是那雙機警的淺色眼睛，只一瞥就將整個房間收入眼底。他走向餐桌，餐桌大得足以用來開會。他把袋子放到最接近的椅子上，打開來，瞧了瞧裡面，他在盤點東西是否帶齊了。

莎樂特送來瓶裝水和玻璃杯。我走向餐桌，我預先在這一角放了幾本最新的小說，內容是我妹妹的凶殺案。他跟我都知道這不是虛構的故事，而是一本起訴書。我拿了一瓶水，自己倒了一杯。我的兩手四平八穩。

那頭怪獸跟電視上一模一樣。他的名字是維克多．藍曾。

「這棟屋子眞漂亮。」藍曾晃到窗邊，瞅著樹林邊緣。

「過獎了，」我說，「很高興你喜歡。」

我很氣自己畫蛇添足，簡單的一句謝謝就夠了。清楚的陳述。不遲疑，不發抖，直視他的眼睛，說話清晰嘹亮。

「妳住在這裡多久了？」他問道。

「快十一年了。」

我坐在已經放著我的咖啡杯的位子，這個位子最讓我有安全感——背靠著牆，門就在我的視線範圍。如果藍曾想坐在我對面，他就得要背對著門，大多數的人會因此而緊張，降低專注力，但他毫無異議就接受了。就算他有所察覺也深藏不露。他從椅子旁邊的袋子裡拿出記事本、筆、數位錄音機。我很好奇袋子裡還有什麼寶物。

莎樂特禮貌地退到隔壁房間。遊戲開始了。

我有很多維克多．藍曾的資料，幾個月來我汲取了許多。他也許是來訪問的記者，但他可不是唯一做了功課的人。

「我可以請教一個問題嗎？」他開口道。

「你來的目的不就是這個嗎？」我含笑反問。

維克多・藍曾五十三歲。

「說得對。可是我想在正式訪談之前請教一個問題。」

維克多・藍曾離婚了，有一個十二歲的女兒。

「請。」我說。

「嗯，我一直在想——是這樣的，大家都知道妳過著隱居的生活，上一次接受訪問也已經是十年多前的事情了……」

維克多・藍曾主修政治學、歷史、新聞學，後來在法蘭克福一家報社擔任實習記者。他搬到慕尼黑，從基層做起，後來成為慕尼黑某家報社的主編。之後他就出國了。

「我一直都在受訪。」我說。

「十年來妳只接受過四次訪問，一次是電話訪問，三次是用電子郵件，我沒記錯的話。」

維克多・藍曾擔任駐外通訊記者多年，先後報導中東、阿富汗、華盛頓、倫敦、亞洲等地情勢。

「你調查過了。」

「有些人並不相信眞的有妳這一位作家。」他接著說。「他們認爲琳達・康拉德茲只是筆名。」

「如你所見，我確實存在。」

「沒錯，而妳又出版了一本書。全世界都吵著要訪問妳，得到這個殊榮的卻是我，而我甚至沒有去爭取。」

半年前，一家德國新聞台提供維克多·藍曾一個職位，他搬回德國定居，此後就一直在電視圈和報社工作。

「你要問什麼？」我問道。

維克多·藍曾被譽為全國最耀眼的記者之一，贏得三項全國大獎。

「妳爲什麼選上我？」

「說不定是因爲我欣賞你的風格。」

維克多·藍曾有個女朋友叫珂拉·雷辛，住在柏林。

維克多·藍曾對珂拉·雷辛很專情。

「或許吧，」他說，「可是我並不是文藝記者，我通常都是跑外交新聞的。」

自從搬回德國之後，維克多·藍曾就每週會去探望女兒瑪麗。

「那麼你是不想來這裡嘍，藍曾先生？」我問道。

「不，我不是這個意思！我當然覺得很榮幸，只是好奇問問。」

維克多·藍曾的母親死於九〇年早期，他父親仍住在老家。維克多·藍曾定期去探望。

「你還有什麼不屬於正式訪問的問題？」我盡量裝出好笑的口吻。「還是說我們可以開始了？」

維克多．藍曾下班後會和同事打羽毛球。維克多．藍曾是國際特赦組織的支持者。

「那就開始吧。」他說。

維克多．藍曾最喜歡的樂團是U2。他喜歡看電影，能說四種外語——英語、法語、西班牙語、阿拉伯語。

「好。」我說。

「不，再等等，還有一個問題。」藍曾說。他頓了頓，或是假裝停頓。

維克多．藍曾是個殺人犯。

「我們以前見過嗎？」他終於問了。

我凝視維克多．藍曾的眼睛，看見對面坐著一個相當不同的人。我這才發覺我鑄下了大錯。維克多．藍曾不笨，他氣瘋了。

他隔著桌子向我撲來，我的椅子向後摔倒，頭撞到了地板，我沒有時間理清是發生了什麼事，甚至連一絲微弱的聲音都發不出，因爲他已經壓在我身上，雙手扼住了我的喉嚨。

我手腳揮舞，拚命想掙脫，但是他太重了，他的手越收越緊，用力擠捏。我無法呼吸，恐慌症立刻發作，波浪般捲住了我。我又踢又打，除了生存的意志之外，一無所獲。我能感覺到血管中的血液，凝重滾燙濃稠，我聽見耳內有衝擊聲，一忽兒鼓脹一忽兒消洩。我的頭快爆開了，我瞪大了眼睛。

他瞪著我，因使勁與仇恨而眼淚汪汪。他恨我。爲什麼？他的臉是我最後看見的東西，然後就結束了。

我並不天眞。事情很可能就會這樣，或類似這樣。我把維克多·藍曾摸透了，然而同時我也對他一無所知。可是我仍是義無反顧，這是我欠安娜的。

我拿起電話，感覺電話在手上沉甸甸的。我做深呼吸，撥了維克多·藍曾主筆的那家慕尼黑報社，要求轉接編輯部。

七

從我的書房窗戶能夠直視施坦貝爾格湖。我很慶幸夠聰明，在買下這棟屋子時曉得確認會有美麗的景觀。是啊，並沒有很多人像我一樣重視風景。我只有這個景觀——這麼說也不太對，因爲每天景觀都會有所不同。有時湖面冷峻寒冽，有時動人心神，有時又像是瀰漫著仙氣，我輕而易舉就能想像本地傳說中的湖仙在水面下悠游。

今天，湖面像明鏡，除了幾朵輕佻的白雲之外，就是一片純淨的藍。我懷念夏季從天空掠過的褐雨燕，輕巧靈動，牠們是我最喜歡的生物。牠們生活、交配，甚至睡眠都在天空上，在無邊無際的天空中從沒有靜止的時刻——那麼地狂野，那麼地自由。

我坐在書桌後，思考著籌謀的事情。再幾個月，維克多．藍曾記者就會來訪問神祕的暢銷書作家琳達．康拉德茲。他們會談這本新書——她的第一本犯罪小說。

訪問琳達．康拉德茲本身就是聳動的大新聞。多年來，媒體一直要求訪問，還開出了天價，但小說家卻始終拒絕。無怪乎媒體會那麼想要訪問她，因爲除了作家姓名之外，作家本人幾乎是一團謎。她有多年不出席朗讀會，拒絕訪談，離群索居，沒有臉書、Instagram、推特帳戶。若不是因爲固定有作品推出，你可能會認爲壓根就沒有琳達·康拉德茲這個人。即便是書衣上的作者照片與簡介也是一樣滴水不漏，整整十年都沒有更新。黑白照片上是個或許漂亮或許醜陋的女人，可能是高個子，也可能是矮冬瓜，頭髮可能是金色的，也可能是褐色的，眼瞳或者是綠的或者是藍的。相片中人隔著一段距離，照的是側影，而簡短的自傳只寫明了出生年以及住在慕尼黑附近，養了一隻狗。

而前駐外通訊記者維克多·藍曾將要獨家訪問琳達·康拉德茲，絕對會掀起相當的風雨。

我計畫以我唯一的武器——文學——來單挑殺害我妹妹的凶手。我要以這本書狠狠地教訓他。而且我要他直視我的眼睛，心知肚明我看穿了他，即使他瞞得了別人。我要證明維克多·藍曾有罪，我要查清爲什麼偏偏是安娜。無論代價爲何。

這就是我加諸己身的重責大任。我要寫一本犯罪小說，我要敘述一樁酷似我妹妹的命案的凶殺案，點點滴滴，鉅細靡遺。

我從來不必寫這麼複雜的一本書：一方面我想盡量忠於事實，另一方面我必須創造出一個凶手落網的故事——這樣的結局在眞實生活中始終無法實現。

我從未在我的書中複製過現實，因爲我覺得是浪費筆墨。我的想像力一向不受拘束，我有滿腦袋的故事要訴諸文字。

照我父母的說法，我打小就喜歡編故事。在我們家流行一種說法：琳達又編故事了。我記得有一次跟小學的朋友說我跟媽媽到樹林去散步，我們正在採野草莓，忽然在空地看到了一頭有斑點的鹿寶寶在草地上睡覺。我想上前去戳牠，可是媽媽把我拉回來，跟我說鹿寶寶如果有人類的味道，牠的媽媽就不會要牠了，所以最好還是讓牠安靜地睡覺。她跟我說我能找到這樣的鹿寶寶實在是幸運，因爲鹿寶寶非常稀少了。

我記得我的朋友聽完之後有多羨慕，她經常跑進樹林裡，雖然偶爾會看到成鹿，卻從來沒見過鹿寶寶。我好得意——我眞的是福星高照。我記得朋友走後，媽媽把我帶到一邊，問我爲什麼要編那種故事。她說撒謊並不好，而我忿忿地回說我沒有撒謊。她不記得那頭鹿寶寶了嗎？我可記得清清楚楚。媽媽搖頭——琳達又編故事了——跟我說前天在電影上看見了這樣的一頭鹿寶寶。我這才想通了，對啦，是電影！

想像是很美妙的東西，美妙到讓我因而賺了不少錢。迄今爲止我寫的東西都跟我自己以及我所知的現實差了十萬八千里。現在要讓別人進入我的生活，感覺很怪。我自我安慰：這些並非是我生命中眞實的場景，而是讓我沉浸其中的置換的現實。許多的枝節不同，部分因爲我有意識地決定要改換，部分因爲時間久遠，我記不清每一個細節。只有一章——就是每件事的核心——會是眞實的：仲夏夜，安娜的公寓，震耳欲聾的音樂，鮮血與茫然的眼睛……

這本書其實應該以這一章開端的，但是我還沒有那個勇氣回到那個地方。昨天我答應自己會在今天動筆寫這一章，但今天過了，我卻又推遲到明天。

寫作是很辛苦的事，卻是討好的辛苦。是我的日常訓練，對我有好處，讓我有一個眞正的目標。

除了我之外，沒有人會察覺到差異。所有的地方都一樣：琳達坐在孤寂的大房子裡，告訴她的經紀人和出版商她在寫一本新書。琳達每年都會寫一本書，是例行公事。對我的經紀人琵雅而言，一切照舊，她早已得知新書正在進行中，自然是開心（但她倒的確驚訝於我突然想轉換跑道，寫犯罪小說）。對莎樂特也一切照舊，她最多是注意到我花在閱讀和看電視的時間變少了，多半時間都關在書房裡。對佛迪也一切照舊，他幫我照料花園，可能只會注意到在日正當中遇到穿著睡衣褲的我的次數減少了。一切照舊。唯有敏銳的布克維斯基知道我在密謀什麼，會給我知情的一瞥。昨天我發現牠看著我，會意的大眼裡有關切，我很感動。

沒事的，夥伴。

有很長一段時間我在思索是否該讓某人知道我的計畫。這會是一步好棋，可是我又否決了。我計畫的事駭人聽聞，正常人都會直接報警。要是我跟諾伯特說了，他只會有一個反應：

報警，琳達！

可是不行。假如警方採信我，他們可能會直接訊問維克多．藍曾，到時就會打草驚蛇，而我就再也沒有機會能了解內情了。我可能無法查出多年之前究竟發生了什麼事。一想到這裡我就受不了。不，我得自己來。爲了安娜。

沒有別的法子：我必須逼視他的眼睛，問他問題。不是禮貌的問題，像警察碰上了看似無可指責的有權有勢的記者所提出的那些軟綿綿的問題。不是那種「實在是不好意思，可是我們有個證人覺得……」，不是那種「請問一下你的行蹤，在……」

而是適切的問題，比方說是唯有我能問，唯有我獨自一人時能問的話。再者，若是我把別人牽涉進來，我非常清楚我的動機是出於恐懼和自私。維克多．藍曾是個危險人物，我不想讓他跟我珍惜的人有所接觸。

所以我只能利用自己的武器。說到底，我反正也沒有一個能夠百分之百信任的人（諾伯特和布克維斯基除外）。我甚至不知道能不能夠百分之百信任我自己。

所以除了最基本的部分，我把每個人都瞞住了。我和經紀人談過，跟出版社的總編輯談過，跟我的編輯談過。他們都不明白我怎會寫犯罪小說，更不明白我怎會願意接受訪問，可是他們都接受了。我仍需要和出版商再洽談，但最重要的事都安排妥當。我敲定了交稿日和出版日期。

這一切都很好。交稿日讓我多年來的生存有了意義，而且不僅一次救了我的命。獨自一人住在這棟大房子裡滋味並不好受，我經常想放棄算了——服下一堆安眠藥，或是帶把剃刀到浴缸裡……

最後，總是如交稿日這樣平庸的瑣事阻止了我。這類的東西太眞實，我一向能想像出交不出稿子會爲出版社帶來多少的痲煩。合約啦，出版計畫啦，於是我繼續活下去，繼續寫下去。

我盡量不去多想這本書可能就是我的最後一本書。

我去電的報社編輯部也就啓動了一連串的危險事件，我這一招很聰明，因爲如此一來我已不能回頭。我發覺藍曾不但在報社工作，也在電視台工作，這樣很好，因爲他如果帶著一組電視台工作人員前來，對他反而不利。所以我安排的是報社的訪問，只有我們兩個。

我回頭寫喬納斯．韋伯，是個有黑髮，眼神嚴肅，一眼綠一眼褐的年輕警官。以及蘇菲，我決定以此稱呼文學上的我。蘇菲讓我想起從前的我：愛玩、衝動、坐不住。一大清早到樹林裡散步，到外地露營，在更衣室歡愛，爬山，比賽足球。

我檢視我在紙頁上描述的蘇菲。她像是喜歡接受挑戰的人，而不是傷心的人。她不再是我了。那雙在十二年前發現安娜屍體的眼睛不再是我的了。一點一點的替換掉了。我的嘴唇不再是緊抿著看著妹妹的棺木緩緩下葬的嘴唇。我的手不再是在她第一次應徵工作前幫她綁辮子的那雙手。我變成了別人，我不是在隱喻，我說的是事實。

人類的身體隨時在製造細胞——替換，更新。七年之後，我們就是嶄新的人；我知道，因爲這些年來我讀了不少書。

這時，我跟蘇菲一起坐在漆黑的門階上，發著抖，雖然這一夜並不冷。蒼穹清澄，星光點點。我看著喬納斯和蘇菲共抽一根香菸，而我被吸入自己的故事裡，我在人物角色中渾然忘我。跟陌生人共抽一根菸有一種魔力。我邊寫邊看著這兩個人，幾乎也有股來根菸的癮頭。

門鈴響了，打斷了這一幕。我驚訝到了骨子裡，心臟開始狂跳，我能感覺到我最新下定的決心以及我的恐懼之間隔著多薄的一層膜。我僵在那兒，雙手懸在筆電的鍵盤上方。

我驚駭地等著下一聲門鈴，但眞正響起時我仍是嚇了一跳。第三聲，第四聲也是。我嚇壞了。我並沒有在等人。夜深了，我孤身在一棟大屋子裡，只有一隻小狗陪伴。

幾天前，我打電話到殺害我妹妹的凶手工作的報社，問候他。我引起了他的注意。我做了蠢事，現在很害怕。門鈴一直響，我的心裡七上八下。我該怎麼辦？我的思路不夠分明。置之不理嗎？假裝沒人？報警？溜進廚房抓把菜刀？

布克維斯基叫了起來，牠蹦跳著朝我過來，搖著尾巴，畢竟牠最愛訪客了。牠朝我飛奔，往我身上跳，刺耳的鈴聲暫時沉寂。同時，我的腦袋也恢復了功能。

保持鎮定，琳達。

有幾百萬個理由可以解釋何以在週四晚上十點半會有人來按我的門鈴，而沒有一個扯得上維克多．藍曾。殺人犯何必還按門鈴？所以現在的事也一定沒有什麼值得大驚小怪的。可能是莎樂特忘了什麼，或是我的經紀人來了，她就住在街角，偶爾會順道過來，雖然極少是在這麼晚的時刻。也可能是附近發生了什麼事，說不定是有人來求助！

我的四肢又能運作了。我甩開了癱瘓的狀態，匆匆下樓到前門。布克維斯基跟著我，仍是又吠叫又搖尾。

有你真好，夥伴。

我打開門，門外站著一個男人。

4 蘇菲

空氣有如果醬凝結不動，蘇菲一跨出有空調的汽車，就被黏滯的空氣吞沒。她最討厭這樣的夜了，太熱，害她無法入睡，因爲皮膚黏答答的，而且還被蚊子咬得滿頭包。

她站在妹妹公寓門口，按了門鈴第二下。她停車時看見布莉塔的公寓亮著燈，知道她在家。布莉塔不來開門可能是出於原則：她反對不速之客，覺得未事先通知就跑到別人家是非常無禮的行爲，因爲你明明就可以在路上撥個手機的。

蘇菲的手指從門鈴上移開，反而把耳朵貼上大門。她能聽見裡頭有音樂聲。

「布莉塔？」她喊了聲。沒有回應。

蘇菲想起了母親，一點點芝麻綠豆大的事都會害她擔心——只要她的兩個女兒有一個稍微遲到，她就會組一支搜救隊；或是誰輕輕咳一聲，她就能想像成是得了肺癌。而蘇菲正相反，她相信眞正的不幸只會發生在別人家。所以她聳聳肩，打開手提包翻找那串鑰匙，找出了布莉塔的公寓的鑰匙，自行開門。

「布莉塔？」

順著走廊過去就到了傳出音樂的房間。蘇菲走進去，猛地打住，像腳上生了根。地板上的景象太可怕，一時間她會意不過來。

那是……布莉塔。她仰躺，瞪大眼睛，臉上掛上懷疑的表情。起先，蘇菲以爲妹妹是重重摔了一跤，需要別人扶她起來。她朝妹妹邁了一步。這時，她看到了血，又停下腳步，全身僵冷。客廳是黑白雙色的舞台場景，沒有空氣，沒有聲響，沒有色彩。唯有這一具恐怖不動的身體：布莉塔的金髮，她的深色連身裙，蒼白的地毯，玻璃碎片，翻倒的酒杯，白花，一隻腳上脫落的黑色高跟涼鞋，以及血，也是黑色的，從布莉塔的軀體上流出來。

蘇菲一聲驚呼，音樂聲立刻又響起。**你只需要愛，啦噠噠噠噠**。色彩也回來了，而蘇菲只看見深色的、發亮的紅。

蘇菲正忙著分析眼前的一幕，忽然覺察到房間一角有動靜。她驚慌地轉過頭去，看見落地窗的窗帘隨風搖晃。緊接著她看到了人影。他站在門邊，文風不動，像是潛伏的動物，幾乎隱形。他看著蘇菲，隨後消失無蹤。

八

我瞪著諾伯特，他一根手指仍按著門鈴。

「也該來開門了。」他說，連聲招呼都不打就擠進門。第一抹冬天的氣息也隨他進門。我想說什麼，卻根本沒機會。

「妳是不是眞的瘋了？」諾伯特對我咆哮。

布克維斯基跳著撲向他，牠愛死我的出版商了。不過布克維斯基喜歡每一個人，所以也不算是什麼榮寵。諾伯特火冒三丈，但他暫時收斂，先揉揉狗毛，再把臉轉向我，眉心間又出現一條深溝。憑良心說，我還眞高興看見他，無論他是不是在生氣。諾伯特有火爆脾氣，但他也是我認識的心腸最好的人。他對什麼事情都很容易激動：政治，越來越愚不可及；出版，越來越腐敗；他的作家群，越來越貪心。人人都知道諾伯特的火爆脾氣以及他激動的長篇大論，尤其是在他最熱血沸騰時，他還會用他喜愛的法文罵「**該死的**」或「**他媽的**」，有時激憤到了極點，兩句一起罵。

「怎麼了？」我問，剛從深夜被驚擾中恢復過來。「你不是去南法了嗎？」

他哼一聲。

「怎麼了？這句話該我問妳才對！」

我確確實實不知道諾伯特爲什麼發這麼大的火。我們共事多年，我們是朋友。我做了什麼？還有什麼事我忘了？我是否忙著寫我的驚悚小說，忽略了別的重要事件？我的腦海一片茫然。

「先進來吧。」我說。「我是說，到裡面坐。」我帶路到廚房。

我打開咖啡機，幫諾伯特倒了杯水，放在他面前。他在餐桌旁坐下，可是我一轉身面對他，他又站了起來，太氣憤了，坐不住。

「怎樣？」我說。

「怎樣？」諾伯特重複，聲調嚇得布克維斯基迷茫地後退。「我的作家，琳達．康拉德茲，我擔任了她的出版商十年多，每一年都會出版一本美妙的文學小說，現在卻決定拋到腦後，下一本書要寫什麼灑狗血的驚悚小說，把她的讀者和批評家，當然還有我，活活氣死。沒有事先商量，連句話也沒有。而且好像還不過癮似的，公主殿下還跑去告訴媒體，事前跟她的出版商連個照會都沒有。因爲她顯然是認爲我不僅僅是一家相當大、相當賺錢的公司的老闆，有相當多的員工，爲了她和她的書每天做死做活，而且最重要的，我還是她的私人印刷機。」最後插上法語，「他媽的該死到了極點！」

諾伯特的臉漲成了豬肝色。他拿起杯子，喝了一小口。還想說什麼，又改變了主意，反而把水一飲而盡，發出憤怒的咕嚕聲。

我不知該說什麼。我壓根就沒想到還得要經過諾伯特這一關，但我忽然明白如果他有心的話，是可以造成極大的麻煩的。讓我的書出版，看著它如從前般接受評論，是我的基本計畫。沒有書，就沒有訪談。可惡，我沒時間也沒精神跟諾伯特吵架，也沒精神去另找一個出版商。我還有別的問題。當然，任何出版社爲了能簽下我可以割下一條手臂：我是成功的作家，我也確定我的新類型小說不會嚇跑書迷。或許會嚇跑一些，可是有些人不看，還是會有別人看。無論如何，這不是重點。我不在乎賣了幾本書，只要藍曾吃下這個餌。可是我不能跟諾伯特這麼說——說我賭上的不止是一本書。

我不想吵架，尤其是不想跟老朋友吵。我的腦袋在加班，思索是否該讓諾伯特知道我的祕密。能得到他的支持當然就太好了。

「好吧，我重複我的第一個問題。」諾伯特說，把杯子放到桌上，也打散了我的沉思。

「妳是不是眞的瘋了？」

我悄悄地想我有多想要一個同謀啊，一個我能信任的人。我悄悄地想，在危機中，在充分開展、如假包換的危機中，除了諾伯特之外，我不會有第二人選。

「怎樣？」他不耐地問。

去他的，跟他說吧。我打起精神，做了個深呼吸。

「諾伯特……」

「先別說話。」他氣呼呼地說，舉高一手阻止我。「我忘了一件事。」

他衝出房間。我愣愣地聽著他打開前門，消失在夜色裡。幾秒鐘後，他回來了，握著一瓶酒。

「給妳的。」他說，把酒瓶放在餐桌上。他仍一臉不悅。

諾伯特只要到南法，幾乎總會帶瓶酒來看我。我所知最上等的紅酒。不過，他通常並不會跟我生氣。

諾伯特注意到我困惑的表情。

「我不會因爲妳表現得像個笨女人，就眼睜睜看著妳口乾舌燥。」他說，同時投給我一個「看我對妳有多好」的表情。我壓下笑容，但同時又覺得想哭。我想著能讓諾伯特知情是多棒的一件事，他會相信我；他甚至能體諒我。可是太危險了，我不能把他拖進來。可惡。我該怎麼辦？

咖啡機咕嚕咕嚕響，打斷了我的思緒，我爲兩人倒了咖啡。

「別以爲我會放過妳了。」諾伯特說。「妳還欠我一個說法。」

我坐下來。諾伯特坐在我對面，我搜尋行得通的說法。

「妳爲什麼先跟公司裡的其他人說，不跟我說？」

「因爲我想等你度假回來以後親口跟你說，而不是寫電子郵件。」我說。「可是你把我的計畫毀了，我根本都不知道你回來了！」

這是實話。諾伯特犀利地瞧了我一眼。

「爲什麼要寫犯罪小說？」他問。「幫幫忙！」

我遲疑著回答，然後決定要盡可能貼近眞相，卻不透露太多。

「你有沒有兄弟姐妹，諾伯特？」

「沒有。」他說。「我是獨生子，我太太說看得出來。」

我差點笑出來。接著我又一臉正經。

「我有過一個妹妹，她叫安娜。」

諾伯特皺眉頭。

「有過？」他問。

「安娜死了，是被殺害的。」

「天啊，」諾伯特說，「什麼時候？」

「很久了。十二年前的夏天。」

「他媽的！」諾伯特迸出了法語。

「對。」

「凶手抓到了嗎?」

「沒有。」我說,用力呑嚥了一下。「一直沒有。」

「該死。」諾伯特以法語輕聲說。「太糟糕了。」

我們默然了一會兒。

「妳為什麼以前都不說?」

「我不喜歡談這件事。」我說。「我不是很習慣傾吐的人,也許就是因為這個原因我才一直沒能眞的放下。我處理事情的方法不一樣;我是靠把它寫出來當作是一種治療的。而我現在就是在這麼做。」

諾伯特沉默了更久,然後點頭。

「我懂了。」他說。

從他的角度看,這件事就到此結束了。他站了起來,在抽屜裡找開瓶器,然後把他帶給我的那瓶酒打開,倒了兩杯。我的心頭像搬開了一塊大石頭。

一個小時,大量的談話,三杯濃縮咖啡,一瓶高級法國紅酒,之後再來四分之三瓶威士忌,我們兩個坐在廚房,笑彎了腰。這故事一定講了有十次了吧,諾伯特又在說他有一次跟某個政客(當時他仍微胖,而且邋遢得可愛)在酒吧裡喝個爛醉,後來被兩名警察逮捕,因為他拿著自己的汽車鑰匙想去開別人的保時捷。

他每次說這個故事，我都哈哈笑。甚至在諾伯特說起他的五十歲生日，樂隊演奏了披頭四的〈你只需要愛〉，把我嚇掉了魂，我也面帶微笑。

我記得那一夜，卻像罩上了一層紗。是在安娜死後不久，比較順心的某一夜，在那奇異的時段，震驚過後卻尚未崩潰之前，我那時不是我自己，只是個空殼子。

諾伯特跟我那時還不算熟，我才剛換出版商，而他並不知道我經歷過什麼，甚至不知道我有妹妹。我記得雖然我服用抗憂鬱藥物，仍然喝義大利香檳，跟我的未婚夫馬克跳舞，雖然我對他已經毫無感情了。我記得我遵守穿衣守則，一襲白衣，不過在那之前我每天都是一身黑。我記得我在想我的生活可以是這樣——跑趴，喝義大利香檳，跳舞，爲古怪的朋友實現無害的願望。我記得我站在舞池中，突然地震發生——跟馬克跳舞，第一小節揚起，**愛、愛、愛**——而現實被貪得無厭的漩渦吞沒，丟下我一個人，丟下我一個人與鮮血爲伍，與安娜和鮮血在一起。我連連喘氣，奮力要從黑暗中浮出頭來，可是音樂卻攫住我不放。我睜大眼睛，四周的人都隨著音樂高歌。我大口喘息。停！停！我大喊，卻聽不見，他們繼續唱著，沒有人聽見我的聲音。**你只需要愛，啦噠噠噠噠**。然後我眞的尖叫了，扯開喉嚨尖叫：**停！停！停！**我叫到喉嚨痛，我四周的人不再唱歌跳舞，紛紛轉頭看我，樂隊也不再演奏，不知如何是好，我站在舞池裡，放聲尖叫：**停！停！停！**我仍陷在漩渦中，仍在安娜的公寓中，仍惶然無助，仍孤獨一人，而馬克摟著我，低聲呢喃：**噓、噓，冷靜、冷靜，沒事了**。接著大聲說：**抱歉，我的未婚妻喝多了。能不能讓我們過去，拜託**？

諾伯特說的時候笑彎了腰。他對那晚的眞正情況毫不知情，以爲我是喝太多了，而且對披頭四有一種根深柢固、毫沒來由的反感。

我現在絕口不提安娜的死，以前也沒說過。說眞的，我的生活中已經沒有一個人知道我曾有個妹妹，當然也不會知道她出了什麼事——喔，我的父母當然不算。沒有老朋友，沒有同學，沒有共同認識的人。對我周遭的人而言，安娜並不存在。

所以諾伯特要如何將我的失態和凶殺案聯想起來呢？所以他笑沒有關係。他壓根不曉得我進入安娜公寓的那一刻，發現她倒在地上，生死不明，接著又看到凶手埋伏在一角，眼神冷酷淡漠。在悚懼惶惑的那幾秒，我像個石頭，而安娜卻已永遠的僵硬了。我是石雕，安娜是鬼魂，僵硬不動。整個房間似乎都凍住了，只在我的視界邊緣有幽魂似的動靜。電唱機，冷酷又虛妄，放著唱片——是我送給安娜的一張老唱片。

你只需要愛，啦噠噠噠噠。

就因爲這首歌，我不再聽收音機，就是怕它會勾引起我純然的恐懼。

我嚥下喉頭的硬塊，把腦海中的想法推開。聽見諾伯特的笑聲很好，無所謂他是在笑什麼。

我喜歡有他在這裡。我喜歡他的幽默感以及他的牙尖嘴利，唯有人生勝利組能這樣。我希望他能留下來過夜，客房有的是。我想幫他叫計程車來，可是諾伯特堅持要開車回家，說什麼明天早上要開會。可惡！偏偏在一切如此美好正常的時候——有個朋友跟我在一起，他就跟哥哥差不多，而我的狗睡在他的腳下，作著夢，眉毛一聳一聳的，彷彿碰上了什麼可異的東西。只有我們三個，可是這一刻我的房子卻充滿了生氣。

我嚥下嘆息。不能這麼說。我甚至不該希望能留住這麼溫暖的一刻。隨時都會發生什麼事，毀了這份溫馨。會是什麼呢？

是諾伯特？他站了起來。我壓抑住緊抓著他不放的衝動。

「拜託留下來，」我喃喃說，「我很害怕。」

他沒聽見，也許我根本沒說出來。諾伯特拿了大衣，怒視著我，說如果我非寫一本混蛋驚悚小說不可，那手稿最好得精采，說完就跌跌撞撞走向前門。我不該讓他酒醉駕車的。我跟著他，四肢重如鉛塊。

他轉過來看著我，抓住我的肩膀，直視我的臉。我能聞到他呼吸中的威士忌。

「一本書必須是敲碎我們心中冰封海洋的斧頭。」他以幾近指責的口氣說。

「卡夫卡。」我說。諾伯特點頭。

「妳老愛引用這一句。一本書必須是斧頭，琳達。別忘了，不管是不是驚悚小說，我都需要眞眞實實的東西。關於人生和感情和……」

他模模糊糊說了什麼，聽不清楚，放開我的肩，開始繫鈕釦。一開始就繫錯，越扣越亂，重新開始，又繫錯，差點發脾氣，最後放棄，就讓大衣敞開著。

「這本書是斧頭，諾伯特。」

他看著我，表情懷疑，隨即聳聳肩。我用一個表情來承載我想說卻找不到話語的東西。我扯開嗓門大叫：我怕死了，我不想死，我需要找個人談一談，如果他現在就走，我會當場倒地死亡，我覺得我是地球上最孤單的人。但我叫得不夠大聲。

我的出版商給了我的臉頰各一個吻，道別了。我看著他消失在夜裡。我不想讓他走。我想告訴他一切，告訴他地震，告訴他安娜。我想告訴他我的計畫。他是我最後的機會，是我的安全的海岸，是我的錨。我張嘴要喚他，卻看不見他了。太晚了，他消失了，解纜遠颺了。

留下我一個人。

6 喬納斯

他雙手握槍，穩住自己，瞄準，射擊。

喬納斯．韋伯痛恨拿槍指著活生生的人。有一次，他需要開槍示警，他也希望示警就已足夠。不過他喜歡在靶場打靶；他一直喜歡射擊。小時候，他會拿父親的空氣槍射空罐；青少年時他跟朋友白痴地亂射麻雀和鴿子。如今他以警用配槍射擊槍靶。他喜歡使用火器時的規範，喜歡其中的小心以及儀式。通常打靶讓他無暇他想，但今天他的腦袋卻靜不下來。

他想起了昨晚被召去處理的命案現場——血跡斑斑。他想起了屍體，以及發現女屍且驚動凶手的證人。很奇特的案子。有那麼多細節待查，有那麼多的問題。

昨夜漫長辛苦，黎明前沒有機會回家爬上床與蜜亞共眠。然後他又犯了個愚蠢的錯。即使到現在，他也想不通怎會犯那種錯。他通常在和受害人的親屬打交道時能保持中立，也不知道這件案子怎麼就影響他至此。受害人確實相當悽慘——身上有七處刀傷。但他也不是第一次看。沒錯，他當時已身心俱疲，可是他早就習慣了。

必定是因爲那名女子，比他可能年輕個幾歲——就是發現妹妹被刺死，而凶手逃逸的女子。喬納斯跟同事說話時，發覺自己一直在觀察她。急救人員幫她披了條毛毯——有點多餘，因爲昨晚高溫。女人坐在那兒，陷入沉思。她不哭，不發抖。應該是太震驚了，喬納斯心想。但她轉過了頭，直直地看著他，目光炯炯，出乎意料。既不帶淚，也不迷惑惘然或驚愕呆愣，卻是晶亮清澄。

從那時起，這一幕就不時浮上心頭，無論如何都甩不掉。女子抖落了毛毯，向他走來，筆直盯著他。彷彿說整句話太耗力氣，她只說了三個字。

「爲什麼？」

喬納斯忍不住喉結聳動。

「我不知道。」

但他有種這麼說還不夠的感覺，有種必須再給予她什麼的感覺，所以未及細想，就又說：「我不知道究竟是什麼情況，可是我保證會查清楚。」

他眞想打自己一拳。他怎能跟家屬信口開河？他們可能永遠也找不到凶手。他對案件一無所知。他的表現一點也不專業！簡直像是白痴電影裡的白痴警察。

他想起了新同事安東妮雅．巴格投過來的責難眼神：他不是那個經驗較豐富、立場較超然的老鳥嗎？他本以爲等只有他們兩人時，安東妮雅會立刻拿這件事作文章，幸好她沒有。

喬納斯再裝塡子彈。他盡量專心，甩開那一幕。他手上的問題已經夠多了，不能爲了一點小差錯被自責呑沒。他其實並沒有答應那名女子什麼。他不能承諾，人人都知道。「我保證」這種話只是偶爾掛在嘴邊的話，沒什麼深意。反正，筆錄做完了，他可能再也不會見到那名女子。他舉起槍，盡量放空腦袋，發射。

九

我抵抗著逃亡的衝動。不容易啊。我覺得脈搏狂飆，注意到我的呼吸亂了節奏。我盡量學以致用——跟我的生理反應合作，而不是選擇忽略。我專注在脈搏上，數著呼吸。二十一、二十二、二十三。我聚焦在我的反感上，而不是慌亂無益地壓制。我的反感堆積在我的胸口，潛匿在我的恐懼之下，又濃又稠。我仔細地檢視。它腫脹又消退，像牙疼。我想逃避，我想遠走。這是很正常的欲望，這也是我學會的另一件事。

逃亡的本能是很正常的。但是迴避，想迴避痛苦和恐懼卻無濟於事。我搜尋著我和治療師共創的咒語：**遠離恐懼之路需要穿過恐懼。遠離恐懼之路需要穿過恐懼。遠離恐懼之路需要穿過恐懼**。

那人詢問地看著我。我示意可以了，即使情況恰恰相反。但我已盯著那隻食鳥蛛許久許久了。牠就坐在罐子裡，大多數時間文風不動，只偶爾有個動靜，害我寒毛直豎。牠的每個地方都不對勁：牠特殊的動作，牠的身體，牠黑褐色的腳關節。

治療師並不催我。我們今天已有了長足的進展。起初我甚至連跟這隻蜘蛛同處一室都辦不到。

是莎樂特開門讓那個帶著食鳥蛛的男人進來的，她還哄著我去迎接他。莎樂特認爲我是在爲寫書做研究，她以爲今天的情況是爲了一本小說在做功課，就如幾週來我弄進屋子裡的其他怪東西一樣。她會這麼想很好，表示在我跟一名退休警察關進書房裡研究偵訊技巧，或是請退役教官來說明精英士兵是如何接受心理訓練才能熬過刑求而不洩露機密時，她連眼睛都不會多眨一下。這些專家每天都到我家來，莎樂特謹愼地接待，也一言不發就迎進了專門以「正面對決療法」來治療各類恐懼症的治療師。莎樂特不知道的是我在設法找出崩潰之前能忍受多少的恐懼。

我很軟弱，我知道。這些年來我過的日子舒適自在。我太過嬌生慣養，沖個冷水澡就已經是意志力的展現了。如果我要面對殺害我妹妹的凶手，我必須學會強悍。所以才有這隻食鳥蛛。沒有比這個還令人不舒服的東西了。記憶所及，我這輩子最厭憎的東西就是蜘蛛。

治療師把蓋子拿開；蜘蛛暫時關在罐子裡，等著我適應牠的存在。

「等等，」我說，「等等。」

他停住。「別想太多。」他說。「等再久也不會變容易。」

他看著我，等候訊號。除非我示意繼續，否則他不會妄動。這是說好的規矩。

我回想起諮商一開始的對話。「妳怕什麼，康拉德茲小姐？」他這麼問我。

「當然是蜘蛛啊。」我回答，不高興他的問題。「我怕那隻蜘蛛。」

「我袋子裡裝在玻璃罐裡的食鳥蛛？」

「對！」

「妳現在就怕嗎？」

「當然。」

「如果食鳥蛛沒有裝在玻璃罐裡，而是直接裝在我的袋子裡呢？」

「我不懂。」

「我們暫且這麼假設吧，玻璃罐是空的，因爲我忘了把蜘蛛裝進去。那麼妳會怕什麼？罐子裡沒有蜘蛛，所以妳不可能會怕蜘蛛。」

「可是我以爲有啊。」

「一點也沒錯。妳以爲有。恐懼就是這麼來的。在妳的心裡，在妳的腦袋裡。其實跟蜘蛛一點關係也沒有。」

我打起精神。

「好吧。」我說。「可以開始了。」

再一次，治療師打開蓋子，將玻璃罐側傾。蜘蛛開始移動，速度嚇壞了我。我強迫自己繼續盯著牠，甚至看著治療師讓蜘蛛爬上他的手。我按捺住跳起來衝出去的衝動，我察覺到有一兩滴汗沿著背脊往下流。我逼自己乖乖坐好，繼續看著。蜘蛛停在治療師的手上，那麼多的腿，那麼多細毛，簡直是惡夢，令人深惡痛絕。

又一次，我盡量把幾週來學到的東西實際運用。我專注在自己身體，了解到我的姿勢是多麼的不自然。我的軀幹盡可能向左偏，現在正縮在沙發最遠的一角上。我自問自己是否想要這樣：像隻面對毒蛇的小白兔。自問我是否可以有這種表現，無論是現在或是未來。

我當下坐直，挺起肩膀，抬高下巴。我伸出一隻手，朝手上有蜘蛛的男人點頭。我的手指在發抖，但我不肯把手收回來。

「妳可以嗎？」治療師問。

我點頭，讓全身的力量都貫注到身上，手非常穩。

「那好吧。」治療師說，把手向我挪近。一開始，蜘蛛坐在那兒，動也不動。我盯著牠看，盯著牠毛茸茸的粗腿、圓滾滾的身體——也是毛茸茸的，但是有一小塊地方是禿的。腿上有條紋：黑色、褐色、黑色、褐色——每一條的正中央都有一個橘色斑點。我一直到現在才發覺。蜘蛛坐在治療師的手上，安靜不動，我跟自己說我也可以。

接著牠向我爬來，怎麼看怎麼不對。我的胃造反了，光點在我的眼前晃動，但我保持不動。蜘蛛爬上了我的手，牠的腳剛在我的掌心稍動了動，我就慌了，但我仍不動聲色。食鳥蛛爬上我的手，我感覺到牠的重量、腿的觸感、身體拂過我的皮膚。驚悚的一刻，我以爲牠會爬上我的胳臂，爬過我的肩膀，爬上我的脖子和臉，但牠只停在我的手上。就坐在那兒，挪動著腳。我瞪著牠。這不是惡夢，我心裡想，這是眞實的人生，而且就發生在此時此刻，而妳可以承受。這是妳的恐懼；妳的恐懼就像這樣，而妳可以承受。我覺得頭昏，我很想昏倒，可是我沒有。我坐在那裡，手上有一隻食鳥蛛。牠不動了。我的恐懼是一口黑井，我掉了進去，在水中垂直懸浮。我想用腳趾去探觸底部，卻做不到。

「我來拿走好嗎？」治療師問，嚇得我回過神來。

我只能夠點頭。他謹愼地把蜘蛛抓起來，放進玻璃罐裡，收進運動提袋中。

我瞪著自己的手，感覺到脈搏悸動，舌頭上像有棉花，肌肉僵硬。我的T恤黏在身上，汗濕了。我的臉孔收縮，彷彿隨時會哭，但一如多年來的經驗，眼淚掉不下來，我只是抽噎著。

我辦到了。

十

我坐在最愛的單人沙發上，眺望著黑暗，等待旭日東升。樹林橫陳在我眼前，我樂意看見有動物出現在清涼的星夜裡，但萬籟俱寂，唯有一隻不知疲倦爲何物的貓頭鷹三不五時就叫一聲。

樹冠層上方弓著一片清朗的天空。誰知道天上究竟有多少顆星。星星只有一個方式能告訴我們它不存在了：也就是不再發亮。可是如果一顆星有一千光年那麼遠，而它在昨天不再發亮，那麼理論上，地球上的人要一千年之後才會發現。

沒有十拿九穩的事。

我在沙發上縮著身體，想打個盹。有趣的一天就等在我的面前，還有辛勤的一晚。明天我跟一位專家有重要的會面，我想準備好。

沒多久我就知道我睡不著。我盡量在沙發上放鬆，即使不睡也能保存一些精力。我的視線停在屋後的草原上，以及粼粼閃閃的湖岸，就這麼坐了許久。星光變得更淡，天空也改換顏色，起初我以爲是自己的想像，但後來我聽見窗外鳥語啁啾，彷彿有一枝隱形的指揮棒示意鳥兒引吭。然後我知道朝陽上升了。一開始只是一束束的光從樹林後透出來，可立刻就開始爬升，遼闊耀眼。

眞是奇蹟。我提醒自己我是在一個小小的星球上，而星球以瘋狂的速度劃過無垠的宇宙，繞著太陽運行，永不疲累，我自己想，眞瘋狂。心想我們能夠存在，地球存在，太陽星辰，心想我能坐在這裡，看見這一切，體驗這一切。眞神奇，眞是奇蹟。如果這樣子都有可能，那什麼都有可能。

這一刻過去了。我的面前展開的是清朗的早晨。我看了看時鐘，再過幾個小時那個人就會來教導我偵訊的技巧。

我站起來，泡了茶，把筆電拿到餐桌上，坐下來。我又速讀了一遍昨晚研究的文章。布克維斯基跑過來，我放牠出去，看著牠去迎向這一天。

時候到了，太陽早通過了頂點。我跟莎樂特坐在廚房裡，她送這一週的採買過來。

「妳走之前可以把狗再帶出去一次嗎？」我問。

「好啊。」

莎樂特知道專家來時我不喜歡被打擾，她知道我請她帶布克維斯基出去只有這個原因。我望著窗外，看著園丁割草；他看見了我，揮手致意。我也揮手回應，關上我打算接待奎斯登森博士的房間的窗戶。

不到半小時，我就坐在他的對面。金髮的德裔美國人有雙如冰的藍眸。他的握手有力，我能夠頂住他的目光是因爲幾週來我下了不少工夫練習。莎樂特離開一陣子了，天色漸暗。我在幾週前安排了這次的私人諮商，掏出一大筆錢才請動奎斯登森登門教學。他是取得罪犯書面自白的專家，專長是聲名不佳的雷德偵訊法，這種有爭議的方法在德國並沒有得到官方批准，因爲涉及廣泛的心理工具與詭計來突破嫌犯的心防。

也許希望藍曾會坦承犯罪是太過天眞了。但我已經走到了這一步，我要盡可能有充分的準備。我必須設法讓他說些不在訪問框架中的東西——向他提問，讓他自相矛盾，有必要的話激怒他，然後釘死他的罪。如果說有誰能夠幫我找出以意志力凌駕罪犯，說動他坦承犯罪的話，那亞瑟．奎斯登森絕對是不二人選。

而且爲防藍曾滴水不進，我自然還別有打算……

奎斯登森一旦明白我有興趣的不是他在理論上的闡釋（此部分只要苦讀這個主題的文獻就能輕易獲知），而是攻破犯人心防並且逼他認罪的具體實踐——亦即是實務上的做法以及感覺——他似乎很不高興。但我願意支付大筆款項，再加上他發覺我不是什麼犯罪大師，僅僅是個有病的羸弱女作家，他終於釋懷，向我示範了技巧。

於是此刻我們面對面而坐。我做過功課。奎斯登森建議在我的身上示範偵訊術：這種做法似乎最直接，可以讓我領教雷德偵訊法的高明所在。他開始先要我想一件我特別難以啓齒的事——一件打死都不願透露的事。我當然能想到，這種事大家都一樣，而現在奎斯登森正設法要從我這裡挖出眞相。

他還眞的快觸及內情了。一個多小時前他明白事關我的家人。他的問題越來越犀利，我越來越招架不住。一開始，我對奎斯登森漠不關心，或許還帶著點憐憫。後來我開始討厭他：討厭他的問題，討厭他的堅持，討厭他不肯給我平靜。我想去上廁所，他指示我再次坐下。每次我想喝點什麼，他就斥責我。除非我坦白，否則我什麼也不能喝。等他看到我因爲發抖而雙手抱胸，他就把室內的窗戶全部打開。

奎斯登森有個經常清喉嚨的習慣。我起初沒發覺，但發覺後我只把它當成一種故作親切的手段。可現在我卻快被逼瘋了，每次他清喉嚨，我就想要跳起來，大聲吼罵，要他閉嘴。壓力帶出了我最壞的一面——我的暴躁、我的脾氣。人人都有弱點，而我的弱點主要是在聲音上：清喉嚨，吸鼻，或是嚼口香糖而且不斷吹泡泡的聲音。安娜老是那樣，通常是因爲她明知道我很討厭那種聲音——我可以爲這種小事就宰了她！

這想法尚未成形，我就內疚不已。我怎麼能這麼想？奎斯登森是在軟化我的心腸，而我也快屈服了。我又累又冷又餓又渴。我聽從了奎斯登森的指示，昨晚沒睡，整天幾乎飲食未進。如果我是在他的監督之下被羈押的，奎斯登森說，他會確保我一直挨餓，而且睡眠少得可憐。

「驚人的是，一旦我們的生理需求沒有得到滿足，很快就會出現破綻。」奎斯登森在電話中是這麼跟我解釋的。

沒錯，我沒有辦法剝奪殺害我妹妹的凶手的飲食或睡眠，但我起碼學到了在極端的壓力下如何自持。誰知道在藍曾的訪問前的那幾晚我睡不睡得著，或吃不吃得下。

奎斯登森的問題一個接一個。我已經厭倦了，我累了，更重要的是，我在情緒上抽乾了。我真的願意跟他和盤托出，交代得一清二楚，一了百了。有何不可呢？反正是練習。

可是我明白這種想法很危險，是那種可能會誘發我的有條件投降的自我辯解。我發覺我在出汗，儘管室內很冷。

等奎斯登森終於離開，我覺得我好像被絞肉機折騰了一遍。生理上心理上都涓滴不剩，燒成了灰燼，空洞洞的。

「人人都有臨界點。」他在諮商近尾聲時跟我說。「有的人比較快到達這一點，有的人比較慢。端賴祕密有多需要保護，或是端賴坦白之後的結果有多麼的嚴重。」

我打開前門送他出去。很晚了，他溫和地按住我的一邊肩膀，我盡了全力才沒有瑟縮。

「妳今天表現得很好。」他說。「妳是個頑固份子。」

我倒納悶如果我投降了，感覺會不會比較好，比較輕鬆。部分的我想要說出祕密。不知道像維克多．藍曾這樣的人是不是會有同樣的感覺。我想認罪。

可是我沒有說出我的祕密，我還沒到臨界點。

我盡力恢復平衡。我關上窗戶，讓自己暖和起來，進食，沖了澡，洗掉冷汗。唯有睡眠還得再等等。我嚴格切分每一天，早晨寫作，接著做研究、做運動，之後回到書桌，通常工作到夜裡。我今天實在太累了，很想今晚休息，可如果要趕上交稿日，仍有許多部分要寫——而我非趕上截稿日不可。

我在書桌前坐下，打開筆電。如果依照順序寫作，目前必須寫哀傷與罪惡感的部分。我瞪著空蕩的螢幕。沒辦法，現在不行。我今天想寫些輕鬆的東西，畢竟過了辛苦的一天——在這篇可怕的故事裡輕鬆的一章。

我坐下來思索。我記得十二年前的自己——我的感覺，我之所以爲我的感覺。另一段的人生。我回想起某一晚在我的舊公寓裡，發現臉上露出苦笑。我都忘了快樂的回憶是什麼了。我深吸一口氣，開始寫作，浸淫在舊時生活中。我看見事物原原本本的顏色，聽見熟悉的人聲，吸入我的舊家的氣息，重溫一切。感覺很溫馨，幾近眞實。寫到這一章的最後，我不想回到現在，可是我別無選擇。我從筆電上抬起頭來，夜已深。我又餓又渴。我存檔，離開，卻又忍不住再打開來看，回味往昔的生活。

等我讀完之後，我告訴自己太私密了，這本書不是在寫我。我是爲了安娜寫的，不是爲我自己，書裡容不下輕鬆的章節。我關了檔案，正要拖曳到資源回收桶，又改變了主意；我創造了一個新檔，叫「妮娜．西蒙」，把文章存到這裡。我打開了新檔案，敦促自己寫下必須要寫的東西。

不是明天，而是現在。

9 喬納斯

他家門前的幾級台階上坐了一個人，抽著菸。已經天黑一段時間了，喬納斯繞過轉角，就能看見那個人影。靠近後，他才發覺是個女人。她吸了口菸，仰起臉來。是他前天見過的目擊證人。喬納斯的心跳變快。她來幹什麼？

像這樣子遇見她讓他覺得不安。他一身臭汗。蜜亞跟她的閨中好友出去了，所以他終於利用時間到附近樹林裡去慢跑，一面爬梳思慮。他尋思的是他和蜜亞之間變得有多快，有多麼波瀾不起。沒有謊言，沒有外遇，甚至沒有尋常的爭吵，比方像是爲生孩子或買房子。沒有什麼大事。他們仍然非常喜歡對方，只是不再相愛了。

這一頓悟比外遇曝光的衝擊還要大。該怪的人可能是他，因爲撇開兩人的關係變淡不提，他最近一直怪怪的，有點像在割捨人生，彷彿是關在吊鐘型的潛水箱裡。不是蜜亞的錯。這感覺纏著他許久許久了，是一種淡淡的幽幽的痛苦，讓他害怕他會再也無法了解別人，或是讓別人了解。他感覺那種痛苦在發酵，和朋友說話時他感覺得到，在劇場時他也感覺到了。

有時他不免納悶這種關在潛水箱裡的感覺是否正常，是否進入中年危機就是這樣。但，說是中年危機又太早了一點。他才剛滿三十歲。

喬納斯拋開這個想法，做個深呼吸，接近了吸菸的女子。

「晚安。」她說。

「晚安。」喬納斯回答。「妳在這裡做什麼，小姐？」

「請叫我蘇菲。」

喬納斯知道應該要她走，她跑來這裡，私下堵他實在是不像話。他應該叫她走，然後進屋去，沖個澡，忘掉這一次奇怪的邂逅。

結果他卻坐了下來。

「好吧，蘇菲。妳來這裡做什麼？」

她似乎思量了一會兒。

「我想知道接下來會怎麼樣。」她說。

「妳說什麼？」

「你問我我在這裡做什麼，我是來問你接下來的情況的，就是……」她支支吾吾。「案子。」

喬納斯凝視著身旁的年輕女子，她被煙霧籠罩，長腿彎得像受傷的蚱蜢，一隻胳臂抱著身體，好像在高溫的夏夜裡覺得冷。

「這種事不是應該明天到我的辦公室談嗎？」他問，知道他如果眞想趕走她，必須要強勢一點。

那爲什麼我沒有呢？他自問。

「我反正都來了，就談吧。」

「我不知道能說什麼。」喬納斯嘆了口氣。「我們會繼續蒐集證據，我們會非常仔細研究鑑識結果。我們會跟許多人談話，該做什麼就做什麼。職責所在。」

「你們會抓到凶手。」蘇菲說。語氣肯定。

喬納斯皺著眉頭。他究竟是跟她擔保了什麼？他眞該管好自己的嘴巴。命案現場是鑑識人員的惡夢。就在布莉塔・彼得斯死亡前幾晚，她還在公寓爲朋友辦過生日派對，客人將近六十名。將近六十人在公寓裡留下大量的指紋以及ＤＮＡ。如果無法從犯人素描下手，被害人的友人又提不出什麼相關證物，案子就棘手了。

「我們會盡力而爲。」喬納斯說。

蘇菲點頭，又吸了口香菸。

「布莉塔的公寓不知道哪裡不對勁，」她說，「我想不出來是哪裡。」

喬納斯知道這種感覺——有如某個低沉的音符，但不是你的耳朵聽到的，而是你的腹部。

「我可以嗎？」他問道。「我是說抽一根。」

「這是最後一根。可是你可以吸一口。」

喬納斯接過蘇菲伸過來的香菸，她的指尖拂過他的指尖。他深吸了一口，還給她。蘇菲將菸舉到唇邊。

「我覺得布莉塔是意外被害的。」她說。

「妳有什麼根據？」

「認識她的人做不出那種事來。」蘇菲說。「一個都不可能。」

喬納斯沉默不語。他再一次接受蘇菲遞過來的香菸，吸了一口，再還回去。蘇菲默默把菸捻熄。她坐在他旁邊，盯著黑暗。

「我能跟你說布莉塔的事嗎？」她最後問。

喬納斯不忍心說不，點點頭。蘇菲又沉默不語，似乎不知該從何說起。

「有一次，布莉塔五、六歲的時候，我們跟爸媽一起進城。」她終於開口。「我們沿著馬路走，手上拿著甜筒——那時是夏天，我記得很清楚，就好像是昨天剛發生一樣。有個遊民坐在人行道上，衣服破破爛爛的，沾滿了泥巴，旁邊還有一隻癩皮狗，推車裡面都是瓶子。我們沒看過遊民，我嚇壞了，因爲他的味道好臭，又病懨懨的樣子，而且我也怕他的狗。可是布莉塔很好奇，她跟他說了什麼，大概是『你好』之類的吧，就是小孩子有時會跟陌生人說的話。那人對著她嘻嘻笑，說：『嗨，小姑娘。』我爸媽匆匆往前走，可是布莉塔卻不知怎麼滿腦袋都想著那個人，後來纏著我爸媽問了好幾個小時的問題。那個人是怎麼了，爲什麼樣子怪怪的，爲什麼說話怪怪的，爲什麼味道怪怪的？我爸媽跟她說那人可能病了，也沒有家，從那時起，只要我們跟爸媽進城去，布莉塔就會帶著一些食物，到處找那個人。」

「她找到了嗎？」

「沒有。可是不只是那個人而已。我都算不清布莉塔帶回家多少受傷的動物，要我們爸媽照顧到痊癒。布莉塔十二歲的時候開始到動物收容所當義工。搬到城裡之後，她就跑到爲遊民提供食物的地方工作。她始終沒忘記那個人，知道吧？」

喬納斯點頭。他盡力去想像她活著，那名如今躺在鑑識科的嬌小金髮女郎，盡力去想像她東跑西跑，過著平常的生活，跟姐姐說話，歡笑。可是他沒辦法。他總是無法將凶案的被害人想像成活生生的人。他從來沒有在被害人活著的時候認識他們，總是在死後，而且他的想像力貧乏，想像不出任何東西來。

「要挖苦他們很容易，」蘇菲說，「要嘲笑像布莉塔這樣的人很容易，就罵他們是濫好人。可是布莉塔眞的是個大好人，不是濫好人，她眞的做了很多好事。」

喬納斯看著她，想要把她跟她的妹妹想在一起。兩個女人那麼不像——嬌小的布莉塔有如精靈，長長的頭髮，在他見過的所有照片中，都散發出羞澀與脆弱的氣質；而蘇菲，短短的頭髮，男孩似的外表，儘管歷經了悲劇，樣子仍然很強悍。

「被刺了七刀。」蘇菲說，嚇了喬納斯一跳。「我在報上看到的。你能想像我父母會做何感想，看到報紙？」她問道。

喬納斯點點頭——隨即又搖頭。其實，他想像不到。

「你一定要抓到他。」蘇菲說。

喬納斯看著她。動作偵測器在他靠近房屋時點亮了燈光，此時熄滅了。蘇菲的眼睛在黑暗中閃著光。一時間，喬納斯覺得自己陷入那兩潭深淵中。蘇菲也回視他。這一刻轉瞬消逝。

「我該走了。」她突然站了起來。

喬納斯也站起來，幫她拎起台階上的皮革袋子，遞給她。

「唉唷，好重啊。裡面裝了什麼啊？磚塊嗎？」

「書啦。」蘇菲說，把袋子甩到肩上。「我覺得隨時有東西可以讀讓人覺得很安慰。」

「我能了解。」

「眞的？你也喜歡看書？」

「嗯，老實說，我最近一次看書可能是幾百輩子以前的事了。」喬納斯說。「我沒耐性看小說。我以前倒是很迷詩歌。魏爾倫[1]、韓波[2]、濟慈[3]——那一類的都喜歡。」

「天啊，」蘇菲呻吟了一聲。「打從念書開始，我就受不了詩歌。如果在九年級我又得再背誦一次里爾克[4]的〈黑豹〉，我想我一定會發瘋。『牠的目光，在鐵柵邊來回梭巡／如此的蕭索，再震懾不住……』」

她假裝害怕地打哆嗦。

喬納斯忍不住咧嘴笑。

「妳對里爾克太不公平了。」他說。「先別這麼武斷，搞不好有一天我會說服妳，讓妳再給詩歌一次機會呢。妳可能會喜歡惠特曼，或是梭羅。」才剛說完，他就暗罵自己。他在搞什麼？

「可以試試看。」蘇菲說。

她轉身要走。

「謝謝你的時間，也抱歉打擾了。」

她消失在夜色中。喬納斯看著她離開，過了一會兒才轉頭登上前門台階。

他驚訝地愣了愣。

潛水箱的感覺消散了。

---

1 Paul Verlaine（一八四四—一八九六），法國象徵派詩人。

2 Arthur Rimbaud（一八五四—一八九一），法國詩人，僅在十四至十九歲創作，後停筆。是超現實主義詩歌的鼻祖。

3 John Keats（一七九五—一八二一），英國浪漫派的重要詩人。

4 Rainer Maria Rilke（一八七五—一九二六），德語詩人，對十九世紀末的詩歌體裁與風格，以及歐洲頹廢派文學都有深遠影響。

十一

我的肌肉像著火。我決定為反攻日做好一切的準備，別的姑且不論，我得訓練體能。假如我想要在極端壓力的情況下撐住，我在生理和心理上都必須有萬全的準備。體適能極佳的身體比較能面對挑戰，所以我在健身。多年來我的地下室都有健身設備，只不過幾乎是備而不用。我有一陣子飽受背痛所苦，請了私人教練來做重量訓練，改善了背痛的情況。除此之外，就沒有什麼理由要操練身體了。我相當瘦，也算健康，壓根就不在乎能不能穿比基尼。在我的塵世裡沒有海灘。

健身感覺很好。現在開始重整體能，我才發覺這些年來我有多忽視自己的身體。我一直靠頭腦而活，忘了我也有胳臂、腿、肩膀、背、雙手雙腳。

我辛勤地鍛鍊。享受最後一回舉重的痛，那種滾燙的、尖銳的感覺告訴我，我畢竟仍活著。而且還有別的好處。我的身體記起了與頭腦不同的回憶：走在樹林中，痠痛的小腿；晚上跳舞，痠痛的腳；大熱天跳進水塘裡，心臟在決定繼續鼓動之前揪緊不動。我的身體提醒了我痛苦的感覺為何，也提醒了我愛的感覺為何——黑暗、猩紅、迷亂。我霍然發現自己有多久沒有觸碰別人，有多久沒讓別人觸碰了。

我眞希望能夠逃離這種剛剛萌生的渴望情緒，但我正在跑步機上跑步，不能逃離，無論我跑得多快。我甩開這種想法，把速度再調快個一、兩格。

我的脈搏加速，大口喘氣。突然之間我想起了昨夜以及那場恐怖的惡夢：我怎麼也擺脫不了那場惡夢，最後手腳亂揮，瞿然驚醒，喘不過氣來。這不是我第一次夢到跟藍曾會面，卻是迄今爲止最恐怖的一個夢。每一個環節都出了差錯，感覺好眞實。我的恐懼，藍曾的邪笑，他的手上覆滿莎樂特的鮮血。

但至少惡夢有它好的一面，我現在知道了我必須讓莎樂特置身事外。我不想，可是不得不如此。下意識裡，我早已知道，但我的恐懼讓我變得自私。因爲我不想獨自面對藍曾，身邊沒有熟人，所以我忽略了事實，讓莎樂特跟一個殺人兇手接觸會害她身陷無法預測的危險之中。

我不知道藍曾爲什麼殺害安娜，我不知道他是出於預謀或是一時衝動，我不知道他之前之後是否殺過人，我一無所知。我會確定莎樂特不跟他見面。肢體上的攻擊或許不可能，但我不能冒這個險。

今天早晨第一件事就是拿起電話撥給莎樂特，告訴她訪問那天放假。如此一來，我就會獨自面對藍曾。

我做完訓練，關掉跑步機，渾身是汗。我的身體很累，但我珍惜這個感覺。到浴室前，我經過了走廊窗台上那盆枯萎的蘭花，既羞怯又不討喜。我也不知道爲什麼，但我覺得需要把它帶進屋子裡，好好地溺愛。可能是因爲我開始溺愛自己了。我走到浴室，幾乎無法將T恤從頭頂上拉掉，因爲布料黏著我的身體。我走到蓮蓬頭下，打開熱水，享受著熱水流過肩膀、背部、大腿的感覺。我的身體在多年的麻木之後甦醒了。

我有股想感受更多的衝動：感受震天響的搖滾樂以及之後的耳鳴，感受酒醉的陶陶然，嚐一嚐辣得冒煙的食物。感受一下愛。

我的身體列出了一張不存在於我的塵世中的清單：別人的貓突然喜歡上妳，街上撿到零錢，電梯中的彆扭沉默，燈柱上的留言——「**我在上週四的酷玩演唱會上看見妳，在人群中失去了妳。有人叫妳蜜芮安，妳有褐髮綠眼。請聯絡我，電話〇一七六……**」夏天的柏油味，黃蜂螫人，火車罷工，緊急停車，露天劇場，隨興的演唱會，以及愛。

我把水關掉，把這些想法甩開。我還有太多事要做。

不到十分鐘後，我坐在書房寫作，窗上飄落了第一片雪花。

10 蘇菲

清醒與作夢之間最完美的一刻來臨了。

蘇菲一睡著，同樣的夢魘就覆住了她，等她醒來，痛苦的現實會壓住她。但之間的短暫一瞬卻是完美的。

今天也如每一天一樣，一眨眼就過了，而且每件事都如洪水湧回。布莉塔死了。心中的絕望就是因此而生的。布莉塔死了，布莉塔死了。再也不會正常了。

蘇菲在床上清醒地躺了幾小時，最後前幾夜的無眠追趕了上來，她終於打起了瞌睡。這時她躺在床上眨眼，想看清收音機鬧鐘上閃動的紅色數字。快四點了。她睡了不到兩小時，但她知道再賴在床上也沒有意義。

她兩條腿先下床，接著停住。腦海中掠過布莉塔的公寓一景。有哪裡不對；從那晚之後，就一直有什麼在糾纏她。連續幾晚，她躺在床上，絞盡腦汁，卻總抓不住那滑溜的片段，找不到著力點。而現在她似乎覺得關鍵性的細節在夢中浮現了。

蘇菲閉上眼睛，屏住呼吸，但它又溜走了。她起床，無聲無息，不想吵醒保羅，帶上了門。她吐出一口氣，慶幸沒驚動保羅。此時此刻，萬萬不能讓未婚夫以過分傷感的關懷來悶得她喘不過氣來。她最不想聽的話就是保羅問她覺得怎麼樣。

蘇菲進了浴室，寬衣立在蓮蓬頭下。她能感覺雙腿打顫，彷彿跑過馬拉松；她不知多久沒有進食了。她打開水，水從蓮蓬頭汩汩流出，如黏液，如尚未凝結的果凍。蘇菲閉上眼睛，仰臉接水。水緩緩流下，稠得像蜂蜜。不，不算像蜂蜜，蘇菲想——比較像血。她睜開眼睛，看見她沒搞錯。是血，到處都是。流過她的身體，在她的肚臍四周積成一個小水坑，滴在她的腳趾上。蘇菲倒抽口涼氣，再次閉上眼睛，默數一二三。二十一、二十二、二十三、二十四、二十五。再度逼自己睜開眼睛。水就是水，猩紅色不見了。

不到五分鐘之後，蘇菲換好了衣服，在畫室裡。畫室擺滿上了油彩的畫布，瀰漫著乾了的油彩及壓克力顏料的氣味。她最近畫得很勤，畫室變得不夠大，整個公寓都顯得不夠大。憑他們的積蓄其實早已能換一間更寬敞的公寓——願意的話，可以寬敞很多。蘇菲的作品在新畫廊熱賣，而且價格遠超過她的奢望。保羅的律師事務所也是業務蒸蒸日上。蘇菲至今不搬家，也是因爲懶惰，因爲她不想跟房屋仲介打交道。可是也該是時候了。

她走向畫架，調和顏料，沾好畫筆，揮灑了起來，動作飛快，不假思索，大筆刷塗。畫完後，她稍後退，布莉塔以死寂的眼睛瞪著她。蘇菲退後一步，再一步，一轉身，踉踉蹌蹌離開畫室。

繪畫一向是她的避風港，一個放鬆的地方，可幾週來，繪畫除了鮮血與痛苦之外，什麼也沒能給她。

蘇菲進入廚房，想開冰箱，把手卻搖搖晃晃。她的眼前金星亂舞，她拖過一張椅子，坐下來，竭力漂浮在意識的表面上。

她吃不下，睡不著，她無法繪畫。她不能跟別人傾訴。殺害布莉塔的凶手仍逍遙法外。只要案子沒破，每天早晨就只有一個理由讓她下床：抓到他。

蘇菲掙扎著站起來，進入書房，挖出一本空白的筆記簿，打開筆電，開始調查。

十二

我的房間一角有動靜，在黑暗中。一道陰影。我知道是什麼，但我不去看。我睡不著，我害怕。我躺在床上，毛毯拉到下巴。這時是午夜，而明天——不，精確地說是今天——就是訪問日。通常睡眠遲遲不來的夜晚，我會看電視。但我無法隨著不受控制的資訊之潮載浮載沉，我想要主宰進入我腦中的思緒與影像。

我醒來時，尚未睜眼看鬧鐘，就希望不是半夜三更——介於三點與四點的可怕時段。只要在這時醒來，陰沉的想法就如水蛭一般吸附著我。大家都這樣，在夜半時分覺得鬼氣森森很自然，因爲夜間在此時最爲寒冷，人體也在最低潮。血壓、新陳代謝、體溫，樣樣都往下掉。也難怪聽說死於此刻的人比其他時刻要多。

我想過一遍之後，睜開了眼睛，想看清鬧鐘上的數字。我用力呑嚥；剛剛三點，還用說。

此時我躺在床上，讓幾個字在我的舌尖融化：**巫婆橫行的黑夜**[5]。我很熟；我很清楚。但今天不同，今天甚至比平常更魆黑、更深沉。角落的陰影動了動，我只以眼角瞧它。它散發出迷惑、恐懼、血腥味。再幾個小時訪問就要到了。

我竭力鎮定。我告訴自己我辦得到，維克多．藍曾的壓力即便不比我的大，也會同我一樣。他可能失去的東西多了——事業、家庭、自由。而我的優勢就在這裡：我沒有什麼輸不起的。但這個想法也舒緩不了我的恐懼。

如果有人知道我的計畫，可能會認爲我瘋了。我很清楚我的行爲有多麼矛盾。我嚇慌了，然而我仍然把一個殺人凶手弄到家裡來。我覺得脆弱，卻仍相信自己會贏。我的人生已不可能再糟了，但我仍害怕會輸。

我打開了床頭燈，彷彿藉由燈光就能驅散陰鬱的想法。我在鴨絨被底下蜷縮，卻仍抖個不停。我伸手拿床頭几上的破舊詩集，是幾年前某個書迷送我的。我以手指拂過封面，探索厚紙上的淚與皺褶。我一向愛散文勝於愛詩，但這本書卻不止一次帶給我幫助。書翻開來落在惠特曼的〈自我之歌〉上，我讀過不知多少遍了，連書本都會自動翻到這裡。

我自相矛盾嗎？

好吧，我是自相矛盾，

（我很大，我容納衆大。）

5 出自莎士比亞的悲劇《哈姆雷特》。

很好，讀到某個與我心有戚戚焉的人。又一次，我的思緒飄向了藍曾。我無法想像眼前的這一天會如何轉折。儘管我怕得很，我仍巴不得黎明快來。枯等無聊以及懸疑未決都在一點一點啃噬我。破曉似乎遙不可及。我渴望太陽，渴望它的光。

我盤腿坐起來，肩上披著鴨絨被，斗篷似的。我翻閱著書，找到了我要的段落。

看著天光破曉！
細弱的光逐退了無垠縹緲的暗影，
我的顎上嚐到的空氣清香。

在夜晚最漆黑的時刻，我以百年多前一位美國詩人描述日出的詩取暖，我覺得好多了，不那麼冷了。

然後我又看見了，在我的視界周邊。我臥室黑暗角落裡的陰影動了。

我鼓起勇氣，顫巍巍地向它走去，一隻手伸得老長。我的手指只摸到粉刷牆壁。我臥室的一角是空的——空氣中僅隱隱存留著籠中猛獸的氣味。

十三

讓我既盼又懼的這一天來臨了。

幾天的好天氣之後，今天早晨清涼明朗。草原上覆著厚厚的霜，在陽光下閃爍生珠，好不迷人。上學途中的孩子會發現結冰的水坑，會在水坑上打滑，甚至以鞋尖去把冰面戳破。

我沒有時間享受風景。在中午藍曾抵達之前，我還有許多事要做。

我會整裝以待。陷阱就是捕獲或獵殺的工具。

好的陷阱必須具備兩個條件：簡單，安全。

我在餐廳裡，看著早送過來的外燴食物，夠餵飽一支軍隊，但其實只有三個人：藍曾，他帶來的攝影師，我。但我相信攝影師拍照不會超過一小時，接著就只剩下我們兩個。

清淡的午餐包括沙拉以及其他的小點，裝在漂亮的小玻璃罐中，還有雞肉蔬菜捲。精美的瓷盤上擺著小片蛋糕，還有一籃水果。我挑選這些食物並不是爲了迎合誰的口味；我唯一的選擇標準是取用食物的人是否會留下清楚的 DNA 樣本。沙拉與蛋糕非常理想。不用叉子沒法吃，而叉子上就會留下唾液。水果籃也有同樣效果。只要藍曾咬了蘋果，等他走後，我就能把剩餘的部分撿起來，送去化驗分析。至於捲餅，一口咬下，醬汁會溢出來，讓你吃得滿手都是，無論是誰都得在吃完後用餐巾擦手擦嘴。如此一來，餐巾上就可望留下可用的ＤＮＡ。

我拿走了外燴公司提供的餐具和紙巾。接著我戴上可棄置的乳膠手套，拿了我自己家裡的沙拉叉和蛋糕匙（我昨晚都消毒過了），排在小推車上。最後，我拆開了一包新的紙巾。我退後一步，檢查成果。食物看來極其可口。完美極了。

我脫掉手套，丟進廚房垃圾桶，再換一雙，從櫥櫃中拿出家裡唯一的菸灰缸，擺在餐桌上，藍曾跟我會坐在這裡。我已經擺出了幾本我的書，一只保溫咖啡壺，鮮奶，糖，咖啡杯，茶匙，以及幾瓶礦泉水和幾只玻璃杯。

目前桌上最重要的東西就是菸灰缸。我查到藍曾抽菸。只要他留下了菸蒂，我就會像中了樂透；發現桌上已經準備了菸灰缸，他就不必詢問我是否可以吸菸。

我瞧了瞧電話。在藍曾抵達之前，我仍有充分的時間。我吸氣吐氣，脫掉第二副手套，丟掉。接著我癱坐在客廳沙發上，在心裡複習待做清單。沒多久結論就出來了：該做的我都做了。

我環顧四周。幾天前保全公司派來的兩名謹慎的員工確實把攝影機與麥克風裝設得不露痕跡。很好。雖然我知道器材的位置，但我既然看不見，藍曾也絕對看不見。整個一樓都裝置了監聽設備。假設藍曾會坦承犯罪或許是天真，可如果心理學家——以及如奎斯登森博士之類的專家——的說法可信，有些殺人犯的確在私底下很渴望做一件事：認罪。

我已準備周全。早晨醒來後，我花了半小時跑跑步機——時間足夠讓我的腦袋充滿氧氣，卻不會把自己累著。我沖了澡，謹慎選衣。我挑了黑色，而非藍色，藍色表達信任；亦非紅色，紅色散發進取與熱情；也非白色，白色代表單純無知。黑色意謂著嚴肅、認眞——不錯，也代表哀悼。

我吃了豐盛的早餐，鮭魚和菠菜，根據我請教過的一位營養專家的說法，都是有益大腦的食物。早餐過後，我餵了布克維斯基，帶牠到樓上房間，裝了一碗水，一碗稍後吃的食物，預備了幾個牠最愛的玩具。

此刻，我坐在沙發上。

我回想幾週前打給某專家的電話，他在地區犯罪調查部工作；我想起了柯納教授的活潑，與我們談話的主題簡直有天壤之別。

我決定請他保密，接著就把來龍去脈都告訴了他。我跟他說了我的妹妹安娜。我跟他說了命案至今未破。最後我問了他最重要的問題：多年前發生的命案所蒐集到的ＤＮＡ是否會保留到現在。

「那還用說！」他如此回答。

我很慶幸找柯納談過。因爲，我最大的願望當然是讓殺害我妹妹的凶手在我的面前崩潰認罪。我必須知道那一晚究竟發生了什麼事，我必須聽他親口說。而想到柯納以及他的ＤＮＡ採樣，我會覺得心安。他是我的安全網。我會逮到藍曾的。無論是用哪種方式。

我瞧了瞧時鐘。剛過十一點。我仍有將近一小時能放鬆，最後一次在腦海中盤算——門鈴響了。我嚇了一大跳。腎上腺素飆升，衝上腦門，有如一盆冰水。我的鎮定蕩然無存。我倚著沙發臂穩定下來，做了三次深呼吸，這才去應門。也許是郵差，或是推銷員——現在還有這種人嗎？

我打開門。

多年來，那頭怪獸甚至在我的夢中都追逐著我不放。而此時此刻，他就站在我的眼前。

「早安。」維克多．藍曾說，掛著致歉的笑容，伸出了手。「我是維克多．藍曾，我們來早了。我們提早從慕尼黑出發，怕會遲到，可是今天的交通比我們預計中要順暢多了。」

我壓下尖叫著逃跑的衝動。我覺得被識破了，但我不動聲色。

「沒關係，」我說，「我是琳達．康拉德茲。」

我跟他握手，面帶笑容。**遠離恐懼之路需要穿過恐懼**。

「快進來。」

我毫不遲疑，我沒有發抖，我直視他的眼睛，我的聲音有力清晰。直到現在我如管窺的視覺才稍微開放，我注意到了攝影師。他很年輕，最多二十八，我向他伸出手，他略顯緊張——緊張，卻敏銳。他說什麼是我的書迷，但我很難將注意力放在他身上。

我讓兩個男人進屋。他們都禮貌地摩擦鞋底。藍曾穿深色大衣，脫下後裡頭的衣著無可挑剔：暗色長褲，白襯衫，黑外套，沒打領帶。他的頭髮黑白參雜得頗見格調，皺紋也恰到好處。

我接過他的大衣和攝影師的羽絨衣，掛在門廳的鉤子上，一面偷看兩個男人。維克多．藍曾是那種照片不足以傳達其神韻的人，無論出現在哪裡，整體氣氛都會爲之一變。藍曾的魅力令人意外，而且危險。

我很氣自己這些一閃即逝的想法，費力地集中注意。

兩個男人似乎都對這個足不出戶、自我中心的小說家住宅中的高雅大門廳給震懾住，他們覺得像闖入者。很好，緊張不安。我帶路到餐廳，利用時間振作精神。開始了。他們提早抵達當然是藍曾蓄意爲之，刻意要逼我腳步錯亂，讓他來掌舵，來主宰進程，給我個下馬威，讓我知道情況不由我指揮。不錯，我確實在剎那間亂了分寸，但我恢復了鎮定。我驚訝的是計畫啓動了，我卻沒多少感覺。我有點目眩神迷；我覺得像布幕升起後的演員，在扮演琳達．康拉德茲。這一切只是演戲，眞的——爲我屋中的攝影機以及麥克風演出的一齣戲，而表演者就是藍曾和我。

我決定在餐廳接受採訪倒不是出於什麼謀算，而是純粹的直覺反應。客廳讓我覺得不對勁。我們得坐在沙發上，靠得很近——沙發柔軟舒適，那可不對。樓上的書房在走廊的盡頭，太遠了。反過來說，餐廳就很理想，距前門近，有大桌子，可以拉開相當的距離。而且還有另一個優點：我除了站在這裡，凝望樹林邊緣，幾乎不會用到餐廳。我一個人都在廚房吃飯。我經常一個人。我寧可跟藍曾面對面坐在一個於我不大要緊的地方，但是廚房，我經常在廚房裡和諾伯特聊天、喝紅酒，一面攪拌醬汁。或是樓上的圖書室，那裡是我旅行、作夢、愛的地方。我活著的地方。

我盡量表現得放鬆，不去瞪著藍曾看。我由眼角看見他幾眼就把房間打量了一遍。他走向餐桌，把袋子放在最先接近的椅子上，打開來，瞧了瞧裡頭。他在確認該帶的都帶了。他似乎有些笨拙，幾近緊張，但攝影師也一樣。要不是我有先見之明，我會以為他們只是一心一意想把採訪做好，因此難免會惴惴不安。至少對攝影師來說，他可能是這般心情。

我瞥了眼空落落的大餐桌，我早已擺了幾本新小說。當然是不需要陳列的，我確信來此的兩個人都清楚內容。但是從心理學的角度來看，把起訴書放在眼前倒不失為好主意。攝影師會認為書是供他拍照的。他忙著弄器材，而那頭怪獸則環顧房間。

我坐下來，拿了一瓶水，打開，倒在玻璃杯裡。我的手沒發抖。我的手——我自問是否第一次跟殺人兇手握手。畢竟，這種事誰也說不準。我自問我這一生一共跟幾個人握過手，我這一生又有多久。我在心裡快速加總。三十八年，大約一萬三千八百七十天。如果每一天我都跟一個人握手，那就有將近一萬四千人。有多少人殺過人？最後我的結論是我大概不是第一次跟殺人凶手握手——只不過我只知道這一個是殺人凶手。

藍曾看了我幾眼。我硬生生要亂糟糟的思緒平定下來，這些思緒就像受驚的小雞一樣胡亂撲打翅膀，但最終還是乖乖聽話。我很氣惱。而我也氣惱我居然會氣惱。就是這樣子的粗心大意才致命。從現在開始，我必須排除雜念——這是我欠安娜的。

我看著那頭怪獸。我看著維克多．藍曾。我恨他的名字。不僅是因爲那是怪獸的名字，也因爲我知道維克多意謂著「征服者」，而我一向相信人如其名。但這一次故事的結局會不一樣。

「妳的屋子眞漂亮。」藍曾說，走向窗邊，望著樹林邊緣。

「謝謝。」我說，也站起來走過去。

我爲他開門，陽光從雲層穿透而出。這時外頭下起了濛濛細雨。

「三月了，天氣卻像四月。」藍曾說。

我沒作聲。

「妳住在這裡多久了？」他問。

「十年多了。」

客廳的電話響了，嚇了我一跳。沒有人會打這支電話。想聯絡我的人都打我的手機，我看見藍曾斜睨了我一眼。電話仍在響。

「妳不接嗎？」他問。「我不介意等一下。」

我搖頭，電話鈴聲也停了。

「我很確定不是重要電話。」我說，也希望說對了。

我把視線從樹林邊緣移開，又回餐桌前坐下。這裡最讓我有安全感——背對著牆，面對著門。

如果藍曾想坐在我對面，他就得背對著門。大多數的人會因此而緊張，影響了專注力，但他默默接受了。就算他注意到了，他也沒露聲色。

「開始吧？」我說。

藍曾點頭，在我對面落座。

他從椅腳的袋子裡拿出記事本、筆、數位錄音機。不知道那個袋子裡還有什麼？他在凝聚心神。我坐得筆直。我很想要蹺二郎腿，雙臂抱胸，但我忍住了。不能有保護的姿態。我兩隻腳穩穩踩著地板。我把一隻手臂擱在桌上，向前傾，占據空間，擺出主人的架式——奎斯登森博士稱之爲「權威姿態」。我看著藍曾擺好紙，把錄音機調整成與桌角對齊。

「好，」他開口道，「首先我想先謝謝妳撥冗接見。我知道妳很少接受採訪，我很榮幸被邀到府上來。」

「我很欣賞你的報導。」我說，希望語氣不卑不亢。

「真的？」他擺上一副臉孔，好像真的受寵若驚。稍微一停滯，我這才明白他是希望我再多說一些。

「對啊。」我說。「你從阿富汗、伊朗、敘利亞的報導——你做的工作確實了不起。」

他垂下眼瞼，謙和地笑，彷彿聽見我的讚美覺得難為情。

你是在玩什麼把戲，藍曾先生？

我筆直的坐姿和穩定的呼吸都向身體送達它所需要的信號：專心，但是放輕鬆。可我的神經仍然緊繃，幾乎是一碰就斷。我等不及想知道藍曾究竟準備了什麼問題，他又想如何主導這次的訪問。他一定也一樣緊張，滿腦袋在想我有什麼盤算，我會出什麼牌，我的袖中藏了什麼玄機。他清喉嚨，瞧了瞧筆記。攝影師忙著操作鏡頭，試拍了一張，再回去看他的曝光表。

「好，」藍曾說，「我的第一個問題是妳的讀者都會想問的。妳以文學小說聞名，妳的小說筆觸幾乎帶著詩意。而現在妳寫出了第一本驚悚小說《血親姐妹》。請問妳為什麼會有這種改變？」

我也料到他會一開口就提出這個問題，所以我放鬆了一點。不過，我並沒能回答，因為就在這一刻，我聽見了門廳有動靜——有人以鑰匙開門，接著是腳步聲。

我屏住呼吸。

通。

「稍等一下。」我說，站了起來。

我不得不丟下藍曾一會兒。但攝影師跟他在一起，而他可能和藍曾同謀的想法完全說不通。

我走到門廳，一顆心往下沉。

「莎樂特！」我大聲叫，掩藏不了沮喪。「妳來幹嘛？」

她對我皺眉，大衣在滴水。

「今天不是要採訪嗎？」

她聽見餐廳裡傳來兩個男人的低語聲，迷惑地看手錶。

「哎呀，我不會遲到了吧？我還以爲十二點才會開始呢！」

「我其實不需要妳。」我低聲說，因爲不想讓藍曾聽見。「我在妳的語音信箱裡留言了，妳沒聽嗎？」

「喔，我的手機前天搞丟了。」莎樂特漫不經心地說。「反正我都來了……」

「要我幫什麼忙？」

她任我站在那裡，把她那串鑰匙放在門邊的小櫃上，把薄薄的小紅帽大衣掛起來。

我拚命克制才沒有甩她兩耳光、硬把她推出去。餐廳的低喃聲停止了——那兩個男人一定在偷聽。

我得沉住氣。莎樂特滿懷期待地看著我。而在這短短的沉默中，電話又響了。我盡全力忽略它。

「我已經把東西都準備好了。」我說。「不過妳可以煮一點咖啡——這樣就可以了。」我早煮好了咖啡，就在餐桌上的保溫壺裡。不過無所謂——我不知道是否能夠避免莎樂特和藍曾見面，但我會不惜一切代價阻止。

「好啊。」莎樂特說。她瞄了瞄客廳的方向，鈴聲仍不斷，但她沒說話。

「我馬上就拿來咖啡壺。」我在她背後喊。「妳先什麼也不要動。」

莎樂特又皺眉了，因為我通常不會這個樣子，但可能歸因於情況特殊：我從不請陌生人到家裡來，當然也從不接受訪問。電話鈴聲斷了。我考慮是否要看看這個一直打電話的人是誰，又決定作罷。什麼事也比不上眼前的事重要。

我回到餐廳。

12 蘇菲

蘇菲坐在車子裡看著一隻赤白雙色花貓躺在屋前草地上，把自己舔了個遍。足足十分鐘了，她一直在逼自己進入布莉塔曾住過的屋子。

這一天從一開始就不對勁。她終於在一夜無眠之後打了個盹，卻被某個記者吵醒，他想跟她談談她妹妹。她掛斷了電話，火冒三丈。接著她打電話給布莉塔的房東，詢問何時能去公寓收拾布莉塔的東西，卻找不到人。接電話的是房東的兒子，他先表示哀悼，隨即就說起了他的哥哥，說什麼他在念書時死於車禍，所以他當然能夠體會蘇菲現在的心情。

而此時她坐在車子裡。今天很熱，太陽烤著黑色車頂。蘇菲不想下車，她想坐在車子裡，再多看那隻貓一會兒。可是，那隻貓像是猜出了她的想法，一點也不想讓人看，優雅地起身，厭惡地朝她的方向瞅了一眼，大步走開了。

蘇菲嘆口氣，鼓足全身之力，下了車。

附近傳來兒童的嬉鬧聲，可能是從屋後傳來的，一點也看不出這裡發生過可怕的事件。但是蘇菲仍舊得強迫自己跨出每一步，一步步接近前門。等她終於站在公寓門前，她用力吞嚥，掃瞄門牌上的姓名。布莉塔的臨時紙條仍在，上頭有她小學生似的筆跡，貼著膠帶。蘇菲避開目光，雙唇緊抿，按了二樓的年長婦人的門鈴。喀嗒一聲，有人拿起了內線電話。

「喂？」模糊的聲音說。「誰呀？」

「哈囉，我是蘇菲．彼得斯——布莉塔．彼得斯的姐姐。」

「喔，啊啊，進來吧，彼得斯小姐。」

門打開了。蘇菲一咬牙，進了玄關。她盡可能快步通過布莉塔一樓公寓的門，朝樓梯走。

到了二樓，迎面看見一位老婦，短髮剪得俏麗，戴著珍珠項鍊。

蘇菲伸出了手。

「快進來。」婦人說。

蘇菲跟著她順著走廊進入一間舊式的客廳。淡柔的色彩，蕾絲桌墊，古色古香的裝潢，煮馬鈴薯的餘味，居然在在都予人慰藉之感。

「妳眞好，這麼快就來了。」老婦說。她先讓蘇菲坐沙發，又送上了杯茶。

「應該的。」蘇菲答。「我一接到妳的留言就趕來了。」

她吹著茶，呷了一小口。

「鄰居說妳在打聽有沒有人看見了什麼。」

「我以爲有人可能寧願跟我說，而不願跟警察說。」蘇菲回答。「誰知道呢。說眞的，要是我整天關在屋子裡，我會發瘋的。」

老婦點頭。

「我能了解。」她說。「我年輕時也一樣——老是閒不住。」她喝了口茶。

「妳在打聽消息的時候，我正好去看醫生。」她說。「所以我才不在家。」

「這樣啊。妳把看見的事情告訴警察了嗎？。」蘇菲問道。

「喔，他們啊……」老婦不屑地揮揮手。

蘇菲蹙眉。「可妳確實看見了人？」

老婦開始揉開衣服上一塊隱形的汙漬。蘇菲把茶杯放下，身體向前湊，幾乎控制不了顫抖的手。

「妳說妳見過那個殺了我妹妹的人。」她催促老婦，因爲老婦人似乎不想提供消息。

老婦瞪了她一會兒，大聲地抽噎了一聲，癱在椅子上。

「我還是不敢相信。」她說。「這麼可愛的一個女孩。她都會幫我跑腿買東西，妳知道。我的兩條腿沒以前穩了。」

蘇菲看著老婦人哭了一會兒。此時此刻，她沒辦法有多少感受。她在皮包裡找面紙，交給老婦，老婦接過去，擦拭眼淚。

「妳說妳看到了人。」蘇菲等老婦稍微冷靜後繼續問。她身體的每一束肌肉都揪成一團，靜待著回答。

在高速公路上疾馳，蘇菲回想整個對話，怒火幾乎燒穿了腦門。搞了半天，根本就是浪費時間。老婦人很寂寞，想找人聊聊布莉塔，因爲布莉塔固定會去看她。除了其他的毛病之外，她還有白內障，幾近全盲。蘇菲又多聽她嘮叨了一會兒，這才開門見山地打斷。

她超車，一面想著布莉塔——布莉塔，幫助老太太採買，必定也像聖人一樣耐心聽她們念叨。蘇菲靈魂出竅似的開著車，最後放慢了車速，打了方向燈。她的目的地到了。

來開門的年輕女郎摟住了蘇菲的脖子。

「蘇菲！」

「哈囉，小莉。」

「眞高興妳來了。進來，我們到廚房坐。」

蘇菲跟著芙莉德莉克進屋。

「妳好嗎？妳爸媽呢？他們還好吧？」

蘇菲現在已經習慣這些問題了，只以一句話回答。「我們盡量。」她說。

「你們在葬禮上都好勇敢。」

芙莉德莉克的下唇顫抖。蘇菲打開皮包，這天下午第二次，拿出面紙。

「眞是對不起。」芙莉德莉克淚汪汪地說。「應該是我來安慰妳才對！」

「布莉塔是妳最好的朋友。」蘇菲答道。「妳跟我一樣傷心是應該的。」

芙莉德莉克接過面紙，擤鼻涕。

「在葬禮上眞奇怪，」她說，「往棺木上丟花，布莉塔明明就最討厭切花的。」

「我知道。」蘇菲說，幾乎就要露出笑容了。「我爸媽跟我在籌備葬禮的時候也一樣。我們說布莉塔不喜歡切花，葬儀社的人看著我們，好像以爲我們瘋了。『你們說什麼？沒有女人不喜歡花！』」

芙莉德莉克鼻音濃重地笑了一聲。

「布莉塔就不喜歡。」她說。「可憐的花。想想看，你長在草原上，也沒招誰惹誰，結果有人跑來，就把你的頭折斷了。」

兩個女人都忍不住笑出來。

「布莉塔有時候還眞是個怪胎。」蘇菲說。

芙莉德莉克微笑，但這一刻一閃即逝，淚水又湧了上來。

「實在是太可怕了，讓人不敢相信。我想破了腦袋也想不通。」她擦掉眼淚。「妳眞的看見他了？」

蘇菲眨了眨眼。

「對。」她只說了一個字。

「天啊，幸好妳至少沒事。」

她又哭了一會兒，大聲哽咽，然後才努力冷靜下來。

「妳知道我最懷念什麼嗎？」她問。

「什麼？」

「在我需要建議的時候打電話給布莉塔。」芙莉德莉克說。「也眞怪，我比她大三歲，可是她卻是我們兩個之中的大人。少了她，我眞不知道該怎麼辦。」

「我懂妳的意思。」蘇菲說。「布莉塔總是把別人放在心裡的話大聲說出來，像『親愛的姐姐，妳最近胖了一大圈，也許妳應該吃得小心一點！』『蘇菲，妳確定保羅是妳的白馬王子嗎？我不喜歡他看別的女人的表情。』『那個皮包是眞皮吧，老姐？妳確定妳可以接受？』」

芙莉德莉克噗哧一聲笑了出來。

「布莉塔的確就是這樣的人。」她說。「好好笑喔，有時候我會很生氣，可是現在我最想聽的就是布莉塔碎碎念什麼被塑膠汙染的海洋，或是暴虐的大規模養殖。」

芙莉德莉克吸吸鼻子，接著又擤鼻涕。

「妳要找我談什麼，蘇菲？」

「我想問妳一件事。」

「說吧。」

「妳知不知道布莉塔最近有沒有跟誰見面？」

「妳是指男的？」

「對。」

「沒有。里歐離開她以後就沒有了。」

蘇菲嘆氣。警察偏好的激情犯罪（這是她從面談中整理出的結果）似乎越來越不可能了。

布莉塔在事發期間並沒有跟別人交往。

「他們是爲什麼分手的？」蘇菲問。「布莉塔從來不提。」

「爲什麼，因爲他是個徹頭徹尾的混蛋。他還指責她劈腿。」

「妳說什麼？」

「哼。」芙莉德莉克哼了一聲。「布莉塔——說她劈腿！妳能相信嗎？妳要是問我啊，他跟那個現在公然交往的凡妮莎才是有好一陣子眉來眼去的呢，他根本就是想把分手怪到布莉塔頭上。」

「他爲什麼要那麼做？」

芙莉德莉克聳聳肩。「現在也不重要了。」她最後說。

蘇菲點頭。一顆心往下沉。她並不眞的相信最後會證明警方說的激情犯罪是對的，卻阻止不了她希望布莉塔是撞破了某人的祕密。情侶間的犯罪破案率高達九成多，可如果加害人與被害人之間沒有明顯的關連，調查人員就會陷入瓶頸，破案的機會就會直線墜落。

「不管怎麼說，」芙莉德莉克說，把蘇菲從沉思中驚醒，「布莉塔跟別人約會根本說不通。她幹嘛還要約會？」

「妳在說什麼？」蘇菲問道。

「唉唷，」芙莉德莉克說，「妳不知道嗎？」

十四

我不太能習慣莎樂特正在廚房裡煮咖啡，因爲我不計一切想讓她遠遠避開這裡。但現在我也無能爲力了。

維克多．藍曾挑高眉毛看著走入餐廳的我。

「沒事吧？」他問道。說眞的，還眞不能不佩服他的冷血，因爲他明明就看見我離沒事差得遠了。

他仍坐在原處，面前放著數位錄音機，而攝影師把器材都擺放在地上，正在吃蛋糕。

「沒事。」我答道，小心不讓肢體語言露了餡。我看著我位子上的那杯水，在心裡記住絕對不能再喝了，因爲它有幾分鐘離開了我的視線。

不知藍曾是否也有相同的想法？不知他是否認爲**我**可能會設法毒殺**他**。所以他才什麼都不吃嗎？

我正要坐下，攝影師卻阻止了我。

「康拉德茲小姐，我們可以先拍幾張照片嗎？這樣的話，等一會兒我就不必打斷採訪了。」

我最討厭拍照了，但我當然不會這麼說。害怕鏡頭是一種弱點。或許只是個小小的弱點，但終究是弱點。

「好啊。你要我站哪裡？」

他思索了一下。

「妳最喜歡的房間是哪一間？」

當然是圖書室，但那在樓上，而我如果讓這兩個男人在屋子裡漫遊，再闖入我內心的聖殿，那我就不得好死。

「廚房。」我答道。

「那就到廚房。」攝影師說。「好極了！」

「待會兒見。」藍曾說。

我察覺到攝影師投給他的眼神，只是短暫一瞥，但我立時有所領悟：這兩個人不喜歡彼此。如此一來攝影師就會立刻偏向我這一方。

我帶路。藍曾留在餐廳。我從眼角看他在把玩他的手機。我並不想讓他離開我的視線，但我別無選擇。這件事一開始就走岔了。

我們進入廚房，莎樂特煮上了咖啡。機器的咕嚕聲，咖啡香——既熟悉又令人心安。

「我們只是來拍幾張照片。」我說。

「我馬上出去。」莎樂特說。

「歡迎妳留下來看。」我說，想攔住她，不讓她到餐廳去。但話才說到一半，我就明白這樣可能會很奇怪。我幹嘛會想要她看著我讓別人拍照？

「我去看看布克維斯基在幹什麼。」莎樂特說。「牠在哪兒？」

「我的房間裡。千萬別讓牠出來——我們需要安靜。」我說，不理會她不以爲然的眼神。

她溜了出去。攝影師要我在廚房餐桌坐下，整理報紙和我面前的咖啡杯，對準鏡頭後拍攝。

我不太能專心。我滿腦袋都想著餐廳裡的藍曾。不知道他在做什麼？在想什麼？他的行動計畫是什麼？

我自問他對我的了解有多少。他讀了書：這一點很明顯。他會認出他犯下的命案。我只能臆測他讀到時做何感想。還有在之後的日子裡，他的心情呢？憤怒？害怕被發現？不確定？他有兩種可能的選擇：拒絕採訪，不跟我有牽扯；或是到這裡來面對我。他挑了第二種。他吞下了誘餌。現在他會想查出我的計畫，以及我手上握有什麼不利於他的證據。多年來，他勢必對目擊他犯罪的證人有過許多的想法——在那一刻，那恐怖的一瞬間，我們在血淋淋的公寓中四目相對。他犯的罪是否陰魂不散？他是否害怕被揭穿？他是否曾設法找出目擊證人是誰？而他找出來了嗎？他是否想過要一勞永逸？處理掉那個女人——也就是我？

「妳跟我想像的完全不一樣。」攝影師說，嚇得我回過神來。

專心啊，琳達。

「是嗎？怎麼說？」

「我也說不上來。我以爲妳的年紀比較大，比較瘋狂。沒有這麼漂亮。」

他的話說得很直率，但顯然是眞心話，所以我對他微笑。

「你以爲我是個老太婆？」我說，假裝驚訝，很適合一個離群索居卻絕不瘋狂的作家。然後我又靦腆地說：「你不是說你是我的書迷？」

「是啊，我覺得妳的書寫得很棒。」他說，同時調整焦距。「可是我總覺得作者是老人。」

「這樣啊。」

我確實了解。諾伯特有次跟我說我的心靈像個八十五歲的老頭子，我懂他的意思。我陷在自己的腦子裡，跟其他同齡的女人沒有共通點。我的生活跟一般的三十八歲女人沒有相似之處。我過的是老女人的生活，孩子長大離家，丈夫去世多年，大多數的朋友也死了。一個虛弱、足不出戶的老太太。沒有軀體，沒有性別。我說過，陷在自己的腦子裡。這就是我的生活，我就是這樣一個人，這也是我的感覺——而在我書寫時可能也就是這麼一副口吻。

「別的姑且不提，」攝影師接著說，「你如果聽到有個女人從來不走出家門，第一個想到的一定是某個瘋瘋癲癲的老東西，養了四十隻貓。或是一個大怪胎，像麥可·傑克森之類的。」

「很遺憾讓你意外了。」

我並沒打算說得那麼衝。他閉上了嘴，回去調機器，再對準一次，拍攝。我看著他。他是健康的代言人。日曬的皮膚，運動員體格。他穿T恤，即使現在仍是冬天。左手上有塊小擦傷，我敢說他還玩滑板之類的。

攝影師倒了一杯熱呼呼的咖啡，端給我。

「這樣拍起來會很漂亮，咖啡的蒸氣飄在妳的面前。我看看能不能拍下來。」

我接過杯子，喝了一口。他拍攝。

我看著他，想猜出他的年齡。他似乎非常年輕，可能是二十八上下。我們的年齡差距只有十年，可是我卻覺得比他老了一百歲。

我的胃揪成一團，彷彿是胃絞痛。莎樂特坐在藍曾的對面。她的表情有點不對，看來……不一樣。不對勁。她的眼睛有點奇怪，她的嘴，手，整個身體；她的整個態度都**不對勁**。我一進去她就抬起頭，跳了起來。我打斷了他們的談話——可惡，誰知道他們兩人談了多久；照片拍攝了好一會兒。這段期間可以發生的事太多了！我回想起我的惡夢——藍曾血腥的雙手，莎樂特的喉管切開，她的小兒子，那個「不要臉的小魔鬼」，坐在血泊中，而藍曾看著雙手，露出邪惡的笑。

我在心裡整理莎樂特所知道的我，不由得納悶她會不會說什麼話害我陷入泥淖。但她什麼也不知道。她什麼都不知道，謝天謝地，不知道屋子裡的麥克風或監視器。但她就在這裡，跟殺害我妹妹的凶手面對面；她又跟他互換了一個眼色，把一綹頭髮撥到耳後，指尖摸著喉嚨，而藍曾注意到了，他的笑紋加深（他有笑紋，而我恨他有笑紋；他不配），而在一眨眼間，我用莎樂特的眼光去看他，一名吸引人的中年男子，有教養，又世故。最後我明白了我爲什麼怎麼看她都不對勁。她在調情。我頓時醒悟，我對莎樂特的看法非常的單方面。我沒見過她和別人在一起，我這才發覺我和眞實人生多麼脫節，我對人以及愛情知道的有多貧乏。我所知道的都來自遙遠的回憶以及書籍。莎樂特相當明目張膽地在跟藍曾調情！

藍曾注意到我，轉過來給了我一抹友善的笑。

「我應該出去嗎？」我問道，想說得很輕鬆，但連我自己也聽出來失敗了。

「對不起。」莎樂特慚愧地說。「我不是故意要打擾你們的。」

「沒關係。」我說。「不過今天我不需要妳了，莎樂特。下午休假算了，怎麼樣？」

如果莎樂特察覺我是想擺脫她，但她選擇忽略。

「我不是應該先去看看布克維斯基嗎？」她問。

「誰是布克維斯基？」藍曾打岔。

我心裡打了個冷顫。

「他是康拉德茲小姐的狗。」莎樂特搶在我之前說。「很可愛喔，你一定想不到。」

藍曾有興趣地抿著唇。我好想哭。藍曾不應該和莎樂特同處一室，而且他不應該知道布克維斯基。在這驚悚的一刻，我知道我錯了，我還是有輸不起的地方，仍然有我喜愛的東西。我有一大堆東西要保護，也就會失去。這頭怪獸心裡明白得很。

藍曾微笑。他笑容中的威脅是衝著我來的。

我突然覺得頭暈。專心走向自己的椅子，沒有絆倒或摔跤。幸好，藍曾此時並沒有注意我。

「你拍完了嗎？」他問攝影師，他在莎樂特離開時也出現在門口。莎樂特故意從他面前走過，揚著笑聲。

「還差一點。我想在採訪過程拍幾張，妳不介意的話，康拉德茲小姐。」

「沒問題。」

我抓緊桌沿。我必須鎮定下來。也許我該吃點東西。我放開手，滿意地發現我的雙腿又能支撐身體了；我搖搖擺擺走向小推車，拿了一個捲餅，咬了一口。

「吃點東西啊。」我說，轉身看著藍曾和攝影師。「不然我就得一個人處理掉了。」

「那我就不客氣了。」攝影師說，拿了一只裝滿扁豆沙拉的罐子。

藍曾也站起來朝推車走過來，讓我鬆了好大一口氣。他拿了雞肉捲餅，吃了起來，我連呼吸都忘了。我盡可能不要瞪著他看，可我還是看到有一丁點咖哩醬沾到他的上唇。我看見他舔掉了，我看見他吃完了一捲。我懸著一顆心，看著藍曾拿紙巾擦手，最後，在他慢悠悠走回餐桌時，他拿紙巾擦了嘴。

我不敢相信。眞有這麼簡單嗎？我坐下來。藍曾看著我。我們像是西洋棋錦標賽上覿面相對的決勝選手。藍曾的笑容消失了。

14 喬納斯

蘇菲很冷靜，較遲鈍的觀察者可能會忽略她的壓力有多大，但喬納斯看見在安東妮雅．巴格問她問題時，她繃緊了下巴。

他別開臉，爲她難過。他總是盡量從目擊證人的角度去看案件，而看見的影像卻往往會更難擺脫。蘇菲一滴淚也沒掉，再一次精準詳細地述說她是如何發現自己的妹妹陳屍公寓。洩露出她其實繃得有多緊的跡象是她緊握的拳頭，指關節泛白。喬納斯盡全力把她當成是另一個被請回來詢問的證人——當成是凶殺案的證人，而不是坐在他家門階上的女人，幾句話、看個幾眼、一抹笑容、半根香菸，就驅散了煩惱他許久的疏離感。只是證人，他告訴自己。沒別的。

安東妮雅．巴格正預備再問一個問題，卻被蘇菲搶先。

「還有一件事，」她說，「不過我當然不知道重不重要。」

「每件事都很重要。」喬納斯說。

「我昨天去找芙莉德莉克．坎普斯，她是我妹妹最要好的朋友。她跟我說布莉塔計畫要離開慕尼黑。」

「那又怎樣？」巴格問道。

「我也不知道。」蘇菲說。「我覺得很奇怪。布莉塔很愛慕尼黑，她不想離開。一年前她剛畢業，就得到一份在巴黎的工作，可是她拒絕了，因爲她不想搬到別的城市去。」

蘇菲遲疑了一下。

「我說了，我不知道是不是重要。可是也許兩者之間有關連。布莉塔想要離開慕尼黑搞不好是她覺得受到威脅。」

「妳妹妹曾說過她感覺受威脅嗎？」喬納斯問。

「沒有！從來都沒有！我已經說過幾百次了。」蘇菲厲聲說。

「可是妳卻相信……」巴格說。蘇菲打斷了她。

「聽著！我只是在亂槍打鳥。據我所知，布莉塔的生活一點問題也沒有。」

「妳說妳們姐妹很親近是嗎？」巴格問。

蘇菲按捺住嘆息。喬納斯察覺到她的耐性快磨光了。

「對。」她只說了一個字。

「那麼晚了妳跑去找妳妹妹，是有什麼事嗎？」巴格問。

「沒什麼特別的事。我跟我的未婚夫大吵了一架，想去找布莉塔談一談。」

「你們吵什麼？」巴格問。

喬納斯看見蘇菲在椅子上動了動。他觀察到只要彆扭的問題問得太久，她就會有這個前奏動作，接著是不安的扭動。他瞧了同事一眼。只要在偵訊階段，巴格就像隻比特犬一樣好鬥。

「我看不出來那跟我妹妹的命案有什麼關係。」蘇菲答道。

「請回答我的問題。」安東妮雅．巴格靜靜地說。

「欸，我跟你們描述了從我妹妹的公寓跑出去的那個男人，你們不是應該對這個比較有興趣嗎？幹嘛多管我的感情問題？」

「說得對。」巴格說，語氣不冷不熱。「只剩幾個問題了。妳是幾點抵達妳妹妹的公寓的？」

「這些問題我都回答過了。」蘇菲說，站了起來。「我現在要去我爸媽家。還有很多事要做，要整理布莉塔的公寓，還要……」

她沒說完。

「我們還沒問完呢。」巴格抗議，但蘇菲不理她，拿起了旁邊椅子上的一串鑰匙。

「如果有消息，拜託讓我知道。」她對喬納斯說。「拜託。」

她最後一次凝視他的眼睛，然後就走了。

安東妮雅．巴格瞪著喬納斯。

「如果有消息？」她學蘇菲說話。「這是什麼意思？從幾時開始我們還得爲證人提供消息？」

喬納斯聳聳肩。他年輕的同事不知道這名證人就在最近跑到他家的門前，或者該說坐在他家的門階上。幸虧她不知道。要是有人懷疑他跟證人談調查中的案件，他的麻煩就大了。

「你不相信她，對不對？」巴格問。

「我當然相信。」喬納斯說。「妳也相信，雖然妳不喜歡她。」

巴格哼一聲。「你說對了，韋伯先生，」她說，「我不喜歡她。」

喬納斯看著她，露出微笑。有時她眞是讓人氣得牙癢癢，可是他喜歡她的坦白。巴格才進隊上幾個月，但她的衝勁和膽識幾乎立刻就讓她成了不可或缺的一員。

「我們現在不是應該叫名字了？」他問。

安東妮雅的臉立刻一亮。

「東妮。」她說。

「喬納斯。」

她鄭重其事跟他握手，彷彿是在說一言既出駟馬難追。

「嗯，」她說，看著時鐘，「我們得到隔壁去了。小隊會議。」

「好。」喬納斯說。「妳先進去，我等一下再去。我去抽根菸。」

「OK。」

喬納斯看著巴格消失在會議室的方向，馬尾在後腦勺搖晃。他的心思又飄向蘇菲·彼得斯。詢問期間，她表現得無懈可擊——沒有突發情緒，沒有涕淚縱橫。喬納斯朝外走，一面叼了根菸，摸索著打火機，正要點火，就看見了她，坐在警察局草坪外的矮牆上。

她拱肩縮背，兩手摀著臉。起伏的肩膀訴說著她哭得有多凶。喬納斯愣住了。蘇菲沒看見他，他考慮著是否該走過去，隨即作罷。

回到會議室，他仍無法將蘇菲從腦海中刪除。他看著最後幾名同事魚貫進來，覺得非常厭惡這間會議室，厭惡它的日光燈、塑膠味和咖啡味，他在這裡消磨太多時間了。

沉默籠罩。喬納斯這才恍然，大夥都看著他，等他開口，他只好硬逼著自己收束心神。

「好吧，」他說，並沒有針對誰，「誰要先開始？」

安東妮雅．巴格衡第一個。

「首先，」她以特有的斷奏方式開場，「是前男友，在案發時間可能並不在國內，這一點我們需要調查一下。」

喬納斯對小時候的巴格有非常清晰的圖像——早熟，過度熱心，書呆子一個。但仍然很有人緣——金色馬尾，眼鏡，練習簿上寫滿了整齊、連在一起的字。

他任由思緒遊蕩。他早已看過小隊蒐集來的被害人資料與社交背景：布莉塔．彼得斯，二十四歲，新成立的網路公司的繪圖設計師，單身，健康狀況佳。身中七刀而死。沒有性侵跡象。凶器可能是菜刀，下落不明。一切證物都導向一個結論：她和認識的人爭吵。盛怒之下，一時情急，一陣暴怒而下此毒手。她的伴侶。只要這類的案件發生，必定是被害人的伴侶；神祕的凶手只存在於電影中。可是被害人的姐姐宣稱看見了凶手，而不僅是她，布莉塔．彼得斯所有的友人都發誓她是單身，在和前男友傷心分手後，就對約會不感興趣，鎮日埋首於工作。

沃克．紀默的聲音把喬納斯喚回現實。這位同事迂腐又愛賣弄。巴格已經結束她的獨白了。

「我在被害人住的公寓附近打聽過。」紀默說。「一開始沒查到什麼，但是後來我跟公寓的一個女人談過，她跟被害人年紀差不多。」

喬納斯等著紀默說重點。他知道紀默的廢話多，但他也知道除非言之有物，否則他不會開口。

「她聲稱布莉塔．彼得斯非常氣房東有幾次趁著她不在家，私自進入她的公寓。看來她似乎不是只有一點點不高興而已，她甚至想要搬出去。」

「可以理解。」巴格冒出這句話。

「房東住在同一條街上嗎？」喬納斯問。

「對，」紀默回答，「他住在頂樓。」

「你跟他談過了？」

「他不在家。我等一下會再過去一趟。」

喬納斯點頭，若有所思；輪到米格．德茲耶茨維斯基報告被害人工作地點的細節，喬納斯的心神又開始飄忽。德茲耶茨維斯基是個性情好又可靠的年長同事，喬納斯偶爾跟他一起踢足球。

小隊會議結束後，成員各自散開，調查前男友、房東、男性同事。喬納斯看著自己的同事懷著職業熱忱展開工作，心裡想到蘇菲以及他許下的承諾，不禁懷疑自己是否能夠不食言。回到辦公室，他在辦公桌後坐下，瞧了瞧他和蜜亞在比較快樂的時候拍的照片，沉思了一會兒，旋即決定此時此刻不適合耽溺在自己的婚姻問題中，於是開始埋首案牘。

十五

維克多．藍曾的眼睛非常驚人。那麼清澈冷酷。與他飽受風霜的臉孔上的皺紋形成強烈的對比。維克多．藍曾酷似一頭老得很美的狼。他看著我，而我還沒習慣他的目光。我不在的時候，他脫掉了外套，掛在椅背上，也稍稍捲起了白襯衫的袖子。

我的視線落在他的小臂上，落在他的皮膚上。我看得出組成肌理的個別細胞。我想像著一指拂過凸起的血管，感覺他散發出的熱力，而我忽地被一種眼前無法處理的情緒嗆到。我單獨一個人太久了。握個手或是匆匆一個擁抱是這些年來我唯一忍受過的肢體接觸。我爲什麼偏偏在這個時候想起這些？

「可以嗎？」藍曾問。

開始了。我必須專心。我熬過了拍照，而現在切入正題。採訪可以開始了。

「我好了。」我說。

我坐得很直，很清楚自己的身體僵硬。

藍曾快速點頭。他面前放著資料，卻並不參考。

「康拉德茲小姐，再一次感謝妳邀請我們到妳美麗的家來。」

「不客氣。」

「那麼第一個問題是，妳好嗎？」

「你說什麼？」我說，詫異於他的問題，左邊輕輕的一聲嗒讓我明白攝影師記錄下了這一刻。我仍在抵抗頭暈與噁心感，但我沒有露出馬腳。

「我是說，妳過的是非常孤立的生活，這是大家都知道的事。所以妳的眾多讀者當然會想知道妳過得好不好。」

「我的身體很好。」我說。

藍曾的點頭幾乎不可察。他直視我的臉，眼睛毫不迴避。他是想讀我的心嗎？

「妳的小說非常的暢銷，爲什麼會改換類型，寫驚悚小說呢？」

回到開場的問題，剛才我沒能回答，因爲被莎樂特打斷了。好，這問題我可是有備而來，不像藍曾不按牌理出牌的開場白殺了我一個措手不及。我給了他練習過的說法。

「誠如你剛才所言，我的生活和一般人大相逕庭。我不出門，不去上班，不到麵包店或超級市場。我不旅行，不跟朋友約在咖啡館或夜店。我過的是非常與世隔絕的生活，也就是說要想不無聊並不是那麼容易。寫作是我讓自己稍微逃脫的方式，而我想試試不同的東西。我當然了解喜歡我之前的書的讀者會對這個新的方向感到意外，但是我需要在文學上換換風景。」
我說話時，藍曾喝了一小口水。非常好。他留下的痕跡越多越好。
「那麼請問有那麼多種類型可以選擇，妳爲什麼要選驚悚小說呢？」藍曾追問道。
「可能是因爲跟我先前的作品的反差最大。」
聽起來滿可信了。讓訪問正常開始是非常重要的一點。就讓藍曾去納悶我的葫蘆裡不知賣的是什麼藥。我不在乎。我會在他最意想不到的時候出擊。
這時他瞄了筆記一眼，我的視線落在桌上的菸灰缸上。
「你不會剛好帶著香菸吧？」我問道。
藍曾驚訝地看著我。「我是帶著。」他說。
我的心跳漏了一拍，看著藍曾從口袋裡掏出藍色的「高盧人」，拿給我。我抽了一根。
「妳有打火機嗎？」藍曾問。
我搖頭。我可別一陣猛咳啊，我不知有多久沒抽菸了。這一切做作可別白費力氣啊，希望藍曾也抽一根。他在外套的前胸口袋裡尋找打火機，找到了。他隔著桌子幫我點菸，我站起來，湊過去。他的臉靠得較近，我的脈搏加速，我看到他有雀斑。我們的視線相會，我垂下目光，香菸點燃了。一聲嗒讓我知道攝影師按下了快門。
我忍住咳嗽，我的肺像著火。

藍曾把香菸放在手上轉，一次、兩次，然後就收了起來。

「我的菸抽得太凶了。」他說，又回頭看筆記。

活該！

我勇敢地大口大口吸菸，味道很噁心。我頭暈眼花。我的身體不習慣尼古丁，正在揭竿起義。我覺得虛弱。

「我們說到哪兒了？」藍曾問。「啊，對，改變類型。妳自己會看驚悚小說嗎？」

「我什麼都看。」我答道。

我本以爲過久一點，我會習慣他那狼一般的眼睛，卻事與願違。有那麼幾分鐘，我忍著不去撥頭髮，因爲我知道這種姿態代表著沒安全感，但我實在忍不住了。再一次，攝影師按下了快門。

「最近有哪些驚悚小說讓妳印象深刻的？」藍曾問。

我列了幾個我評價很高的小說家。幾名美國作家，幾名北歐作家，德國作家只有一個。

「妳過的是完全與世隔絕的生活，靈感是哪裡來的？」

「隨便一個街角都會有精采的故事。」我說，捻熄了香菸。

「可是妳從來不上街啊。」藍曾沾沾自喜地說。

我不理他。

「我對世界上發生了什麼事非常有興趣。」我說。「我看報紙，看新聞，花很多時間上網，蒐集資料。世界充滿了故事，你得睜大眼睛。而我當然非常感激現代的通訊技術發達，感激媒體能把世界帶進我家裡。」

「妳如何做研究？也是上網嗎？」

我正要回答，卻聽見了我的呼吸和心跳瞬間加快。

不可能。是妳的想像。

「我的研究多半是靠……」我說，盡量專心。「關於這本書，我閱讀，我閱讀……」

我不是在想像，是真的。我聽見了音樂。房間在旋轉。

「我閱讀了大量有關精神……我……」

愛，愛，愛。音樂變響。我眨眨眼，我的呼吸如亂馬奔騰，我就快換氣過度了。藍曾就在我面前，他冰冷淡色的眼睛轉向我，冷酷又有耐性。

我倒抽一口氣，假裝咳嗽，不再說話。一時間，我的眼前一片黑。繼續呼吸！鎮定下來！我尋覓著安定的錨，找到水杯，在手上感覺，滑滑的、涼涼的。往上，幫我往上，我需要浮上去！這個，我手上這種涼滑的感覺，這是現實——音樂不是。但它仍在響，我聽得相當清楚，那恐怖的曲調。

你只需要愛，啦噠噠噠噠。

我的喉嚨好乾。我拿起杯子，想拿到唇邊，卻灑出了幾滴。我在發抖。我掙扎著要喝水，忽而想起我不應該喝這個杯子裡的水，就又放了下來。

「抱歉。」我啞著聲音說。

藍曾說了什麼。我像是在水底聽他說話。攝影師過來了，白花花的一團。我想看清他。我緊扶住水池的邊緣，雖然音樂聲仍在——**啦噠噠噠噠**——我浮了上來。我看著攝影師。我看著藍曾。他們沒有反應。我仍能聽見音樂，但他們聽不到。我不問他們。我不能像個瘋婆子。

「抱歉，你剛才問什麼？」我說，清了清喉嚨。

「妳的新書是如何做研究的？」藍曾問道。

我打起精神來，照本宣科，念出我準備好的回答。攝影師繞著我們拍照，我又回到了軌道上，靠自動導航說話。但在心裡，我卻處於震驚狀態。我的神經在跟我耍花樣，我聽見了聲音，可怕的聲音，而且就在我最需要強悍的心理之際。

該死，琳達，該死。

藍曾又問了一個小問題，我回答了。音樂聲靜止了，世界又恢復轉動。攝影師瞪著鏡頭，藍曾期待地看著他。

「拍完了嗎？」他問道。

「好了。」攝影師回答，看也不看藍曾。「謝謝妳，康拉德茲小姐。」他說。「很榮幸能見到妳。」

「我也一樣。」我說，站了起來，膝蓋虛浮得就像剛出生的小牛。「我送你到門口。」走個幾尺路對我有好處，讓我的血液循環再活起來。方纔我險些昏倒，實在是千鈞一髮。絕不能再發生——只要那個男人還在我的屋子裡。

攝影師收拾好器材，揹起袋子，朝藍曾點了個頭，就隨我走向前門。昏暈的感覺只是漸漸消退，但仍時不時就會突襲我。

「再見。」攝影師說，摘下鉤子上的羽絨衣，跟我熱情握手，凝視我的眼睛一會兒。「多多保重。」他說，說完就走了。

十六

我目送他幾秒，隨後挺起肩膀，準備回餐廳。我的目光落在藍曾的大衣上，猛然止步。我最好快手快腳搜查一遍，說不定能有所斬獲呢。我瞧了瞧廳餐的門，什麼也聽不見。我迅速地掏了大衣口袋，空的。我的後方有聲響，我嚇得心跳漏了一拍。我猛一蹙身。

維克多．藍曾站在我面前，兩眼炯炯，看著我。

「沒事吧？」他問。

他的眼神高深莫測。

「沒事，我只是在找面紙。」我說，指著我的開襟羊毛衫，就掛在大衣的旁邊。

我們立在那兒一會兒，誰也沒開口。這一分鐘非常漫長。接著藍曾的臉色一亮，對我微笑。哼，演技還眞好。

「我到餐廳等妳。」

說完他就轉身走了。

我做個深呼吸，數到五十，這才回到餐廳。藍曾坐在餐桌後，投給我友善的一眼。我正要跟他說可以繼續了，家用電話又響了。會是誰呢？

「妳也許應該去接。」藍曾說。「好像是要緊的事。」

「對。」我說。「也許該接。請等一下。」

我走入客廳，走向響個不停的電話。一看顯示的是慕尼黑的號碼，不由得疑惑地皺眉。我知道這個號碼，前天才撥過。我的手打顫，拿起了電話，非常清楚隔壁房間的藍曾會聽見我說的每一個字。

「琳達．康拉德茲。」

「康拉德茲小姐，」柯納教授說，「我終於找到妳了。」

他的語氣怪怪的。

「怎麼了？」我說，直覺地起了疑。

「恐怕我要說的是壞消息。」他答道。

我屏住呼吸。

「妳詢問過令妹命案現場的DNA，」柯納接著說，「我覺得好奇，就去查了查。」

他支吾不言。惡兆如陰影漫過了我。如果他要說的話跟我預料的一樣，我不想聽。至少現在不想。

「恐怕命案現場遺留下的DNA不能用了。」柯納說。

世界轉爲漆黑。我坐在光禿禿的木地板上，大口喘息。

我彷彿耳中塞了棉花，聽著柯納說很不幸，偶爾會發生DNA樣本遭到汙染或遺失的情形。他非常抱歉。事情發生在他到職之前，否則絕不會有這種疏失。他思考了許久，不確定是否該通知我，但最後他告訴自己，人人都應該知道眞相，即使眞相並不美好。

我盡可能正常地呼吸。隔壁房間裡，那頭怪獸在等待。雖然莎樂特仍在樓上和布克維斯基玩，但除此之外，大屋子裡就只有我們兩人，而我計畫了半天卻落得一場空；即使我有全世界的DNA樣本也幫不上忙了。沒有安全網了。唯有藍曾與我。

「眞是抱歉，康拉德茲小姐。」柯納說。「我覺得妳應該知道。」

「謝謝你。」我無力地說。「再見。」

我瞧了眼窗外。今天早晨迎接我的是寒冷晴朗的黎明，這時卻是灰壓壓的天空，烏雲罩頂。我不知是怎麼找到力氣站起來，回到餐廳的。藍曾轉頭看我。這個危險的男人冷靜自持得令人難以置信。他盯著我的每一步，像一條潛伏的蛇，而我在心裡想：

我需要的是自白。

17
蘇菲

厚厚的雲層有如母親般護著對街的房子。蘇菲看著窗外的天空，幾隻褐雨燕掠過。外頭，在天空下的某處，殺害布莉塔的凶手仍在呼吸。這個想法有種冷冰冰的金屬味道。蘇菲打了個哆嗦。

她很想知道永遠不離開公寓是什麼感覺。不必再踏入這個恐怖的世界。她把這想法丟開，看著手錶。如果她想準時出席派對，現在就該動身了。她以前很喜歡跑趴，也愛自己開派對。但布莉塔死後，她就很慶幸不需要笑、不需要交談。

而今天她卻必須這麼做。她的新藝廊老闆艾弗烈爲了五十歲生日辦了一個奢侈的花園派對。優點是賓客大多是來自全城的藝術界——狂狷的藝術家，富有的藝術愛好者——簡言之，除了愛好繪畫之外，蘇菲跟其他人沒有一絲共同點，而且絕大多數都是她不認識的人。就連派對主人（跟蘇菲合作還沒有多久）都不知道她妹妹最近去世了，沒有人會以那種令人難堪的安慰談話來打擾她。至少這一點是安全的。

想歸想，她還是傾向於不去。是保羅覺得不去太失禮，再說有別的事讓她分心也對她有好處。所以，蘇菲站在衣櫃前，爲難地挑選衣服。請帖上要求賓客穿夏季白；幾週來，蘇菲總是一身黑，白色感覺像要參加化裝舞會。她嘆口氣，拿出白色亞麻長褲和細肩帶白上衣。

晚上濕熱。烏雲散去，並未如預期下雨，帶來清爽。蘇菲和保羅抵達艾弗烈的別墅，派對氣氛熱絡。花園很大，被濃密的樹木及灌木包圍，頗似樹林中的天然空地。林木間閃動著無數的燈光，讓花園及聚集的人有一種不眞實的氛圍。

除了花園偏僻的一角有張小搖椅之外，沒有坐的地方，而那張搖椅也被兩個渾然忘我、熱情擁吻的男人占據了。在巨大的栗色涼棚下掛著數不清的燈籠，猶如成熟的果實；舞池是臨時搭建的，旁邊有個小舞台供樂隊現場演奏，但樂隊仍不見蹤跡。擴音器傳來的音樂被人聲掩蓋，而嗡嗡的人聲懸浮在上空，有如群飛的大黃蜂。賓客不時分開，讓托著飲料和前菜的侍者通過。侍者也是一身白，與派對的色調搭配，若不是頭上戴著華麗的多叉鹿角，誰是賓客誰是侍者根本無從分辨。

蘇菲決定應保羅之請，盡力轉換心情。她喝了杯雞尾酒，然後一杯接一杯。她吃了一點前菜。她向藝廊老闆祝賀生日快樂。她又拿了一杯酒。

最後艾弗烈步上小舞台。他說了幾句話，感謝他的賓客賞光，啓用舞池，請樂隊就位，把今晚的第一首歌獻給他的太太。蘇菲看著艾弗烈和他太太——場中唯一不穿白色，而是一身豔紅的人——送給彼此一個飛吻，也忍不住微笑。但是四人樂隊一彈奏起披頭四的〈你只需要愛〉的前奏，她唇上的笑容就消失了。世界消失了，地上裂開了一個縫，把蘇菲吞了下去。

十七

我回到餐廳時，耳中仍響著電話鈴聲。

我坐下來，決定從現在開始保持冷靜。

藍曾仍掛著他最友善的表情。

「妳的臉色很蒼白。」他說。「要是妳需要休息一下，儘管請便。我有很多時間。我可以配合妳。」

要不是知道他是一頭狼，我絕對會輕易相信他的關心是發自內心的。

「不需要。」我冷冷地說。「隨時可以繼續。」

內心裡，我卻如一團亂麻。我努力回想奎斯登森博士教我的技巧，但震驚太大，頭腦似乎一片空白。

「那好吧。」藍曾說。「寫作呢？妳喜歡寫作嗎？」

我直視他的眼睛。「非常喜歡。」我如機械般回答。

我妹妹叫安娜。

「那妳不是那種字字句句都要苦苦推敲的作家了？」

小時候我很羨慕安娜的名字，因為順著念倒著念都一樣。她也非常得意。

「不是。寫作之於我就像洗澡或是刷牙一樣。其實，幾乎可說是我每日衛生習慣的一部分。要是不寫，就會覺得毛孔阻塞。」

鮮血會害安娜起雞皮疙瘩。

「妳都在何時寫作？」

小時候我擦破了膝蓋，我理都不理；割破了手指頭，我會放到嘴巴裡吸，很驚訝有鐵的味道，於是我知道了鐵是什麼味道。安娜小時候擦破了膝蓋或是割傷了手指頭，會又叫又哭，我就會說：「少娘娘腔了！」

「我喜歡早起，那時思緒最清新，而且也沒有被電話、新聞、我在這一天看到讀到聽到的東西塞得滿滿的。」

「請說說妳的寫作方法。」

我妹妹安娜被刺了七刀。

「我很自律。我在書桌前坐下來，打開筆記，打開筆電，就開始寫。」

「聽妳說得眞簡單。」

「有時候是。」

「不是的時候呢？」

人體含有四又二分之一到六公升的鮮血。

我聳肩以對。

「妳每天都寫嗎？」

體型跟我妹妹一樣的女性大約有五公升的鮮血。流失百分之三十的血液，就會呈現休克狀態，這時傷口流失血液的速度會減緩，身體對氧氣的需求也會減少。

「差不多是每一天。當然，寫完一本書之後，會有一段時間用來尋找新靈感、做研究。這段時間我仍然會籌畫下一本書。」

「妳如何決定下一本書的主題的？」

安娜最後看見的是殺害她的凶手。

「純粹是直覺。」

「妳的出版商完全不干涉？」

在我考到駕照之前，我去上了急救課。

「現在是。」

「妳創造的人物裡有幾分真實的自己？」

不過，多數時候我都在跟教練打情罵俏。

「這部分眞的不是有意爲之。我不會坐下來決定這個人物要有我百分之三十的感情，那一個應該有同樣的童年回憶。可是，說到底，我的每一個人物多多少少都帶有一點琳達的個性。」

「妳的新書寫了多久？」

急救人員和警察都跟我說，在我進入公寓之前安娜就死了。

「半年。」

「還滿快的。」

「並不會。」

可是我卻不是很肯定。

「妳爲什麼寫這本書？」

說不定安娜最後看見的是她沒用的姐姐。

我沒回答。我伸手去拿另一瓶水，打開蓋子。我的手在發抖。我喝了一小口。藍曾的眼睛盯著我的每一個動作。

「妳現在又生了什麼病？」他漫不經心地問，也倒了一杯水。

狡猾的狼。他說得好像人人都知道似的。可是我倆心知肚明，我從未公開談論過我的病。

「我寧可不談。」我說。

「妳上次邁出家門是在何時？」藍曾接著問。

「大概十一年前。」

藍曾點頭。

「十一年前發生了什麼事？」

我沒有答案。

「我寧可不談。」我說。

藍曾也接受了，只是微微挑高眉毛。

「關在家裡妳都如何調適？」他問。

我嘆氣。「怎麼說呢？」我答道。「我不知道要如何跟完全沒有經驗的人描述。世界突然變得很小，到了某個時候，你會覺得你自己的腦袋就是世界，而在那之外，什麼也沒有。你從窗戶看見的東西，你聽見的聲音——滂沱大雨，樹林邊的鹿，湖上的閃電雷鳴——都顯得非常遙遠。」

「會痛苦嗎？」

「沒錯，起初非常痛苦。」我說。「但奇異的是，一開始令人無法忍受的事情很快就變得正常。我想我們眞的可以聽天由命吧。也許不能說是喜歡，卻是認了。痛苦，絕望，不由自主……」

我盡力提供詳實的回答，讓對話繼續。這是標準的採訪，讓他不敢鬆懈。如果讓他胡亂猜疑、如坐針氈呢？

「妳最懷念什麼？」

我考慮片刻。我的世界不存在的東西太多：夜間可以窺入其他人明亮的客廳，遊客來問路，衣服被雨淋濕，腳踏車被偷了。

甜筒上掉下來的冰淇淋在滾燙的柏油路上融化，五月柱。

爲爭停車位吵架，草原上的野花，人行道上的兒童的粉筆畫，教堂鐘聲。

「每一樣都懷念。」我最後說。「不見得是大事——到肯亞去狩獵，或是到紐西蘭跳傘，或是豪華婚禮，當然這些事也很好。不過更多的是小事，日常瑣事。」

「比方說？」

「在街上散步，看到一個長相順眼的人，對他微笑，看著他也回以微笑。知道荒廢多年的空地上開了一家看起來不錯的新餐廳。」

藍曾微笑。

「小孩子偶爾瞪著你看的模樣。」

他點頭。

「或是花店的味道……諸如此類的。跟別人一樣有同樣的生活經驗和感覺……怎麼說呢？……能跟每個人有連結，生與死，工作，歡笑，青春，年老，笑聲，憤怒，所有的一切。」

我頓住，醒悟過來，雖然跟訪問不算有關係，我卻在盡力誠實地回答。我不知道爲什麼。說話的感覺眞好。也許是因爲太少有人可以說話了，也太少有人問我問題。

該死的，琳達。

「而且我懷念大自然。」我說。「很懷念。」

我壓抑下嘆息，因爲我能感受到欲望在我的喉間竄升，有如心口灼熱。

如果藍曾面目可憎，或許就會簡單多了。

藍曾不說話，彷彿在讓我的話產生共鳴。他似乎沉思得過久了。

但他並不面目可憎。

「妳會寂寞嗎？」他問道。

「我不會用寂寞來形容。我有許多朋友和舊識，雖然他們不能時常來看我，在現代這種時候，不需要直接接觸也是可以保持聯絡的。」

要對藍曾的存在無感實在很難。他極善於傾聽。他看著我，卻沒有什麼特殊的用意，我不禁猜想他看見了什麼。他的視線落在我的眼睛上，又飄向我的嘴唇、我的頸子。我因爲恐懼以及無法形容的感覺而心跳加速。

但是等他問：「妳生命中最重要的人是誰？」我的心裡警鐘大作。我要是在殺人凶手面前露出半點軟弱，那我就死不足惜。我可以說謊，但我決定還是扮演謹慎的名人。

「喂，」我說，「這個問題有點太私人了。我寧可只回答跟我的書有關的問題，照先前說好的條件。」

我的心裡像起了狂風暴雨。我得設法讓藍曾回答我的問題。

「抱歉，」藍曾說，「我不是要揭人隱私。」

「好。」我說。

「妳有戀人嗎？」藍曾問，我忍不住皺眉頭。

他立刻改弦易轍，換另一個問題。

「妳爲什麼在這麼久之後又接受採訪？」

好像他不確定爲什麼來這裡似的。

「是出版商的要求。」我說謊，眼睛連眨都不眨。

藍曾的唇上泛出笑意。

「回到最後一個問題。」他說，閃掉了我的招數。「妳有戀人嗎？」

「你不是說你不是要揭人隱私嗎？」我反問他。

「喔，抱歉。我不知道有沒有伴侶是那麼隱私的事。」藍曾說。他換上懊悔的表情，但眼睛卻在笑。「那好吧，回到新書。妳的女主角蘇菲在她妹妹死後整個人崩潰了。我非常喜歡深入蘇菲心情的那幾段。妳是如何進入這麼一個破碎、最終自我毀滅的人物的？」

我沒料到他會有這一招。畢竟，蘇菲——那個心碎的女人——就是我。我用力吞嚥，我的喉嚨好乾。我跟自己說我必須要承受的對話開始了。我在這裡是檢察官、陪審團、法官，三者合一。審判，呈現證據，定罪。

那就開審吧。

「我認爲這是我的優點，我極擅長爲我的人物設身處地著想。」我說。「但是，我不認爲蘇菲破碎了。她在妹妹過世時幾乎崩潰。這點倒沒錯。可是到最後，她使盡渾身解數，證明了殺害她妹妹的凶手有罪，最終也成功了。」

而我也會成功。這是我這一番話的潛台詞，而維克多·藍曾也知道。他似乎是硬嚥了下去。

「另一個我覺得有趣的角色是那位警官。眞的有這樣的一個人嗎？」

「沒有。」我說謊。「恐怕讓你失望了。」

「妳在寫書時難道沒有跟眞正的警察請教？」

「沒有。」我說。「我很佩服同行的作家花那些工夫去研究，而且一點小處都不馬虎。但是我比較感興趣的是人物之間的互動。心理狀態對我來說比技術上的枝節重要多了。」

「我讀的時候覺得女主角和那位已婚警官相當親近。有一段戀情要萌芽了。」藍曾說。

「眞的？」

「對！我從字裡行間感覺到一種微妙的情愫。」

「那你知道的比作者還多。」我說。「這兩個人物惺惺相惜，這一點很重要，但最多也只到這個程度。有些時刻稍微曖昧，如此而已。」

「妳是特意避開愛情故事嗎？」

我猜不出他的用意何在。

「坦白說，我壓根就沒往那個方向想。」

「如果妳的生活正常，妳覺得妳是不是會寫不一樣的書？」

「我相信我們的所作所爲和經驗對我們創造的藝術會有影響。」我說。

「如果妳有戀人，那麼在小說最後也許就會有情人終成眷屬？」

我忍住不屑的哼聲。他以爲我是笨蛋？但他又涉及了個人隱私，倒是好事一樁，因爲我有了一個點子。

「我不太懂你的思考邏輯，」我說。「而且我已經說過了不談私事。」

我希望他可不要就此收手，現在形勢對我有利，因爲他必定奉命要挖出越多我的私事越好。我的新書或許受矚目，但一窺知名又神祕的琳達．康拉德茲的內心更有新聞價值。

「要區隔藝術家與她的作品並不是容易的事。」藍曾說。

我點頭。「但你必然也了解要我向陌生人談私事，我會很不自在。」我答道。

「好吧。」他說，欲言又止，似乎不知該如何繼續。

「我看這樣好了。」我才說就又打住，假裝是剛剛想到這個方法。「如果我也能提問，那我就回答你提出的每一個問題。」

他懷疑地看著我，隨即恢復正常，換上有趣的表情。

「妳也想問我問題？」

我點頭。藍曾的雙眼發光，他覺察到初始的小小試探結束了，他推測我終於要讓遊戲開始了。

「倒像兩人都不吃虧。」他說。

「那就問吧。」我說。

「妳的生命中最重要的人是誰？」藍曾開門見山就問。

我的心思飄向莎樂特；她仍在屋中某處，不知道一刻之前她見到的是一個殺人凶手，而且可能還是心理變態。也飄向諾伯特，天知道他在哪裡，不過可能正氣得冒煙。也飄向我的父母。我的妹妹，她已經去世多年了，但從她死後，就變成了我生命中最重要的人。有如腦海中始終忘不了的曲子。

你只需要愛，啦噠噠噠噠。

「目前主要是工作上接觸的人。」我說。「我的出版商，我的經紀人，出版社裡的其他人，一群朋友。」

這回答模稜兩可，而這樣最好。現在輪到我了，我會先問無殺傷力的事情，探知藍曾如何回覆，他在放鬆時如何反應，接著再問較挑釁的問題，如同測謊前的測試。

「你幾歲？」我問道。

「妳猜呢？」

「我現在是在問你問題。」

藍曾嘻嘻一笑。「五十三。」他答道。

他瞇起了眼睛。

「妳有情人嗎？」他又問。

「沒有。」

「哇。」他說。「我倒被弄糊塗了。」

「哇？」

「妳知道我的意思。」藍曾說。「妳既年輕又美麗，而且功成名就，卻單身。如果妳自己沒有談戀愛，那妳是如何寫感情的事？」

我盡全力不去記住他說的話，不去納悶是否是眞話。比如說他覺得我美麗。

「該我了。」我只這麼說。

藍曾聳聳肩。

「你在哪裡長大的？」我問。

「慕尼黑。」

他向後靠著椅背，似乎採取防禦的姿態。或許是因爲他雖然不願承認，但我的問答遊戲卻令他不悅，即使才剛開始。但換他出招了。

「如果妳自己沒有談戀愛，妳是如何寫感情的事？」

「我是作家，」我說，「我自有辦法。更何況，我又不是一直過著這種生活。」

該我出招。

「你有兄弟姐妹嗎？」我問。

這是一計險招——很難不去想我自己死去的妹妹。藍曾必然明白我正觸及眞正的主題，但他連眼皮都不眨。

「有，一個哥哥。妳有兄弟姐妹嗎？」他照樣反問。

眞冷血。我控制情緒，只說：「有。」

「兄弟或姐妹？」

「還沒輪到你，藍曾先生。」

「妳好嚴格喔，康拉德茲小姐。」他反駁，笑吟吟的。

「一個妹妹。」我答道，穩穩地看著他。

他毫不退縮。

「你跟父母的關係好嗎？」

「好。」藍曾說。「不過我母親已經過世了。我跟我父親，好。我母親仍在世時也一樣好。」

藍曾一隻手扶著太陽穴；我緊盯著他。這不是打撲克牌時的「露餡」的小動作，因爲他尚未說謊。我對維克多．藍曾的了解不少，我希望他不會用我上一個問題來反問我——我寧可不要現在想起我的父母。

「妳懷念談戀愛嗎？」他問。

「偶爾。」我說，立刻就提問。「你有孩子嗎？」

「一個女兒。」

藍曾喝了一小口水。

「妳會想結婚嗎？」他問。「有丈夫，有孩子？」

「不會。」我說。

「不會？」他反問。

「不會。」我說。「你結婚了嗎？」

「離婚了。」

「你的婚姻爲什麼失敗？」

「該我了。」藍曾說。「妳會懷念性嗎？」

他再次前傾。

「你說什麼？」

「妳會懷念性嗎？」他重複一次。

我嚇壞了，但我不動聲色。

「不怎麼會。」我說。再接再厲。「你的婚姻爲什麼失敗？」

「因爲我太重視工作了吧，眞正的原因妳得問我的前妻。」

他又一次以手扶太陽穴。這問題讓他心煩。提及他的家人都讓他心煩。我得牢牢記住，但我需要他說謊，我想知道他說謊是什麼樣子，但輪到他出招了。

「妳和父母的關係好嗎？」

「好。」

這是我說的第三個謊。

「你外遇過嗎？」

「沒。」他一答完就立刻追問。「妳小時候是什麼樣子？」

「很野，」我說，「比較像男生。」

他點頭，彷彿一點也不難想像。

「你有沒有找過妓女？」我問。

「沒有。」

無法斷定他是否說謊。

「妳跟妹妹的關係好不好？」

警鐘噹噹響。

「你爲什麼這麼問？」

「因爲妳書中的姐妹之情讓我著迷。我想，妳把姐妹之愛描述得細緻入微是否就是因爲這個緣故。」

「對，」我說。「我們的關係非常好。」

我吞嚥了一口，現在別動情緒。沒有痛苦。繼續下去。

「你自認是好爸爸嗎？」我問。

他一隻手扶住太陽穴；這絕對是一種模式。

「嗯……是。」藍曾說。

一個弱點。很好。我希望他在猜測我問這些問題是有什麼用意。我希望他因此而緊張。緊張很好。他不需要知道我並沒有什麼目的；我唯一的目的就是讓他心煩意亂。

「妳從眞實事件汲取靈感嗎？」他問道。

「有時是，有時不是。」

「那這本新書呢？」

哼，好像他是局外人似的。

「是。」

該出狠招了。

「你強暴過女人嗎？」我問道。

藍曾皺眉，投給我震驚的一眼。

「這究竟是怎麼回事？」他問道。「我可能並不喜歡妳的心理遊戲，康拉德茲小姐。」

他那副驚駭的樣子裝得還眞像，我差點就要鼓掌了。

「說沒有就行了嘛。」我說。

「沒有。」他說。

他眉間憤怒的深紋仍未鬆開。沉默。

「妳的狗叫什麼名字？」藍曾最後問道。

「你要問這個？」我詫異地說。

「不是，我只是順口就問了。」他說。

這是威脅嗎？他會說起我的狗是因爲他能猜出我有多愛那隻狗。萬一牠出了什麼事，對我會是莫大的打擊嗎？

「布克維斯基。」我說。正預備要提出下一個問題，莎樂特卻出現在門口。

我嚇了一跳，因爲我差不多忘了她仍在。

「抱歉又打斷了你們。」她說。「可是如果沒什麼事的話，那我就先回去了。」

「沒關係，莎樂特，」我說，「妳回家吧。」

「對了，今晚會有暴風雨，別忘了睡前把窗戶都關上。」

「好。」我說。「謝謝妳。」

一想到我就要和藍曾獨自在屋子裡，心裡就不痛快，但更讓我不痛快的是藍曾那雙危險的眼睛又盯住了莎樂特。她向藍曾走去，伸長一隻手。他有禮地起身。

「眞高興認識你。」莎樂特說，把一綹看不見的頭髮撥到耳後，還臉紅了。

藍曾敷衍地微笑，坐下來再次面對我。我透過莎樂特的眼光去看他：他的泰然自若，他的個人魅力。這種人總有本事能全身而退。

「也許以後再見。」莎樂特說。

藍曾只是微笑。我這才明白了，他並沒有跟她調情，是莎樂特在自作多情。他幾乎沒理她，全副心神都放在我身上。莎樂特在餐廳又逗留了一會兒，像個被放鴿子的女人，而藍曾的眼睛又落在我身上。莎樂特向我迅速一點頭，就走了。

我深吸了一口氣。

「妳的助手跟我稍早聊了一下，發現我們住的地方只隔幾條街。」藍曾隨口解釋。「也真奇怪，我們之前在慕尼黑一次也沒碰見過，不過妳也知道，只要認識了，就會經常遇見。」他朝我咧嘴一笑，站起來，從餐車上抓起一個捲餅，咬了一口，慢慢咀嚼。他占了上風。

他的威脅我很清楚。他發覺我喜歡莎樂特，而他在跟我說我毫無辦法讓他不去招惹她。

19 喬納斯

他能感覺到自己漸漸失控，漸漸變得不理性，卻無計可施。他沒有理由跑來，他是在搞什麼？居然登門拜訪目擊證人。

夜間的城市氣氛不同，燈光不同。樹葉尚未變色，但他穿街走巷時覺察到夏天就要結束。

秋天的腳步近了。

喬納斯停好車，按門鈴。遙控門打開了，他進入玄關，往四樓走。蘇菲在門口等他。

「是你啊！」她認出他時只說了這一句話。「拜託跟我說抓到他了！」

喬納斯的喉結上下一動，完全沒料到蘇菲會假設調查有了進展。

「沒有。」他說。「我很抱歉，不過我不是爲這個來的。」

「那是爲什麼？還有問題要問我？」

「不算是。」喬納斯答道。「我可以進去嗎？」

蘇菲拂著頭髮，猶豫了片刻。

「請進，」她說，「我剛煮了咖啡。」

喬納斯跟著她走進擺滿了紙箱的走廊。

「妳要搬家嗎？」

「不是，」蘇菲簡短地說，「是我的未婚夫要搬出去。」

說完她哼了一聲，又改口：「我的前未婚夫。」

喬納斯不知該說什麼，索性不吭聲。

「要不要坐下？」蘇菲指著餐椅。

「我站著就好。」喬納斯說。「謝謝。」

他看了一遍挑高的大房間。粉刷的白牆，幾幀加框複製畫。他認爲是席勒[6]，但不確定。窗台上放著一株孤伶伶的蘭花，旁邊有一只空咖啡杯。洗碗機正在運作，輕柔的嗡嗡聲給人一種安慰感。

「加牛奶和糖嗎？」蘇菲問。

「只加牛奶，謝謝。」

蘇菲打開一瓶牛奶，拉長了臉。

「該死！」她說。「餿掉了。」

她氣憤地把牛奶倒在水槽裡。

「可惡！」她轉身背對著喬納斯，雙手支臀，似乎在控制自己。她面露怪相，拚命把眼淚眨回去。

「我喝黑咖啡也可以。」喬納斯說。「只要有咖啡因就好了。」

蘇菲勉強一笑，幫喬納斯倒了杯咖啡。

「謝謝。」

喬納斯喝了一口，走向大窗前，只見天空藍得招搖，唯恐有人看不見似的。

6 Egon Schiele（一八九〇—一九一八），奧地利畫家，二十世紀初重要的表現主義畫家。

「這裡的視野眞好。」他說。

「嗯。」

蘇菲走過來站在他旁邊。兩人默然無語了一會兒。

「有時候我覺得我會一輩子待在屋子裡。」蘇菲說。「不再出去了。先積存個幾年份的日常用品，然後就再也不邁出家門。」

「好像滿讓人嚮往的。」喬納斯笑道。

「對吧？」蘇菲澀澀地輕笑了兩聲，又變得嚴肅，回頭去看天。

「你知道那是什麼鳥嗎？」她問，看見兩隻小鳥飛掠過窗前，以跌斷脖子的速度閃過對面的屋頂。

「是褐雨燕。」喬納斯說。「牠們一生都在空中，生活、交配，甚至睡眠都在天空上。」

「嗯。」

喬納斯盯著蘇菲，看她遠眺褐雨燕，臉上露出微笑。她跟未婚夫分手了，這是什麼意思？他啜了一口咖啡。

「你要告訴我爲什麼來嗎？」蘇菲終於轉過來問他。

「當然。」喬納斯清了清喉嚨。「我想先聲明一點，我完全了解妳目前的心情，眞的。可是妳不能私下調查。」

蘇菲注視他，彷彿被打了一耳光。她的眼中閃過戰火。

「你憑什麼說我在私下調查？」她問道。

喬納斯壓下一聲嘆息。

「有人申訴了。」他說。

「喔，是嗎？」她說。「是誰？」

「蘇菲，我告訴妳是爲了妳好，妳一定得停手。妳不只妨礙調查，甚至可能害自己有生命危險。」

一時間，廚房中只有洗碗機低低的嗡嗡聲。

「我不能呆呆坐著，什麼都不做。」蘇菲最後說。「而且我也沒做錯什麼，你不能禁止我向別人打聽。」

她別過臉去，怒沖沖瞪著窗外。

「有人提出對妳的指控。」喬納斯說。

「什麼指控？」

蘇菲轉身，瞪大眼睛看著他。

「那類的怨言不是我處理的，我也是偶然發現的。」喬納斯說。「但我的同事一定很快會跟妳聯絡。有個男人聲稱妳追逐他，而且還動手攻擊他。有這回事嗎？」

「動手攻擊……未免太誇張了吧。」蘇菲說。「我只是抓住他的胳臂不放，如此而已。那傢伙足足比我高出一個頭，我怎麼可能傷得了他？」

「妳爲什麼要抓住他不放？」喬納斯問。

蘇菲不作聲，只沉默地看著窗外。

「妳以爲是認出了那晚看到的人。」喬納斯說。

蘇菲點頭。

喬納斯想著安東妮雅．巴格說的話。**「那個女人的腦袋不太正常，誰知道她究竟有沒有看到人。」**

他努力把這種想法趕走。

「我看見他了。」蘇菲衝口而出，恍若看穿了他的心思。「就跟我現在看見你一樣清楚。」

喬納斯吞嚥了一下。

她猛一轉身，手肘碰掉窗台上的空咖啡杯，杯子掉在地上，砸碎了。

「可惡！」蘇菲說。

喬納斯和蘇菲同時蹲下來收拾碎片，結果撞到頭。兩人尷尬地揉額頭，忍不住笑出聲。碎片都撿完後，兩人面對面而站。

喬納斯覺得廚房好像比之前熱多了。蘇菲是屬於那種極少數的人，可以站在那兒，默然注視你，卻不會害你彆扭。她究竟是如何做到的？

門鈴響了，打斷了這一刻。

蘇菲一手撥過頭髮。

「一定是我朋友凱倫，我們要去慢跑。」

「反正我也得走了。」

蘇菲點頭。喬納斯轉身離開，走到門口又停下來。

「我眞的相信妳。」他說。

接著他離開了公寓，一顆心怦怦跳。

十八

想到藍曾可能會傷害莎樂特，我頓覺一陣欲嘔。或許只是虛言恫嚇，可是我卻無法不多心。我看著維克多·藍曾，看得出他自大的笑容幾乎藏不住。終於現出原形了，那頭在我夢中的怪獸。

屋外的雨變大了，我看見子彈般的雨點敲擊著湖面。真實世界中的人會喃喃抱怨，比較穩健的人會撐著傘頂著風雨而行，像一朵朵會走路的超大蘑菇。其他人則從一個地方衝向另一個地方避雨，有如受驚的動物，而雨水淋濕了他們的頭髮。

「你喜歡動物嗎？」我問藍曾，在他根本就還沒有再坐下之前。繼續，不要停下來。

「妳說什麼？」

他坐了下來。

「該我問了。在被打斷之前，你問我，我的狗叫什麼名字，我說叫布克維斯基。現在換我問你喜不喜歡動物。」

「喔，我們還在玩這個小遊戲啊。」

我不回應。

「妳眞是個怪人，康拉德茲小姐。」藍曾說。

我不回應。

「那好吧。」他說。「不算特別喜歡。我沒養過寵物，如果妳是在問這個。」

他瞄了瞄筆記，再度逼視我的眼睛。

「我不喜歡這段對話的氣氛開始變了。」他說。「如果我惹惱了妳，我先道歉。」

我不知如何作答，所以只點點頭。

「還是回頭談妳的作品。妳對妳的工作最滿意的地方是什麼？」

「可以創造我的現實世界。當然還有爲讀者提供一個給他們樂趣的東西。」我說，字字發自肺腑。「你呢？你對你的工作最滿意的地方是什麼？」

「採訪。」藍曾說，咧嘴一笑。他又看了筆記。「雖然媒體和網路上有許多妳的新聞。也許是因爲妳從來不出現在公開的場合裡。」

「是嗎？」

「妳會看與妳有關的文章嗎？」

「偶爾，在我覺得無聊的時候。大多數的文章純屬臆測。」

「看到胡亂臆測的東西，妳會不高興嗎？」

「不會，我覺得很好玩。越離譜越好笑。」

這句也是實話。

「換我了。」我說。「兩次。」

我思索片刻。

「你覺得你是個好人嗎？」我問道。

我是在洶湧的水域中釣魚。迄今爲止，我投的每一個餌都從旁邊溜掉，我不知道我要釣的是什麼。我本想在有秩序的結構中進行，找出他說實話和說謊時的樣子。最後，收緊釣線。可是藍曾滑溜得像鰻魚。或許我應該要激怒他。

「好人？」他接著我的話說。「天啊，妳說話還眞是直截了當。不，可能不算，可是我每天都在努力。」

有趣的回答。藍曾沉默了，似乎在最終認可之前先查探。繼續開火。

「你的一生中最後悔的是什麼事？」

「我不知道。」

「想想看。」

藍曾假裝深思。

「大概是導致我的婚姻破裂的那些事吧。妳呢？妳有什麼遺憾？」

「沒辦法救我妹妹。」我說。

這是眞話。

「妳妹妹死了？」藍曾問。

王八蛋。

「不提這個吧。」我說。

他眉頭一皺，似乎有短暫的迷惑，但隨即恢復鎮定。

「我說到哪裡了？喔，對，妳說網路上流傳的故事並不會讓妳煩惱。那麼批評呢？」

「說得有理的才會。」我說。快，繼續。「你最後悔沒做什麼？」

他回到了正軌上，回答得飛快。

「在我女兒小時候，我應該多挪出時間陪她的。」他說，立刻又追問。「有位批評家說妳的人物很精采，可是情節缺少活力。」

「你的問題是？」我問道。

「我還在構思。是這樣的，妳的新書裡最讓我在意的還不是情節，而是某些人物。有兩個人物我認爲最缺少生氣，而且有意思的是，這兩個人正是被害人和凶手。被害人——如果我太誇大的話請見諒——是個親切天眞的鄉下姑娘，而凶手則是個沒有靈魂的反社會變態，以殺害年輕女人爲樂。妳明明在描繪人物方面的功力最爲人稱道，爲什麼會寫出這麼典型的兩個角色來？」

我的頸背寒毛直豎。

「很簡單，」我說。「我不認爲這兩個角色是沒有新意的人物。」

「是嗎？」藍曾說。「就拿被殺害的女人來說好了，書裡面的名字是布莉塔。」

我的頭皮發緊。**書裡面的名字是布莉塔**。他等於是承認他知道她眞的存在，而且在眞實生活中有不同的名字。

「妳覺得布莉塔這個角色眞實嗎？」藍曾問道。

「當然。」

我當然覺得她眞實。布莉塔就是安娜，安娜就是布莉塔。她存在於現今，她存在於昨日。我了解她，如同了解我自己。

「布莉塔難道不是把一名年輕女子理想化了？如百合花一般純潔的美夢，甜美得讓人受不了，既聰明又博愛，簡直就是美的化身。我是說，有一幕寫她小時候看見遊民，就想把街上所有的遊民都帶回家……」

藍曾發出了輕蔑的聲音。我發覺自己差一點就撲過桌面，甩他幾個耳光，但我硬是忍下了這口氣。我決定讓他問，不打斷他。他的問題比他的回答讓我知道更多。

「我總覺得布莉塔是一個自命清高的人。」藍曾往下說。「書中有段回溯到她想說服姐姐要愛護動物，不要再穿皮草。我覺得幾乎像是嘲弄。布莉塔總是在責備別人，指使別人該做什麼。我知道妳在書中的筆觸是正面激賞的，可是在眞實生活中，像這樣的人——如果眞有這種毫無瑕疵的人存在的話——是會讓人受不了的，而且絕不會像在妳的書裡一樣被美化。妳覺得呢？」

我張口喘氣，壓抑著不讓他激怒。王八蛋。

「我認爲**確實**有像布莉塔一樣的人。」我脫口說。「我相信有非常好的人，有非常壞的人，也有介於中間的人。我們是可能太過於執著細微的差別和介於中間的人，所以把天平兩端的人都拒之於外，稱他們爲陳腔濫調或是不眞實。但是的確有這樣的人，當然，爲數不多。」

「像妳的妹妹？」藍曾問道。

室內氣溫飆升。我出汗了。

「什麼？」

「我總感覺我們現在是在談妳妹妹。」

「是嗎？」

對面的白牆在我的眼前閃動。

「對，只是有這種想法。如果我說錯了，請指教。可是妳寫的這種理想版的姐妹情沒有說服力，而且妳說妳救不了妳妹妹。說不定她死了。說不定妳說的『救』只是一種譬喻。妳畢竟是位作家。也許妳是無法拯救她脫離毒品或是暴戾的男人。」

「你怎麼會這麼想？」

我的口腔湧上鹹鹹的唾液。

「我也不知道。妳顯然非常喜愛布莉塔這個人物，雖然她是那麼恐怖。」藍曾說。

「恐怖？」

我突然頭痛欲裂。對面的牆壁似乎凸了出來，彷彿是有什麼困在牆內，想要逃出來。

「沒錯！」藍曾說。「太善良，太美麗，太純潔，簡直是迪士尼公主。眞實生活中，那樣的女人會讓人受不了！」

「你這麼覺得？」

「嗯，我覺得那個姐姐，她叫什麼來著？抱歉……」

我的頭要爆開了。

「蘇菲。」我說。

「蘇菲實在是太受那個角色擺佈了。布莉塔跟她姐姐說她的未婚夫不夠好。布莉塔不停說著她偉大的新工作。布莉塔一天到晚嘮叨她的體重和外貌。完美的布莉塔，迪士尼公主高高坐在馬背上。說眞的，我要是女人，我要是蘇菲，就會更討厭布莉塔。我甚至會憎惡她。」

我也是，我心裡想。

這份領悟如一盆冷水當頭潑下。這想法是打哪兒來的？不是新的，我能感覺到。這是我不止一次有過的想法，只不過幽微不明，藏在痛苦之海遙遠的彼岸。

妳還算是人嗎，琳達？

我不應該有這個想法的，但我卻忍不住又去想。是的，我憎惡她。是的，她很自大。是的，她很傲慢。是的，她總是高高騎在馬背上——聖人安娜。安娜，穿白衣從不怕會弄髒。安娜，男人會爲她寫詩。安娜，馬克會爲了她離開我，如果她想要他，她也總不厭其煩地提醒我。安娜，即使是露營結束，頭髮也仍飄著洗髮精的香味。安娜，她的名字無論正著念反著念都一樣。安娜，安娜，安娜。

現在究竟是怎麼回事？

我驀地掙脫，浮出了水面，現在頭腦又清楚了。我知道我要對抗什麼，是我有愧的良心。就是我有愧的良心，陰微鄙陋的良心。我救不了安娜的愧疚，一點一點的啃噬我，爲了避免自己被啃成無數的碎片，我的頭腦尋求一個出路，即使這條出路卑劣無恥到讓我去想，我的妹妹並沒有那麼好。

而藍曾剛才的意圖也一樣的卑劣無恥，而我居然落入他的圈套，我眞是卑劣無恥，我太激動、太疲憊、太容易受影響。我的頭陣陣悸痛。我必須打起精神。藍曾吃掉了我的一個城堡，但我的國王皇后仍在奮戰。我必須專心。而且，在振作精神時，我也明白了我聽見了什麼、他說了什麼。聽他說話的口氣，他似乎對她懷有私怨。對布莉塔，對安娜。而我頓有所悟，天啊。

我從來沒想到過。我總假定如果安娜並不是隨機遇害的，而是有什麼關係人，警方就能破案。我以爲安娜會死是因爲她獨居在一樓，有時不會把露台的門關上，而有人趁此占這個漂亮年輕女人的便宜。但或許並不是這麼一回事，或許壓根就不是什麼殘酷的巧合。可能嗎？安娜認識這頭怪獸？

「儘管如此，」藍曾接著說，「我對凶案的描述卻十分著迷。也就是蘇菲發現妹妹的那一章，讀起來實在很感傷，非常有感染力。妳在寫這一幕時是什麼心情？」

我的右眼下方抽搐。我阻止不了。

「很艱難。」我只這麼說。

「康拉德茲小姐，」藍曾說，「我希望妳不要認爲我不喜歡妳的書，因爲完全相反。比如說女主角蘇菲，這個人物從頭到尾我都能夠全心地同情。只是有些地方會讓我覺得反常，而我當然非常興奮能夠有這個獨一無二的機會來請教作者爲什麼她要以這種方式描述，而不是另一種方式。」

「是嗎？」我說。我花了一點工夫才壓制住噁心感，我必須爭取時間。「除了被害人之外，你還覺得有哪裡反常？」

「哅，比方說凶手。」

「喔？」

好，越來越有意思了。

「對，凶手被描述成沒有靈魂的禽獸，一個典型的心理變態。然後是他一定會留在犯罪現場的機關。以琳達．康拉德茲如此水準的作家，我本以爲這個角色應該會描寫得更細緻的。」

「心理變態的人**確實**存在。」我說。

我對面就坐了一個。但我沒說出來。

「當然。但這種人極罕見，即使百分之九十的偵探小說和驚悚小說都圍繞著這類型的罪犯。妳爲什麼決定要寫這種呆板的人物？」

「我相信邪惡和善良都確實存在，我想要表達的就是這一點。」

「邪惡？眞的？人性不都帶著邪惡嗎？」

「也許吧。」我說。「或多或少。」

「像妳書中的那種罪犯，讓妳著迷的地方在哪裡？」

「完全沒有。」我說。

我幾乎是以極不屑的語氣說的。

「完全沒有。我書中那種冷酷、病態的凶手對我一點吸引力也沒有。我唯一著迷的地方是讓他的餘生在監獄中度過。」

「至少在文學中妳是可以讓它發生的。」藍曾露出假笑。

我不作聲。

等著瞧吧，我心裡想。

瞧什麼？我又冒出另一個想法。怎麼瞧？

「換個比較複雜的心理動機難道不會更有趣嗎？」藍曾接著說。

我心中雪亮有好一會兒了，他談的不是我的書，而是他自己。他可能仍在爲自己找藉口。我知他知，而我們兩個也都知道彼此心知肚明。或許我該說出來，索性掃開檯面上的暗喻與遁詞。

「比方說？」但我只這麼問。

藍曾的眼神改變，他看穿了我粗糙的手段。我們兩個都知道我是在問他的動機。

他聳肩以對。滑溜得像條鰻魚。

「我不是寫作的料。」他答得很機巧。「不過請說說爲什麼在最後妳不殺了妳的主角？那樣會比較寫實，同時也比較有戲劇張力。」

藍曾瞪著我。

我瞪回去。

他又問了一個問題。

我沒聽見。

愛，愛，愛。

喔，不。

愛，愛，愛。

拜託不要。

愛，愛，愛。

拜託不要，我受不了了。

我抽噎了一聲，緊抓住桌沿。驚慌地環顧四周，尋找音樂的來源，一無所獲。只有一隻大蜘蛛爬過鑲花地板；我能聽見牠的腳在木頭上敲出聲音來。喀喀喀喀喀。

突然間，藍曾的臉距我非常之近，我能看見他非常白的眼白中的微血管。我夢中的怪獸就在我的眼前。我能感覺到他的呼吸吹在我臉上。

「妳害怕死亡嗎？」維克多·藍曾問。

我的恐懼是一口深井，而我已失足落下。我筆直懸浮在水中。我想以腳趾去觸底，但沒有底，唯有黑暗。

我擺動手腳，想保持在水面上，想保有意識。

「你剛才說什麼？」我問道。

藍曾對著我皺眉。

「我沒說話。妳還好嗎？」

我張口喘氣。誰知道是怎麼回事，但我終究鎮定下來了。

「妳知道嗎？」藍曾繼續說，不動聲色，「最讓我意外的是結局。其實我一直都相信根本就沒有這個凶手，最後反而會證明凶手是那個傷心欲絕的姐姐。」

我腳下裂開了一個大洞，底下唯有黑暗——馬里亞那海溝——一萬一千米的深淵。安娜的臉在笑，在嘲弄。我的手握著刀。冰冷的憤怒。我一躍而下。

我一躍而下了嗎？我？不，不。不是的，不。那只持續了短暫恐怖的一刻。不，不是那樣的！是那個音樂！是那頭怪獸的存在。是我緊繃的神經！說不定是他給我下了藥！與我無關。與我無關！在那短暫恐怖的一刻，我的腦筋亂轉，難道我無邊無際的罪惡感不是源自於我救不了安娜，而是源自於我……我……你知道。說不定壓根就沒有逃逸的男人。安娜和我。說不定逃逸的男人只是一種說法——某種令人心安的說法，唯有作家的頭腦能夠構思出來。

不算糟的說法。逃逸的男人，不比空地上的小鹿真實。琳達又在編故事了。

不。這不像小鹿的故事。我沒撒謊，我也沒瘋。我不是殺人凶手。我甩落陰鬱的想法，重新聚焦在藍曾身上。我險些就讓他操縱了。

我直視他。他發散出……歡快。我打了個哆嗦。他淺淡的眼瞳透著冷酷、幾不可察的笑意。我不知道藍曾的心裡是怎麼想的，但我不再懷疑他是來殺我的。我錯了：他不是一頭狼。他出手並不乾脆俐落，而是享受著整個過程——享受著這個遊戲。

他的聲音在我腦海中迴盪：「妳害怕死亡嗎？」

維克多．藍曾要殺我。他一手插入了外套底下並穿上身。是一把刀子。天啊。

我別無選擇。

我摸索著事先以膠帶貼在桌下的一把槍，撕了下來。我對準了維克多．藍曾，扣下扳機。

22 蘇菲

蘇菲經常回想那一晚。她仍在苦苦思索布莉塔的公寓究竟有哪裡不對勁。一定有什麼地方有問題。她在命案現場看到，在惡夢中看到，但再怎麼努力，還是想不起來。

她很確定這個小節就是關鍵。她只是腦袋裝了太多東西，還篩檢不過來。單單昨天就發生了那麼多事。首先是警察過來責備她，接著她父親又因疑似心臟病發作而送醫，而她母親又是個聽見風就是雨的人，即使診斷證明僅僅是虛驚一場。

但蘇菲仍處於緊繃狀態。睡眠純是奢望，夜晚又是如此寂靜。身旁再也沒有保羅，以穩定的呼吸填滿臥室。蘇菲倒是慶幸他走了；她沒有那個精神力氣去維持戀情，照保羅的意思去考慮婚姻和孩子。她太氣憤，氣自己，氣整個世界。這是悲悼的徵兆，她的治療師如是說。十足正常。可是蘇菲不覺得正常。此時此刻，她覺得看誰都不順眼，也許只有那名年輕的警官例外，他有那種總是言之有理的討厭本事。

蘇菲覺得煩躁不安。她聽說過有許多遭遇了喪親之慟的人，不是崩潰就是恍惚，對外在世界僅有隱隱約約的知覺。幾週來，她親眼見證了兩者：她父親的恍惚，以及她母親的崩潰。雖然現在她母親因服用大量鎮靜劑而不太有多少感受，然而蘇菲卻什麼都感受得到。

反正她今晚是別想睡了，她索性下床到書房去。她在桌前坐下，桌面上擺滿了影印的紙張和剪報。她打開了電腦。

幾日幾夜以來，她畫出了一幅妹妹的人生地圖。她跟布莉塔淚盈盈的朋友談過，跟她震驚的前男友談過，但一無所得。誰也想像不出會有人傷害布莉塔。說不定布莉塔是撞見了某個竊賊，也可能是什麼變態跟蹤她——諸如此類的。全然的陌生人。殘忍的機率。唯有這個可能，這是大家一致的看法。

但布莉塔沒說過有人跟蹤她。她在各方面都沒有露出一絲煩惱的跡象。布莉塔的朋友和蘇菲一樣想不通。如今只剩下一條路需要探索了。

蘇菲進入了布莉塔擔任繪圖設計師的網路公司網站。布莉塔的工作是唯一沒有和蘇菲的人生重疊的區塊。如果布莉塔認得殺害她的凶手，那麼只可能是她的同事，因爲布莉塔生命中的男人蘇菲全都知道。她在凶手從露台消失之前只從露台的門匆匆瞥了一眼，但她絕對忘不了他的臉孔。所以她才認爲那名年輕的女警詢問他們的家庭情況，以及布莉塔的私生活是毫無必要之舉。蘇菲知道她看見的是什麼：純然的陌生人。

她瞧了瞧時間。快兩點了。她記得布莉塔經常加班，有時甚至爲了截稿日而熬夜。她忍不住猜測她的同事是否也一樣。

蘇菲拿起電話，撥了網路公司的號碼，任由鈴聲響著。沒有人接電話。布莉塔的同事是她能核查的最後一批人了，接下來她就會茫然不知該走哪一步。

她毫無概念。有時公司的首頁會有員工的照片和簡介，尤其是像布莉塔工作的那種新成立的小型公司。她再次掃描網頁。沒錯，有個標題是「團隊」。蘇菲以顫抖的手登入。

迎面的照片宛如打了她的胃一拳。

布莉塔掛著大大的笑容看著她。金髮，藍色大眼，散佈著雀斑的鼻子。布莉塔，身上的味道總是很香；布莉塔，總是幫蘇菲抓她最怕的蜘蛛，用舊玻璃罐裝起來，小心翼翼拿到屋外，在草地上釋放。愛吃甜點的布莉塔，總是在嚼口香糖。

蘇菲艱難地把視線從照片上挪開，端詳其他的員工。三名女性，立刻就可以排除。六名男性：兩名經理，藝術指導，三名電腦工程師。都不是蘇菲在布莉塔公寓看見的人。

她繼續往下看，忽然停住。有兩個位置標誌符底下有姓名與職稱，卻沒有照片。蘇菲的心跳加速，掃了一眼名字：賽門．普拉切克，社群媒體，以及安德烈．畢阿柯維斯基，程式設計師。

蘇菲又看了一眼時間。深夜，公司裡還有人的機率是多少？不會很高。但另一個選擇呢？回床上去，盯著天花板？她換衣服，拿了汽車鑰匙，順手關上門。

蘇菲離開了毗鄰布莉塔公司的多層停車場，覺得身體輕盈得出奇。七十二小時缺乏睡眠。她環顧四周。放眼所及的四幢辦公大樓，唯有一棟有燈光，除此之外，再過幾小時就會熙熙攘攘的區域，現在是一條人影也沒有：黑沉沉的瀝青，幾盞孤伶伶的街燈，幾輛計程車在街上呼嘯而過。蘇菲朝有燈光的大樓前進，沒幾步就停住。那是六之十號，而布莉塔工作的地方是二之四號，是隔壁那棟漆黑無人的玻璃建築。

失望之餘，蘇菲向後轉，搭電梯到停車場地下室。地下室的空氣似乎有毒，充滿了廢氣。蘇菲在皮包裡摸索鑰匙，差幾步就走到停車處，驟然間升起一種感覺。她並不是一個人。

她停下腳步。她並沒有認出凶手，因此也假定凶手不認識她。

萬一不是這麼回事呢？

他會來對付她。設法殺人滅口，除掉她這個目擊證人。這裡有人，就在她後面。她猛一轉身，心臟咚咚地跳。沒有人。她匆匆走向汽車，腳步聲以及粗重的喘息聲在空蕩的停車場迴響。就快到了，只差幾步。但她瞬間又凝結住。有人！後座趴著一道陰影。是嗎？不。是光線害她看花了眼。是嗎？

陰影動了。蘇菲的心跳加速，又開始如脫韁野馬。他打算把我也殺了，她呆呆地這麼想。她逃不了了。她甚至叫不出來，只能瞪著眼睛杵在這裡。接著，魔咒打破了。出去，蘇菲心裡想。我必須離開這裡。還有，太近了，我太接近了。再三步，他就會過來。再三步，他就會殺了我。

終於，她的頭腦做了該做的事：全力掙脫其他的想法，把惶恐傳送給身體。對死亡的恐懼如冰水席捲了她的身體、她的衣服、她的頭髮，暫時奪走了她的呼吸。麻痺感隨即消失，蘇菲的身體轉入了求生模式。

她轉身就跑，潛伏的陰影也從汽車後座出現，隨著加速，速度很快，而且越追越近。妳能跑多快，蘇菲，多快？她朝出口狂奔，心跳如雷，呼吸淺促，握著刀的男人緊緊追殺在她後面。她衝向電梯，狂亂地按鈕，身後響著迅捷的跑步聲。她沒有回頭，她想到冥界的歐菲斯——回頭就會死，回頭就會死——但電梯卻不來。蘇菲奔向樓梯，使勁推開吱呀的鋼門，鑽過去，朝上跑。她聽見門砰地關上。那個帶刀的男人是搭電梯嗎？萬一他搭了電梯呢？萬一帶刀的男人在樓上等，萬一……

尖銳的一聲響，樓梯間底下的門推開了，腳步聲在樓梯上響起。蘇菲往上跑，口腔中有金屬味，一個失足，慌忙爬起來，繼續跑，後面是那個帶刀的人，越來越近。別回頭，別回頭。回頭就會死。如果他射飛刀呢？把刀子擲出？對準妳的背？

蘇菲接近停車場地下室的出口，撞向門板，但是門鎖住了。怎麼會？喔，幫幫忙——被他抓住的話，妳就死定了——拜託，拜託，快打開。鎖死了——而且就在她的背後，帶刀的人，就在她背後，腳步聲越來越近。蘇菲再一次撞門，這一次，門彈開。門沒有上鎖，甚至沒有卡住；是她沒把門把往下壓。笨啊，連門都不會開……跑，蘇菲，還想什麼，快跑！

蘇菲衝入空地，拔腿狂奔，沿著不見人影的大樓，沿著不見人影的街道，背後是腳步聲及一把刀——黑色的血，布莉塔睜著的眼睛，布莉塔臉上驚訝的表情，陰影中的人影，陰影中的人影。蘇菲一直跑一直跑，最後連身在何處都不知道，最後除了自己的跑步聲及喘息聲之外什麼也聽不見。唯有到這時候，她才停下來。

十九

不，我沒有扣扳機。我拿出手槍，以顫抖的手瞄準藍曾，但我沒有開槍。我跟自己發過誓，我只會把手槍當作達到目的的手段。我是個動筆的人，不是動槍的人。儘管我到最後決定了槍是必需的，我仍天人交戰了許久才買了一把。

如今證實我做得對。

我沒開槍，但單單是看見槍對藍曾的作用就有如已開了槍。他僵硬得如同屍體，空洞的眼睛直視我。我把槍抓得更緊；槍很重。我瞪著藍曾，他瞪著我，眨眨眼。他懂了。我們坐的這張桌子來了個一百八十度的大旋轉。

「天啊。」藍曾說，聲音顫抖。

「是……」他嚥了口口水，「是眞槍嗎？」

我不作答。我不會再回答問題了。事情已經到了緊急的地步。以DNA或是自發認罪來優雅解決案子的時刻已經結束了。我會用上「緊急」二字並不是隨興爲之。我已經做好了弄髒雙手的準備。不再有試探，不再有遊戲。

藍曾舉高雙手，坐在我面前。

「拜託！」他說，聲音沙啞。「我不懂這是怎……」他話說到一半停住，極力想恢復鎮定。

他的額頭冒汗，我從他起伏的胸膛看出他的呼吸有多快。他的樣子像是震驚過度。他難道眞沒想到我可能會有武器？他同意來採訪這個妹妹被他殺害的女人，總不會連這點可能都沒想到吧！藍曾驚恐的表情倒令我倉皇失措。萬一……

我把所有的疑問都拋開。除非藍曾親口承認他是殺人凶手，否則他走不出這間屋子。只有這一條路。

我回想起從奎斯登森博士那兒學到的東西：雷德偵訊法。製造壓力，以無窮無盡的問題消耗嫌犯的心神。前後矛盾就施以懲罰。在平常無傷的問題中參雜刺激、施壓的問題。採用假證據、脅迫、威權。不擇手段。

讓嫌犯承受壓力。磨損他的心志，讓他承受壓力，最後以自白作爲唯一出路。讓他承受壓力，磨損他的心志。最後，一舉擊碎他。

但首先，我必須查出**他**是否有武器。

「站起來！」我說。「快點！」

他照做。

「外套脫掉，放在桌上。動作慢一點。」

他照做。我拿起他的外套，眼睛始終盯住他，一手搜查武器。什麼也沒有，我把外套丟在地上。

「把長褲口袋的東西都掏出來。」

他把打火機放在桌上，猶疑地看著我。

「向後轉！」

我沒辦法自己動手搜他的身，但我看得出他的長褲口袋裡或皮帶下都沒有槍。

「把你的袋子推給我。」我說。「慢慢的。」

我把袋子拎起來，翻了一遍。什麼也沒有，只有無害的東西。藍曾沒有武器，但是沒有差別。我知道他赤手空拳也能殺了我。我握緊手槍。

「坐下。」

他坐下了。

「我有幾個問題，我要你老老實實回答。」我說。

藍曾一言不發。

「聽懂了嗎？」

他點頭。

「回答我！」我大喊大叫。

他吞嚥了一下。「懂了。」他沙啞地說。

我打量他，他瞳孔的大小，臉孔的皮膚，頸動脈的搏動。他嚇著了，但並不到手足無措的地步。很好。

「你幾歲？」我問。

「五十三。」

「在哪裡長大的？」

「慕尼黑。」

「你爸幾歲？」

藍曾看著我，大吃一驚。

「這些我們可以都跳過。」我說。「你知道為什麼來這裡嗎？」

「呃……來採訪。」藍曾說，聲音發抖。

他真的打算裝糊塗，不知道我在說什麼。

「這麼說來，你是真的不知道我為什麼要你來這裡？」我說。「那麼多記者，偏偏指定你！」

藍曾一臉茫然。

「回答我！」我厲聲說。

藍曾囁嚅不答，彷彿怕說錯話會挨子彈。

「剛才妳說妳指定我是因爲妳欣賞我的報導。」他刻意鎮定地說。「但我現在明白那不是眞正的原因。」

我不敢相信他還在扮演無辜的路人甲，我氣得七竅生煙，極力忍耐才能平靜下來。很好，我心想。隨便他。

「好吧，」我說，「再回到前面。你幾歲了？」

他並沒有立刻回答，我把槍舉高了些。

「五十三。」他說。

「在哪裡長大的？」

「慕尼黑。」

他盡量看著我，而不是我的槍口。

「有沒有兄弟姐妹？」

他失敗了。

「一個哥哥。」

「你跟父母的關係好嗎？」

「好。」

「有沒有孩子？」

他一隻手扶著太陽穴。

「喂，這些問題妳都問過了！」他說，逼著自己說話冷靜。「這是怎麼回事？惡作劇嗎？」

「不是惡作劇。」

藍曾的眼睛稍微瞪大。

「有沒有孩子？」我問道。

「一個女兒。」

「你女兒叫什麼名字？」

他遲疑了。只有一下下，但我覺察到他的不情願。

「莎拉。」他說。

「你最喜歡的足球隊是哪一隊？」

我留意到我不再追問他女兒這個話題，他偷偷鬆了口氣。很好。

「一八六〇慕尼黑。」

該出狠招了。

「你喜歡造成他人的痛苦嗎？」

他發出藐視的聲音。

「不。」

「你虐待過動物嗎？」

「沒有。」

「你母親叫什麼名字？」

「妮彩。」

「你父親幾歲？」

「七十八。」

「你自認是好人嗎？」

「我盡力。」

「你喜歡狗還是貓？」

「貓。」

我幾乎能看見他腦袋裡的齒輪轉個不停，拚命想猜出我究竟是何用意，更重要的是，他要如何奪下我的武器。我以右手持槍，靠著桌子。我的姿勢正確無誤；我不允許自己粗心大意。我一直在練習。桌子很寬。藍曾沒有機會撲向我或是我的槍。他想的話，就得繞過桌子。門兒都沒有。我們兩人都知道。

我加快了步調。

「你最喜歡的電影是？」

「北非諜影。」

「你女兒多大？」

「十二歲。」

「你女兒頭髮的顏色？」

「金色。」

他磨牙，下巴動了動。

有關他女兒的問題會令他著惱。

「你女兒眼睛的顏色？」

「褐色。」

「你父親幾歲？」

「七十七。」

「剛才你說是七十八。」

每個錯誤都要懲罰。

「七十八。七十八歲。」

「你認爲這是遊戲？」

他不作答，眼光閃爍。

「你認爲這是遊戲嗎？」我再問一次。

「不。只是說溜了嘴。」

「你應該要謹愼一點。」我警告他。

讓他承受壓力，磨損他的心志。

「你母親叫什麼名字？」

「妮彩。」

「你父親幾歲？」

藍曾掩住一聲喟嘆。

「七十八。」

「你最喜歡的樂團？」

「U2。不，是披頭四。」

有意思。

「最喜歡披頭四哪首歌？」

「你只需要愛。」

露出狐狸尾巴了。我盡量不動聲色，卻失敗了。藍曾盯著我，眼神詭詐，莫測高深。該把螺絲轉緊了。

「你說謊，藍曾先生。」我說。「不過無所謂，我知道你女兒的名字不是莎拉，是瑪麗。」

我讓他去思考。

「知道嗎，」我說，「我對你很了解，超出你的想像。我注意你很長一段時間了。你的每一步。」

我是在虛張聲勢，可是管他的呢。

「妳瘋了。」藍曾說。

我不予理會。

「其實我問你的每一個問題的答案我都知道，還沒問的問題答案我也都知道了。」

他哼了一聲。「那何必還問？」

嗯，這反應倒是意料之中。

「因爲我想聽你親口說出來。」

「說什麼？又爲什麼？我一點也搞不懂！」

至少他的氣急敗壞有一點點眞誠的味道。我現在可絕不能心軟。

「你打過架嗎？」

「沒有。」

「你打過別人的臉嗎？」

「沒有！」

「你打過女人嗎？」

「剛才的『別人』不就包括女人了？」

他似乎又恢復了鎮定。可惡。談到暴力反倒讓他波瀾不興。冷血的混蛋。

「你強暴過女人嗎？」

他的臉不再有表情。

「沒有。」

目前爲止我唯一挖出的弱點就是他的女兒。我決定要將所有敏感刺激的問題都嵌入與她有關的問題中。

「你女兒多大？」

「十二歲。」

他的下巴肌肉繃緊。

「你女兒現在念幾年級？」
「七年級。」
「你女兒最喜歡哪一科？」
我在藍曾的太陽穴上發現了一條之前沒注意到的血管。它在悸動。
「數學。」
「你女兒的馬叫什麼名字？」
悸動。
「露西。」
「你自認是個好父親嗎？」
他咬緊了牙。
「是。」
「你強暴過女人嗎？」
「沒有。」
「你女兒最好的朋友叫什麼名字？」
「我不知道。」
「安妮卡。」我說。「安妮卡．梅勒。」

藍曾的喉結動了動。我什麼感覺也沒有。

「你女兒最喜歡的顏色？」

「橘色。」

他的手又扶著太陽穴。他受夠了這些與他女兒有關的問題。很好。

「你女兒最喜歡的電影？」

「小美人魚。」

「你殺過人嗎？」

「沒有。」

回答得很快，與其他問題一樣。但他知道我們就快到問題的核心了。他在想什麼？如何脫身嗎？

「你怕死嗎？」

「不。」

「你發生過最有殺傷力的事？」

他清清喉嚨。「這件事。」

「你會爲了什麼殺人嗎？」

「不會。」

「你會爲了女兒殺人嗎？」

「會。」

「你不是說……」

他的冷靜蕩然無存。

「我知道我說了什麼！」他大叫。「拜託！爲了保護自己的孩子，我什麼都肯做。」

他想鎮定下來，卻辦不到。

「現在究竟是怎麼回事？」

他在大喊大叫。

「他媽的到底是怎麼回事？妳是在玩遊戲嗎？妳是不是想寫一本新的犯罪小說？拿我當妳的白老鼠？是不是？幹！」

他一手握拳，重重捶桌。他的憤怒非常可怕，嚇到我了，雖然我手中持槍，但是我面不改色。戶外又是陽光耀眼，我能感覺到熱烘烘的陽光照著我的臉頰。

「冷靜一點，藍曾先生。」我說，又舉高了槍。「這玩意可不是唬人的。」

「我又沒瞎！」藍曾咆哮道。「你以爲我是天眞無邪的孩子？我知道槍長什麼樣子。我在阿爾及利亞有兩次差點被綁架，我在阿富汗報導過軍閥，我非常清楚眞槍和水槍的分別，相信我。」

他滿臉通紅，漸漸失控了。我不知這樣是好是壞。

「你對目前的情況很不滿意。」我說，就事論事的口吻。

「妳他媽的說對了！能不能請妳至少告訴我……」他話說了一半。

「這種情況你隨時都可以喊停。」我打斷了他。

我盡量保持淡定的口吻。我到此時才對屋裡的麥克風敏感起來。

「我需要有什麼本事呢？」藍曾質問道。

「把我要的給我。」

「妳到底要什麼？」

「眞相。」我說。「我要你認罪。」

藍曾瞪著我。我的槍。我也瞪回去。然後他眨了眨眼。

「你要我認罪。」他順口說，難以置信。

我從裡到外都在輕顫。

「我要的就是這個。」

藍曾發出隆隆的噪音。我愣了一會兒才聽出那是笑聲——毫無笑意、歇斯底里。

「那妳也許願意說說我他媽的是要認什麼罪！我怎麼對不起妳了？又不是我自己要來採訪的！」

「你不知道我在說什麼?」

「我知道才有鬼。」藍曾說。

「我覺得很難⋯⋯」

我沒說下去。藍曾陡然間越過桌子，撲向了我。不到一秒，他就把我連人帶椅掃倒了。我的頭重重撞到地面，藍曾壓在我身上。砰的一槍，我的腦袋爆炸了，我只看見斑駁的紅色，聽見耳朵中有哨音。我又踢又推，想把藍曾弄開，可是他太重了。我想跟他拉開距離，拉得遠遠的，我用槍抵住他的頭，純是本能之舉，而不是深思熟慮的動作。他大叫，四肢軟綿。我把他推開，爬起來，退後了幾步，一個踉蹌，險些撞到我自己的椅子。我努力穩住身軀，穩穩站著，張口喘息。我拿槍指著藍曾。我現在絕對的平靜，不殘存一絲的怒氣，唯有冷冷的痛恨。我巴不得扣扳機。藍曾就伏在我面前，一動不動，瞪著槍口。我看見他瞪得極大的眼睛，臉孔上閃著汗珠，胸膛上下起伏，我什麼都看見了，宛如慢動作電影。我的右手，握著槍，在發抖。這一刻過去了。我找回了自制，把槍略略放低。我忽地發覺我屏著呼吸。藍曾在大口喘氣；我們兩個都在大口喘息。他的頭在流血，他跪了起來，兩隻金屬色的眼睛望著我，像受傷的動物。

「起來。」我說。

藍曾站起來。一手按著頭，感覺到鮮血，臉色雪白。我拚命抑制噁心之感。

「向後轉，向前門走。」

他木然看著我。

「快點。」我說。

我舉槍押著他，兩腿虛軟，要他朝客人用的浴室前進，幸好，浴室就在餐廳的隔壁。我叫他拿條毛巾，弄濕，按住出血的傷口。沒多久就知道只是皮肉傷，我壓根就沒好好瞄準。我們都一言不發，室內只聽見粗重的呼吸聲。

接著我又押著藍曾回餐廳。厚重的雲遮蔽了太陽，接近黃昏了；我們正在白晝與夜晚的分水嶺上。遠處傳來隆隆聲。莎樂特預報的暴風雨來了，或許沒有這麼快，但室內的空氣已充滿了電光。

「拜託，」藍曾說，「讓我走。」

我瞪著他。他在想什麼啊？

「我不知道妳要我做什麼。」他說。「我也不知道妳玩的是什麼遊戲。不過妳贏了。」

他的眼中閃著淚光。不錯嘛，讓他頭破血流確實是有好效果。

「你不知道現在是什麼情況？」我問道。

「對！」

他差不多是在尖叫。

「你剛才爲什麼說你覺得我書裡的姐姐是凶手？」我問道。「你是想激怒我嗎？」

「那種話爲什麼會激怒妳？我一點也不懂！」藍曾大喊。「是妳想要談那本書的啊！」不錯嘛。

「那跟莎樂特眉來眼去呢？」

他看著我，彷彿我說的是外國話。

「莎樂特？」

「莎樂特，我的助手。那是怎麼回事？」

藍曾苦悶地嘆了口氣，勉強以平靜的語氣回答。

「唁，妳的助手公然跟我調情，總不能怪到我的頭上吧。我只是不想太唐突，妳不能因爲這樣就怪我，我……」

「你問到我的狗是什麼用意？」

「我那些問題並沒有什麼用意，康拉德茲小姐。」他說。「請妳別忘了，我是應妳之邀來的。是妳邀請我來的。老闆付我薪水來採訪妳，我從頭到尾都很客氣。我沒有做什麼應該讓妳這樣對待我的舉動。」

「你問到我的狗是什麼用意？」

「我們不是來採訪的嗎？」藍曾反問道。

他看著我，當我是危險的動物，隨時都可能撲向他。我能覺察到他費了多大的力氣才保持鎮定。

我不回答。

「妳提到妳養了狗，」藍曾說，「我會問也是再自然不過的事情。」

他現在可能以爲我是個徹頭徹尾的瘋子，完全無法預測。很好。只要再一點點運氣，我很快就能讓他乖乖就範。

「你爲什麼問我是不是怕死？」

「嗄？」

「你爲什麼問我是不是怕死？」我再說一遍。

我又聽見了雷聲，在遙遠的彼處，頗具威勢的轟隆聲，像壞脾氣的巨人在斥責。

「我沒有。」他說。

他一臉糊塗。我又差一點要站起來爲他喝采。

「拜託讓我走。」他懇求道。「我會忘掉今天的事。只要……」

我打斷他的話。「我不能放你走。」

他虛僞的姿態、他虛假的眼淚、他的哭哭啼啼，都令我覺得噁心。我發覺很難不吐在他的腳邊。七刀。而他才不過一點皮肉傷就崩潰。

我深呼吸。

「你有孩子嗎？」我問。

藍曾呻吟，雙手摀住臉。

「拜託。」他說。

「你有孩子嗎？」我再問。

「拜託別把我女兒扯進來。」藍曾咕噥道。

我注意到他在哭。

「你女兒叫什麼名字？」我問他。

「妳把我女兒扯進來到底是有什麼用意？」

他幾乎是在懇求，而我立即領悟了。會不會是他以爲我打算傷害他的女兒？所以我才一直問起她？我是在威脅他？我根本就沒想到這一點，但是無所謂，我決定不理會他的哀鳴。也許他已經準備好要把我想知道的事說出來了。

「你知道我要的是什麼。」我說。

把我要的給我，我就不會找上你女兒，這是我的言外之意。藍曾明白，我也知道。我沒時間覺得良心不安。

「認罪。」藍曾說。

腎上腺素在藍曾攻擊我時曾湧升，此刻帶著復仇之意又湧了上來。我能感覺到它的灼熱。

「認罪。」我確認一遍。

「可是我不知道……」

又來了。他是打算裝糊塗裝多久？

「那麼我來幫你。」我說。「十二年前你住在哪裡？」

他想了想。

「慕尼黑。」他說。「那是我在慕尼黑的最後一年。」

「你認識一個叫安娜·米格里斯的人嗎？」

他的眼神空洞，空泛無神。

「不認識。她是誰？」

騙子。我幾乎要佩服他了。有一把槍指著他，他還能撐這麼久。說不定他眞的不怕死。

「你爲什麼說謊？」

「好，好，好。」他說。「讓我想一想。這名字確實有點耳熟。」

你是在耍什麼花招，維克多·藍曾？

「我在研究的時候發現妳眞正的姓氏是米格里斯，康拉德茲是筆名，因爲妳最喜歡的一位作家是約瑟夫·康拉德，對嗎？」

我越來越抑制不住脾氣。他還在演戲。

「安娜．米格里斯是妳的親人嗎？」藍曾問道。

「二〇〇二年八月二十三日你在哪裡？」我反擊他。

他一臉迷惘。不知情的人還眞會同情他呢，流著血、流著鼻涕坐在那裡。

「二〇〇二年八月二十三日你在哪裡？」我再問一遍。

給他施壓，損耗他的心志，擊潰他。

「媽的，我怎麼可能記得？」他反問我。

「想啊。」

「我不知道。」他又兩手摀著臉。

「你爲什麼殺害安娜．米格里斯？」

「什麼？」

藍曾跳了起來，撞倒了椅子。突如其來的動作以及聲響嚇了我一跳。一時間我以爲藍曾又要攻擊我，所以我也跳了起來，退後幾步。但他只看著我，面色如土。

「我要知道你爲什麼殺害我的妹妹。」我說。

他看著我，我看著他。我毫無感覺，整個人冰冷麻木，唯有手上的槍火燙。

「什麼？」藍曾說。「妳是不是終於……」

「你爲什麼殺害她？爲什麼是安娜？」

「天啊。」藍曾疲憊地說。

他在搖晃。

「妳以爲我殺了妳妹妹。」他喃喃說。

他似乎陷入了恍惚。他不再盯著我，而是盯著地板，視而不見。

「我**知道**是你。」我糾正他。

維克多．藍曾抬頭，睜大眼睛瞪著我。接著，他抓住桌沿，別開臉，大口大口嘔吐起來。

我驚恐地看著他：他在流血，他在哭，他在嘔吐。

藍曾重新振作。咳嗽，喘氣，看著我，上唇冒出了汗珠，表情奇特，像是被鞭打過的孩子。霎時，我看見的是一個人，而不是那頭怪獸，我的胃也因爲憐憫而抽緊。我感受到他的恐懼，他爲自己而發的恐懼，但更多的是爲女兒。全寫在他的臉上。

那張臉。我又注意到他有雀斑。我能想像他小時候的模樣，在飽經世故，在有皺紋之前。有趣的皺紋。我發覺自己在想，我想摸摸他的臉，只爲了知道是何種觸感。我想起我美麗的奶奶和她佈滿皺紋的臉龐。藍曾的臉在我的手指下感覺會不同，會較緊實。

我把這想法拋開。我是在做什麼？我就像是到動物園的孩子，想要摸老虎，儘管她的年紀已經夠大，知道老虎有本事把她全身的骨頭都拆了。

把自己管好，琳達。

我不能讓憐憫之心氾濫。

藍曾又在乾嘔。

「你是殺人凶手。」我說。

藍曾搖頭。

我迷惑了。維克多．藍曾要不是沒有臨界點，就是……我幾乎不敢去想。若是我早已到了維克多．藍曾會在壓力上瓦解的那一點呢？若是他至今仍不認罪的唯一理由是他並沒有什麼罪可認的呢？

不！

我領悟到這種想法有多危險。我必須振作，記住我從奎斯登森博士那裡學到的東西。這種想法可能會導致崩潰。眼前的情況不但是讓維克多．藍曾的神經緊繃，也讓我神經緊繃。我連一吋都不能退讓，不能流露出一丁點的憐憫，而且我當然不能在此時此刻產生懷疑。維克多．藍曾有罪。人人都有臨界點；藍曾只是還沒到。他習慣了極端的情況，他自己就是這麼說的。說不定現在是提供他出路的時機：給他認罪的實在誘因。

「藍曾先生，」我說，「如果你把我要的東西給我，我答應會放你走。」

他咳嗽，喘息，然後看著我。

「把我要的東西給我，這個惡夢就會結束。」我說。

我聽見他呑口水。

「可是妳要的是認罪！」他說，別開臉，一手緊緊按著胃。

「沒錯。」

我知道他要說的下一句話：**可是如果我承認了，妳會一槍殺了我！我幹嘛要相信妳**？而我的回答當然只會有一個：**此時此刻，你別無選擇，藍曾先生**。

他一聲不吭，隨後盯著我。

「我沒有什麼罪好認的。」他說。

「藍曾先生，你可要想清楚了。你有兩個選擇，一個是告訴我眞相。我只要求這麼多。我想知道十二年前我妹妹究竟出了什麼事。你告訴我，我就讓你走。這是第一個選項。第二個就是這把槍。」

藍曾瞪著槍口。

「而且，」我又說，「我的耐性並不是沒有底限的。」

「拜託，」藍曾說，「妳認錯人了！」

我壓下呻吟。他能矢口否認多久？我決定改變策略。

「你要面紙嗎？」我問，同時小心地把聲音變得較輕快、較柔和。

他搖頭。

「一杯水？」

他搖頭。

「藍曾先生，我了解你爲什麼要否認。」我說。「你一定不敢相信只要你把我想知道的事情告訴我，我眞的會放你走。以你的處境，這一點完全可以了解。不過我說的是實話。只要你把我想知道的事情告訴我，我就會放你走。」

四周又是一片寂靜，唯有藍曾淺促的呼吸聲。站在那裡，彎腰駝背，他似乎矮小多了。

「我不會騙你。」我說。「我當然會報警，不過你可以毫髮無傷離開這棟屋子。」

這下子我引起他的注意了。他看著我。

「我不是殺人凶手。」他說，眼中閃著淚光。我不知是因爲乾嘔或是因爲他眞的又要哭了。這一刻，我情不自禁爲他難過。

藍曾挺直腰，手也從胃部拿開。他再次轉身面對我，兩眼通紅，更顯老態。他的笑紋消失了。我看得出他很想用漂亮襯衫的袖子去擦嘴，我能聞到他腳邊那攤穢物的氣味。

我壓住我的憐憫，告訴自己這樣很好。他越是不自在，就越好。他的處境很丟臉，而且會蝕骨銘心。好極了！我緊緊握著槍，指關節都變白了。藍曾默然瞪著我。這是力量的試煉，我不會是先開口的人，我要看他如何扭轉劣勢。脫身之途一清二楚，底牌都攤開在桌上。他必須認罪。

一片沉默。屋外，天空閃爍。我聽見自己的呼吸，也聽見藍曾的，大口喘息，一陣接一陣。雷聲傳來。此外，一片沉寂。

藍曾閉上眼，彷彿如此一來就能從惡夢中掙脫。等他再睜開眼，也開口了。終於。

「請聽我說，康拉德茲小姐。」他說。「這中間有誤會！我叫維克多．藍曾，是個記者，也是個有家室的人。雖然不是模範家庭，可是……」

他快抓不住焦點了。

「我痛恨暴力，我是個崇尚和平的人，我是支持人權的活躍份子，我這一生沒有傷害過別人。」

他的眼神很犀利。我搖擺不定了。

「妳必須相信我！」他說。

但我絕不能動搖。

「你再騙我一次，我就開槍。」

我的聲音很奇怪，我不知道說的是不是眞心話。

「你再騙我一次，我就開槍。」我再說一遍。

藍曾不作聲，只是瞪著我。

我等待著，暴風雨越來越近，風聲也變大。我等了很久才明白他已決定不再開口了。決定權在我了。

23 喬納斯

案子能不能很快破解，或有沒有破案的一天，這種感覺很快就會確定。喬納斯的直覺告訴他，那個精靈似的女人在公寓中被刺死一案並不會像同事所假設的那樣在短期內破案。他們認爲不是吃醋的情人就是憤恨的前情人，尤其是還有目擊證人的指認。

但一種不安卻爬上喬納斯的心頭，暗黑又沉重，不爲樂觀留下一點空間。不錯，種種跡象都指向**情欲犯罪**，嫌犯也有了拼圖畫像，但是被害人的親友都無法指認。如果是一時衝動的犯罪，怎麼可能？當然了，祕密的戀情也是一個可能。但布莉塔・彼得斯不像是這種人。

喬納斯深呼吸，進入會議室。會議室散發混合了塑膠地板與咖啡的氣味。整個小隊都已集合：米格・德茲耶茨維斯基、沃克・紀默、安東妮雅・巴格、妮勒昆・阿斯藍（一位很有人緣的同事，最近剛請完產假回來上班）。室內一片嗡嗡聲，大家在談論昨天的足球賽、看的電影、晚上泡的酒館。雖然是大白天，日光燈仍不得不開著。

喬納斯把燈關掉，站到小隊前。

「大家早。」他說。「先聽聽你們有什麼報告。沃克！」他指著穿牛仔褲及黑色Polo衫的人。

「我問過被害人的房東。」紀默說。「我們從鄰居那兒聽說布莉塔．彼得斯抱怨有個男人未經允許就闖入她的公寓。」

「我們都記得。」喬納斯不耐煩地說。

「嗯，這個房東——叫什麼漢斯．費德曼來著——唯一犯過的罪就是最近從瑞典回來，給兒子和媳婦看了三個小時的照片，差點把他們無聊死。」

「他有不在場證明嗎？」喬納斯問。

「有，那晚他兒子和媳婦在他家過夜。」

「難道他不會溜出去？」

「有可能。」紀默說。「可是如果目擊證人的說詞可信，那她看到的就不是漢斯．費德曼。他七十幾歲了。」

「好。」喬納斯說。「米格？」

「前男友也可以排除了。」德茲耶茨維斯基說。

「布莉塔青少年期的小情人呢？」巴格問道。

「就是同一個。兩人交往了很長的時間，而且分手似乎不是很愉快。可是提出分手的是男方，不是女方。」

「好，這樣他的嫌疑就輕多了。」喬納斯說。「但不是說他就排除了。」

「只怕是排除了。他不在家，跟他的新戀人，一個叫凡妮莎·施奈德的女人到馬爾地夫度浪漫假期了。」

「好，繼續……還有嗎？」喬納斯問道。

「我問一下前男友的事。」妮勒昆說。「有沒有人知道他爲什麼要分手？」

「他覺得女的劈腿。」德茲耶茨維斯基回答。「但她姐姐跟所有的女性友人都發誓他胡說八道，他只是想找個藉口，因爲——引述她們的話——『他是個沒種的王八蛋。』」

「好，」喬納斯說，「無論是不是沒種的王八蛋，他都排除了。還有嗎？」

「不多。」安東妮雅說。「沒有別的伴侶，沒有前男友，工作上沒有問題，沒有負債，沒有樹敵，沒有爭吵。幾乎可以說布莉塔·彼得斯是個很乏味的人。」

「或是個特別善良的人。」喬納斯說。

小隊成員都沉默了。

「好吧。」他說。「現在我們唯一能做的事就是繼續調查目擊證人在命案現場看到的神祕人。」

「**自稱**看到的。」安東妮雅·巴格說。「我覺得那個姐姐在說謊。我是說，拜託，連拼圖畫像師都說她在過程中像是在捏造那張臉。」

喬納斯嘆氣。

「有些人不擅長辨識。」他說。「特別是在壓力極大的情況下。再說，蘇菲・彼得斯爲什麼要殺害她的妹妹？她一發現屍體就報警，她的衣服上沒有血跡。從被害人的傷口也看得出凶嫌要比蘇菲・彼得斯高大很多。最有可能是個男人，況且……」

「我知道，」安東妮雅・巴格打斷了他的話，「我不是說我認爲蘇菲・彼得斯殺了她的妹妹。可如果她是在爲凶手遮掩呢？你不會完全相信這個神祕人的說法吧？」

「那妳有什麼想法？」

「我也說不上來。會不會是她的未婚夫？記不記得我問蘇菲・彼得斯跟未婚夫是爲了什麼吵架，她是如何反應的？」

喬納斯想著蘇菲公寓中待搬走的箱子。她的未婚夫要搬出去了。兩人分手有什麼意涵？

「蘇菲・彼得斯和她的未婚夫分手了。」喬納斯說。

室內一陣喃喃聲。安東妮雅・巴格一巴掌拍中大腿。

「這就對了，」她喊道，「這就對了！」

喬納斯高舉雙手，狀似安撫。

「我們有理由相信蘇菲・彼得斯的未婚夫跟被害人劈腿嗎？」他問道。

沃克・紀默正想說話，卻被巴格搶先。

「布莉塔・彼得斯的一個好友跟我說這位未婚夫，保羅・阿布瑞克特，瘋狂地愛著布莉塔，而蘇菲・彼得斯也知道。顯然是布莉塔・彼得斯親口告訴她的。」

「抱歉，各位，」紀默說，終於搶到說話的機會了，「我可能得潑冷水了。我昨天查過這個未婚夫。他確實在命案當晚跟蘇菲・彼得斯大吵了一架，可是她氣沖沖離開去找妹妹訴苦之後，他就跑去酒吧，跟兩個律師事務所的同事喝到大醉，最後酒吧老闆不得不把他們三個都轟出去，還幫他們叫了計程車。不可能是他，他絕對沒有嫌疑。」

「可惡。」巴格說。

無助的沉默瀰漫了會議室。

「好吧。」喬納斯說。「安東妮雅跟米格，麻煩再去找被害人的同事談一談，看她是否已有搬家的計畫，是不是已經遞出了辭呈？你們可能會聽到什麼。沃克和妮勒昆，麻煩再去找被害人的前男友，說不定我們能從他那裡知道布莉塔・彼得斯的人生中是否又出現了新的男人。問他是不是真的相信布莉塔・彼得斯劈腿。同時，我會再跟鑑識科的聯絡。」

小隊解散，喬納斯抗拒著出去抽菸的欲望。事情越來越明顯了：如果在被害人的親友圈中找不到凶手，破案的機率就會非常非常小。他將守不住對蘇菲的承諾了。

二十

維克多．藍曾低頭看著我，一言不發。我瞪回去。我會站穩立場，無論發生何事。

我們又坐下了。我用舉高的手槍請他回去坐好。

「十二年前你住在哪裡？」我問道。

藍曾發出苦惱不已的聲音，卻不說話。

「十二年前你住在哪裡？」

我並沒有拉高嗓門，沒有吼叫；我只是發問，依照我學到的做法。

「你認識安娜．米格里斯嗎？」

注視某人的眼睛許久很讓人狼狽。藍曾的瞳孔非常淡，是灰色，接近白色，但灰中仍帶著綠褐色斑點，外圍是一圈黑。藍曾的眼睛很像日蝕。

「你認識安娜．米格里斯嗎？」

沉默。

「二〇〇二年八月二十三日你在哪裡？」

沉默。

「二〇〇二年八月二十三日你在哪裡？」

沉默——唯有眉頭一皺。彷彿直到現在他才想起了什麼。

「我不知道。」他模模糊糊地說。

至少他開口了。很好。

「你爲什麼騙我，藍曾先生？」

若是在電影中，我會在此時此刻放鬆保險栓，一擊中的。

「十二年前你住在哪裡？」我再問一遍。「說啊，該死的！」

「慕尼黑。」藍曾說。

「你認識安娜·米格里斯嗎？」

「不。」

「你爲什麼騙我，藍曾先生？根本沒有必要。」

「我沒有騙妳。」

「你爲什麼殺害安娜·米格里斯？」

「我沒有殺人。」

「你殺害過別的女人嗎？」

「我沒有殺過人。」
「你是誰？」
「妳說什麼？」
「你是誰？強暴犯？搶匪加殺人犯？你認不認識安娜？」
「安娜。」藍曾說，我頸上的寒毛根根倒豎。「不認識。」
聽到他說出安娜的名字，對我有了影響。那個讓她得意非凡，正著念倒著念都一樣的名字。我發抖了。我看見安娜躺在血泊中，雖然鮮血會害她起雞皮疙瘩；我知道我不會放藍曾走。維克多．藍曾必須認罪，否則就得死。
「你認不認識安娜．米格里斯？」
「不，我不認識叫安娜．米格里斯的人。」
「二〇〇二年八月二十三日你在哪裡？」
又是沉默。
「二〇〇二年八月二十三日你在哪裡？」
「我……」他欲言又止。「我不確定。」
我很惱火。他明明就知道二〇〇二年八月二十三日他在哪裡，他非常清楚我問的是什麼。紙早就包不住火了，他還這樣惺惺作態幹什麼？

「這是什麼意思？」我無法掩飾住我的不耐煩。

「康拉德茲小姐，請妳聽我說，拜託，幫我一個忙。」

我受夠了。我應該要突破他的心防的，結果我卻是那個快要捺不住的人了。我再也受不了看著他，聽他的聲音、他的謊言。我不再相信他會認罪了。

「好吧。」我說。

「我不知道妳是如何失去妹妹的。」藍曾說，他的虛偽害我持槍的手在發抖。

失去。聽聽他說的，好像沒有罪魁禍首似的。我好想打他，這次會更用力，而且不止打一次。

他在我的眼中看見了，求饒地舉高雙手。看著他畏畏縮縮的那副德性，像挨打的孩子，想求我可憐他。眞是可悲。

「我不知道，」藍曾又說，「而且我很遺憾。」

我好想開槍，看看有什麼感覺。

「妳眞的認爲是我做的。」

「我知道是你。」我糾正他。「沒錯。」

藍曾默然片刻。「怎麼會？」他最後問。

我忍不住皺眉。

「妳怎麼會知道？」

維克多．藍曾，你又在玩什麼把戲？你明知道我知道。

「妳怎麼會知道？」他又問。

我的心裡像什麼繃斷了。我受不了了。

「因爲我他媽的看見你了！」我大吼。「因爲我直視你的眼睛，就跟現在看著你一樣。所以省省吧，不必說謊了，不必故作姿態，因爲我能看穿你，我能看穿你。」

我的心臟怦怦跳，我大口喘氣，有如衝過百米賽跑。藍曾瞪著我，難以置信。又舉高了雙手。

我在發抖。我逼著自己記住，如果現在開槍，就永遠也找不出爲什麼安娜非得死的原因。

「不可能，康拉德茲小姐。」藍曾說。

「事實就是如此。」

「我不認識妳妹妹。」

「那你爲什麼要殺她？」

「我沒有殺她！妳搞錯了！」

「我沒有搞錯！」

藍曾看著我，彷彿我是一個冥頑不靈的孩子，死也不肯講道理。

「當年發生了什麼事？」他問道。

我閉上眼睛，視網膜上有紅點跳動。

「妳妹妹是怎麼死的？在哪裡？」藍曾問道。「如果我知道一點，也許我能讓妳相信……」

上帝啊，給我力量不要開槍打他。

我恨恨地說。

「我一眼就認出你了，在我在電視上看到你的時候。」

「也許妳眞的看見了某人……」

「你說對了，我看見了！我當然看見了某人！」

「可是不是我！」

他怎敢這麼說？他怎麼敢！我們兩個都在，在那個房間裡，在那個炎熱的夏夜，空氣中瀰漫著鐵鏽味。他怎麼敢這麼說，而且還當眞以爲能脫身？

藍曾搖搖晃晃站起來，嚇了我一跳。我直覺地跟著站起來，槍正對著他的胸口。無論他想做什麼，我都要及時阻止。

他舉高雙手。

「琳達，妳仔細想想。」他說。「要是我有什麼要認罪的，老早就認了。」

槍很重。

「現在攸關一條人命，琳達。妳是陪審團。我現在想通了。妳以爲我是殺人凶手，而妳是陪審團。對嗎？」

我點頭。

「那至少給我辯解的權利。」藍曾說。

我又點頭，不甘不願地。

「除了妳認爲看見我之外，還有別的證據嗎？」

我不回答。答案很傷人。沒有。

「仔細想想，琳達，那是十二年前的事了，是不是？」

我點頭。

「十二年。妳碰巧在電視上看見凶手這樣的機率有多高？」

我寧可忽略這個問題。這樣的問題我自問夠多次了，在地震發生之後的漫漫長夜中。我覺得噁心，我的頭像要爆開。天旋地轉。

「機率有多高？」

我不作答。

「妳確定我有罪嗎，琳達？不是相當確定，不是百分之九十九，而是百分之百肯定，連一絲懷疑都沒有？如果是的話，那就開槍打死我。」

天旋地轉。

「小心，現在關係到兩條人命。妳跟我。妳確定嗎？」

我不作答。

「妳百分之百確定嗎，琳達？」

我覺得噁心，我的頭要爆開了。房間繞著橢圓形緩緩轉動，我想起地球是以驚人的速度在冰冷空洞的宇宙中轉動的。

「妳妹妹是在二〇〇二年八月二十三日那天遇害的？」藍曾問道。

「對。」我只說得出一個字。

藍曾似乎在思考。沉默更長。他似乎有了決定。

「我想我知道那天我在哪裡。」他說。

我瞪著他。他舉高雙手，站在我面前。一個好看、聰明的男人，要不是我知道在迷人的外表下隱藏著什麼，我可能會喜歡他。我絕不能讓他愚弄我。

「妳妹妹是在哪裡遇害的？」藍曾問。

「你很清楚是在哪裡。」我說。

我控制不住，我的自制力爆裂了。

「我不知道。」藍曾說。「我的研究裡沒查到妳有被殺害的妹妹。」

「你想知道我妹妹是在哪裡被殺的？」我問。「在她的公寓裡，在慕尼黑。」

藍曾放心地嘆了口氣。

「那時我不在慕尼黑。」他說。「我當時不在慕尼黑，而且我能證明。」

他輕嘆了一聲，完全不含笑意，是連自己也不敢輕信的聲音，他又說：「我可以證明。」

他坐了下來。

我不能這麼簡單就被他唬住。藍曾又笑了起來，歇斯底里似的。他像個爬過地獄的人，像個早就認定生存無望，卻突然瞥見一線光明的人。

這是怎麼回事？

「如果當時你不在慕尼黑，你在哪裡？」

藍曾的眼睛佈滿血絲，一臉疲憊。

「阿富汗。」他說。「我在阿富汗。」

24
蘇菲

昨晚對蘇菲就像一場夢。那個埋伏在車裡的人影，緊追不捨的腳步聲，原始純粹的恐懼。

布莉塔在生命中的最後一刻必然也有同樣的感覺。

蘇菲不知是否該告訴警察她被跟蹤了。但她能怎麼說？即便是她自己都覺得那麼不眞實。她又如何向那個傲慢的年輕女警說明？（每次她要求跟喬納斯·韋伯警司說話，總是會被轉接給這名女警，而這件事對蘇菲的打擊遠比她願意承認的重。）沒錯，對她的指控撤銷了，但此刻她在警局裡的名聲應該不太好。她當然可以希望那個在地下停車場追逐的人被監視器拍到，那樣至少可以證明他的存在。

但唯一的問題是，光天化日之下，在安全的公寓中，昨晚卻像是一場夢。萬一警方調閱了監視畫面卻沒看到人呢？蘇菲的誠信不就蕩然無存了？

她會設法查清眞相，即使沒有外力協助。

她在書桌前坐下。桌面覆滿了筆記與命案的剪報——一堆混亂矛盾的資訊及虛妄的線索，就像無法穿透的叢林。

蘇菲摀著臉。她能感覺到人生分崩離析。起先她並未注意到，她有太多事要忙，而且她一直跑一直跑，不敢停下來思考。但現在已無事可做，而且她也不得不停下來休息。

蘇菲跟布莉塔來往的每一個人都談過了。她辛辛苦苦地重建了布莉塔生前最後幾日的行蹤，調查了布莉塔公司新來的兩名員工，但兩人一點都不像她在妹妹公寓中撞見的凶手。她甚至把布莉塔死前爲朋友舉辦的派對中的每一個賓客都查過，同樣一無所獲。

她篩檢過布莉塔的社群網站，尋找新的朋友，同樣毫無所得。只要她感覺有點眉目，最後的希望總是破滅。而警方則愚昧地認定是布莉塔跟暴力的情人爭吵，甚至偵訊了保羅，結果只證實了他們的愚蠢，就像調查布莉塔的房東一樣，他不過是老邁，沒有可議之處。沒有希望了，警察抓不到凶手的。

蘇菲的手機響了，她認出了父母的號碼。她一點也不想接。上次母親打電話來，指責她沒有爲妹妹哭泣太不像話，還說她應該要陪著他們而不是滿城亂跑，扮演〇〇七。鈴聲停止了。蘇菲瞪著臨時架設的公佈欄，上頭貼滿命案資料和證據，幾乎占滿了整間書房。有太多她無法了解的地方。怎麼會除了她之外沒有人看見？凶手又何以不攻擊她這個目擊證人？要是她沒有出現，他會做什麼？他一聽見公寓有人，爲什麼不立刻逃跑？他是竊賊嗎？爲什麼沒偷東西？還有那個始終縈繞心頭，但挖空心思也想不起來的小地方究竟是什麼？

在數不盡的惱人問題中，最椎心的是：爲什麼？爲什麼偏偏是她的妹妹？是誰這麼恨布莉塔？布莉塔，總是願意傾聽每個人的心事；布莉塔，細心照顧別人——完美的布莉塔！蘇菲謹守著一個想法：必定是個陌生人。可她要如何找出一個陌生人來？

蘇菲頓時覺得公寓讓她悶得喘不過氣來。她套上了運動鞋，出了家門，踏上街道，邁步前行。今天是週六，下午必然會有足球賽，因爲蘇菲在抵達地鐵站時人潮洶湧。她不知道自己是要去哪裡，只任由人潮帶著她乘電扶梯下去，最後來到月台上。這裡的火車都是前往市中心的。月台上充斥著汗臭和麻煩的味道，足球迷到處都是，呼吸中有啤酒味，同時還有肆無忌憚的高歌。

蘇菲被人潮擠上了火車，被三個彪形大漢夾在中間，火車顛簸一下，開動了。她前方那個男人的背包擋住了她的臉，火車轉彎，背包拉鍊刮擦著她的臉頰。窗户上滿是蒸氣，車廂中的人都不見了，只剩下白花花的一團，呼吸著濕熱酸臭的空氣。蘇菲左摒右擋，想挪出一點空間來，但四周的人群卻分毫不讓。空氣不再是空氣，而是灼熱黏稠的一堵牆。某人打開了擴音器，〈七國聯軍〉樂聲轟然大作，人群爆出歡呼。

蘇菲咬緊牙關，恨不得能扔出一個鐵釘炸彈。

到了下一站，她被推擠著逃開了濕熱的車廂，站上了月台，又被人群帶到了出口。蘇菲在螞蟻大軍似的人群中奮力前進，終於掙脫，拔腿就跑。

等到她進入美術館，她才又能夠自在地呼吸。如果她想保持理性，她需要的就是如此：與她喜愛的畫家靜靜盤桓個幾小時，拉斐爾、魯本斯、梵谷。一點點的美，一點點的時間去遺忘。

蘇菲買了票，信步而遊，最後停在梵谷的〈向日葵〉之前。她驚豔於燦爛的色彩以及畫面散發出的生氣，霎時間，她忘卻了恐懼與憂慮。忽而靈光一閃——在布莉塔的公寓中讓她惱惶不已的小地方，她知道是什麼了。

二十一

天氣又變了，力量的平衡也有傾側的危險。維克多．藍曾在我面前不再像隻被痛打的狗一般瑟縮，他恢復了一些自信。

「我有不在場證明。」他說。

我們坐在半明半暗之中。暴風雨就快來臨，我聽到雷聲越打越近，我有種恐懼感，總覺得暴風雨來臨時會發生什麼可怕的事。我把這種想法推開，告訴自己是因爲奶奶怕暴風雨，把她的恐懼傳給了我。是因爲迷信，如此而已。

藍曾說謊。他一定是說謊。我看見他了。

「我有不在場證明。」他重複一次。

「你要如何證明？」我問道。

我的聲音沙啞。恐懼爬上了心頭，冰冷無情。

「我記得那年夏天。」藍曾說。「二〇〇二年。世界杯在日本和南韓舉行，巴西和德國爭冠亞軍。」

「你要如何證明你有不在場證明？」我不耐煩地重複。

「我八月二十飛往阿富汗。」藍曾說。「我記得很清楚，因爲我前妻的生日是八月二十一日，她很生氣我錯過她的生日。」

我的世界開始搖擺。

我抓緊手槍，穩住自己。不過是他的另一個花招。

「你要怎麼證明？」我問，硬逼著自己平穩地呼吸。

「我那時每天都在現場報導新聞，德國軍隊在阿富汗剛開始部署，大家對興都庫什山的情勢很有興趣。我陪著一些駐紮當地的軍人，網路上應該還有那些報導，即使到現在應該也看得到。」

我瞪著他，身上遍佈雞皮疙瘩。我不相信。他在吹牛。

「去查啊。」藍曾說，鼓勵地看了看我的手機。就擺在我面前，而我看穿了他的伎倆。王八蛋。他是在等我片刻分神，然後就會再次攻擊我，奪走我的槍。

我搖頭，以下巴指著藍曾的手機，緊握著槍的手毫不放鬆。我沒有忘記藍曾撲過桌面的動作有多快，我不會再給他第二次機會。

藍曾明白了，拿起了他的手機，開始輕點。

我緊張了起來。萬一他用手機報警呢？

「要是敢做什麼小動作，你就會橫著離開這間屋子。」

話才剛說完，我就心頭一驚。如果他是殺害安娜的凶手，怎麼會想報警？

妳的腦筋打結了，琳達。

藍曾對我皺眉，又回頭滑手機。最後，他抬起頭，表情如謎，把手機推向我。我拿起來，眼睛不曾離開藍曾。接著垂下視線，讀了起來。

Spiegel Online。我讀完，向下滑動，再讀，往上滑，往下滑。比較姓名，日期。Spiegel Online。資料庫。維克多・藍曾。阿富汗。二〇〇二年八月二十一日，二〇〇二年八月二十二日，二〇〇二年八月二十三日，二十四，二十五，二十六，二十七，二〇〇二年八月二十八日。

我讀了又讀，讀了又讀。腦中在尋找出路。

「琳達？」

我向上滑，向下滑。

「琳達？」

我抬起頭。

「妳妹妹是怎麼遇害的？」

我的兩隻手抖個不停，有如老婦。

「妳妹妹是怎麼遇害的？」藍曾重複道。

「她被刺了七刀。」我茫然失神。

如許的憤怒。還有血，到處都是血。

我不知道我是說了出來或只在心裡想。

「琳達，」藍曾說，「妳認錯人了。拜託妳仔細想一想。」

我幾乎沒辦法專心聽藍曾在說什麼，一切發生得太快，我落後了三步，仍在努力吸收現實。藍曾提出了不在場證明。不可能，就是不可能。

「想清楚這是什麼意思。」藍曾說，話說得很慢很輕，彷彿在催眠一條毒蛇。「如果妳開槍打死我，正義也不會得到伸張，反而是恰恰相反。無論妳對我做了什麼，真正的殺人凶手仍然逍遙法外。」

最後一句話像子彈一樣擊中我。如果不是藍曾，會是誰呢？

不，不，不，我看到藍曾了。

「琳達？」藍曾說，嚇得我回過神來。「拜託把槍放下。」

我看著他。終於有了一絲明朗。

二〇〇二年八月二十一日到八月二十八日，維克多．藍曾都在阿富汗。他沒有機會殺害我妹妹。

我頭痛，我覺得昏眩，我心裡如此想已經好久好久了：痛苦，暈眩，幻覺，那首歌，那首混蛋的歌，我臥室角落的陰影，無眠的夜，眼睛發黑。我了解了，醒悟來得如此痛苦。

我瘋了。

不然也是快要瘋了。

這才是眞相。這才是我的人生。

長期獨居的後果，包括睡眠失調，飲食失調，認知力削弱，甚至還有幻覺。我讀了不少，我知道那種事。

恐慌發作，創傷，我忘情於故事中的傾向，我救不了安娜的愧疚，我多年的孤獨。都說得通，並沒有讓我好過些。

面前的男人是無辜的。他說的每句話我都聽成了是在影射命案，其實不過是在評論小說人物以及文學作品。

妳做了什麼，琳達？

我的喉嚨痛。是眼淚湧現，我記得這種感覺，雖然我有整整十年沒有哭過了。

我發出乾乾的哽咽聲。天旋地轉，天花板突然飛滿了昆蟲，宛如一張會爬的地毯。我漸漸失去了自制力。一時間，我忘了自己是誰，我叫什麼名字，現在是何種情況。我好混亂，但是我聽到說話的聲音。

「把槍放下，琳達。」

藍曾。直到此時我才知覺到手上的重量，那把槍。

藍曾站起來，小心翼翼地接近我。

「把槍放下。」

他的聲音好像裹在一團棉花中。

「冷靜，」他說，「冷靜。」

結束了。我再也沒有力氣。我對發生之事的恐懼，對我所做之事的恐懼吞沒了我。手機從手上掉落，撞到地上。我全身顫抖，肌肉不再作用；身體一側，就從椅子上滑了下去。若不是藍曾接住我，我會跌在地上。他抱著我，我們一起坐在地板上，喘息，流汗，驚魂不定。藍曾抱著我，我任由他抱；我麻木了，我呆若木雞；我無計可施，驚懼惶恐。我坐著，等著情緒消退。我是個死結，是個具有女人形體的死結，既牢又緊。但隨即發生了別的事：我頭腦中的地殼板塊變動，慢慢地，死結鬆開，我哭了起來。我在維克多·藍曾的懷裡啜泣，我在他的懷中溶解，像鹽溶於大海。我的頭腦飛轉，無法處理肢體的親近；它不習慣，雖然渴望了有十年之久。藍曾的身體溫暖堅實，他比我高，我的頭正好在他的喉嚨與胸口之間。我哀哀哭泣。我不明白他爲什麼這麼做。我讓他抱著我，我覺得跟人有了接觸，覺得活著，而這個感覺幾乎讓我心痛。然後他離開，我再一次覺得腳下的土地消失了。

藍曾站起來，俯視我。我在飄移，想攀住海岸。

「可是我看見你了！」我軟綿綿地說。

他以全然的鎮定看著我。

「我不懷疑妳會這樣相信。」他說。

我們迎視彼此的眼睛，我看出他說的是眞心話。我看出他的恐懼與寬慰，以及我無法形容的情緒，或許是憐憫吧。

我們再度沉默。我很慶幸不必說什麼。我的頭腦不再冷血無情地算計，因心力俱疲而歸於寂靜。也算好事，我不想在此時此刻去想犯罪指控，醜聞，監獄，或精神病院。我只想要安靜，越久越好。

我看著面前的男人的臉。我鮮少有機會好好端詳一張臉。所以我看著藍曾，看著那頭怪獸轉變成一個百分之百正常的男人。

我坐在原地，擤鼻水，聽著我的眼淚滴到地板上。然後藍曾朝桌子走了一步，去拿手槍。我看著他，但直到他握著手槍才發覺我犯了個大錯。

「妳還是不相信我。」他說。

這不是問題，而是陳述事實。他看著我一會兒，說：「妳眞的需要專業協助。」說完，他轉身走了。

我非常震驚，盯著他的背影。又過了幾分鐘，才能擺脫無感狀態。我聽見他打開前門，風聲呼嘯，像是有人調高了音量。我聽見他的腳步聲在碎石小徑上漸行漸遠。

我爬了起來，雙腿勉強支撐住，我追上去。看見前門洞開，心臟開始狂跳。他在做什麼？我謹慎地瞧瞧門外，完全不知道現在是幾點，我們談了多久，纏鬥了多久，但天色已一片漆黑。

在月光下，我看見藍曾筆直朝湖邊走去，手握著槍。他在湖邊停下，似乎舉棋不定，接著舉起手臂，把我的槍扔進湖裡。我似乎聽見了槍枝撞擊到水面的聲音，但是不可能，我距離太遠。在慘白的月光下，我看見藍曾轉過來面對我。我分辨不出他的五官——只是個輪廓——但我能感覺到他的凝視。不知他從那邊看到的我是什麼模樣？我燈火通明的房舍門口的一團小小的白點。我們遙望彼此，一時間我以爲藍曾會轉身離去，但他卻做了相反的事情：他朝我走來。他是出於自由意志走回來的。

人質對挾持犯發展出正向的情感，這種心理現象叫做斯德哥爾摩症候群。我知道那種事；十年來我有許許多多的時間閱讀。

我打哆嗦。不僅是因爲外頭吹來的寒氣，也因爲我明白了在這件事上我是那個挾持犯。

天啊，琳達。

我以槍威脅了一個無辜的人，打了他，把他羈押在我的屋子裡。尤其，我還記錄下了一切。我這一生都抓不到殺害我妹妹的凶手。現在最佳的選擇就是賞我自己一顆子彈，可是藍曾把我的槍丟進湖裡了。

他站在我面前。

「妳現在相信我不會傷害妳了嗎？」

我虛弱地點頭。

「你爲什麼不報警？」我問道。

「因爲我想先跟妳談一談。」他說。「哪裡可以坐？」

我帶他到廚房。攝影師在另一世、另一生擺在桌上的咖啡杯和報紙仍在原處。好像飛鳥壓根就沒有從天空掉下來。

「你爲什麼把槍丟進湖裡？」我問道。

「我不知道。」藍曾回答。「置換作用吧。」

我點頭。我了解他的意思。

「我……」我張口欲言，又立刻噤住。「我不知道該說什麼，我不知道要怎樣道歉才夠。」

「妳在發抖。」藍曾說。「坐下來。」

我照他的話做，他坐在我對面。我們又一次沉默良久。這次的沉默不再是力量的角力；我純粹是不知道該說什麼。我數著藍曾額頭的皺紋，快數到二十時，他把我嚇得回過神來。

「琳達？我可以叫妳琳達吧……」

「被我拿槍指過的人都有權利叫我的名字。」我說。

這個玩笑開得可悲又可憐，我自己聽了都瑟縮。

藍曾不予理會。

「妳有什麼人可以打電話的嗎？」他問。「家人？朋友？」

我現在才發覺他的聲音有多動聽，很像一名年紀大了的好萊塢的配音演員，可我想不起是誰。

「琳達？」

「問這做什麼？」

「我覺得妳現在不應該一個人。」

我瞪著他。我不懂。我攻擊他，他大可報警，或是報復。

「除非他眞的有什麼隱情，寧可不要把警察牽扯進來。」

話說出口我才明白我並不是眞的這麼想的，但我已經說了。

藍曾坦然以對。他似乎早已認定我是個徹頭徹尾的瘋婆子。而我也是。失心風，癲狂，對大眾有威脅。

三十八歲暢銷書作家在採訪過程中開槍射擊五十三歲記者。

藍曾有不在場證明。藍曾是無辜的。我得花一段時間才能習慣這一個新的狀態。

「妳的父母呢？」他說。

「嗄？」

「也許可以打電話給妳的父母。」

「不，我父母不行。我父母跟我，我們……」

我不知道這句話的下半段是什麼。

「我們不太說話。」我最後說，其實我想說的是別的。

「眞稀奇。」藍曾說。

他日曬的手放在我的廚房桌上，我覺得有一股按捺不住的衝動，想去摸。我硬生生扯開視線。他的淡色眼睛鎖定我的眼。

「什麼意思？」我問，在他的話終於穿透了圍裹住我的薄膜之後。

「妳跟我說妳妹妹被殺害了。我當然不是專家，可是發生這種悲劇，正常的情況是一家人會更親密，而不是形同陌路。」

我聳聳肩。「正常」二字在我的塵世中毫無意義。「我們家不一樣。」我說。

不關他的事，但我說出來卻感覺很好。我的父母對我沒興趣，對我的書沒興趣。他們甚至不肯讓我幫他們買一棟大一點的房子。他們滿腦子只有死去的女兒。

藍曾嘆氣。「我要跟妳坦白一件事，琳達。」他說。

我的寒毛直豎。

「關於這一次採訪的緣起，我沒有完全說實話。」

我用力吞嚥，說不出話。

「我知道妳妹妹的事。」

我目瞪口呆。

「什麼？」我啞聲道。

「不是妳想的那樣。」藍曾趕緊舉高了雙手安撫我。「我在為採訪做研究時發現了命案。說眞的，我很驚訝之前居然沒有人提過這件事，不過當時網路並不像今天那麼發達，不是什麼事都有詳盡的紀錄。」

我沒聽懂。

「嗯，反正呢，我知道妳妹妹的案子。確實很可怕。我了解妳，琳達，要接受那種事並不容易。」

「可是你假裝不知道我有妹妹。」

「我是記者，琳達，我當然不會一開始就把所有的牌都攤開來，我想先聽聽看妳怎麼說。

站在我的立場想一想，一樁命案的頭號嫌疑人在許多年後寫了一本書，書中就描述了那件命案，而且還寫得鉅細靡遺。這可是聳動的大新聞啊！可是如果我知道妳是這麼……」他支吾不語，「妳是這麼脆弱，那……」

他的話滲入了我的意識中。

「頭號嫌疑人？」我木然說道。

藍曾驚訝地看著我。

「警察沒有懷疑過我。」

「呣，」藍曾說。「第一個發現屍體的人一定都會自動被歸爲頭號嫌犯吧，我並不是在影射妳什麼。」

我嚥了一下口水。「你知道什麼？」我問。

藍曾顯得彆扭。「我覺得我不……」

「你知道什麼？你跟誰談過？」我大叫。「我有權知道！拜託。」我輕聲加上最後一句。

「好吧。」他說。「我跟負責調查的警察談過。而妳確實有很長一段時間被列爲頭號嫌犯。妳不知道嗎？」

「哪個警察？」我問道。

「我不知道能不能跟妳說。」藍曾答道。「有那麼重要嗎？」

我看見面前有一張臉，一眼綠一眼褐。不，不可能！

「不，」我說，「沒那麼重要。」

我很熱，空氣帶電光。我渴望下雨，但雨就是不下。暴風雨就這麼通過了，它會在別處發威。唯有風聲仍聽得見，繞著屋子呼嘯。

「反正，妳的嫌疑已經澄清了。」藍曾說。「他們沒辦法指控妳什麼，妳連一點動機都沒有。」

我不敢相信我們是在談論**我是**有罪或無罪。

「當然啦，妳沒辦法離開屋子也不能怪妳，」藍曾又說。

「什麼？」

我又覺得一陣恐懼。

「怎麼會扯上這個？」

「沒事，沒事。」藍曾趕緊安撫我。

「可是？」

「我只是隨口一提。」

「你不是會隨口一提的人。」我說。

「嗯，當時調查妳妹妹命案的人裡有一些把妳的……退縮解釋成，呃，這要怎麼說呢……

承認有罪。」

「我的退縮？」我的聲音因憤怒與絕望而沙啞，我受不了了。「我沒有退縮！我是生病了！」

「我說的並不是我的看法。可是外界確實有一些人不相信這種難以理解的疾病，在他們眼裡這是一個殺人凶手在逃離社會。有人認爲妳住在這裡就像是把自己單獨監禁起來。」

我覺得頭暈。

「我應該早點跟妳說的。」藍曾說。「我以爲妳早就聽說過了。畢竟這是一個很吸引人的故事。」

「對。」我說。

我無言了。

「最可怕的地方在懷疑。總是還會殘留一絲的懷疑。」藍曾說。「這是最可怕的地方。懷疑就像一根拔不出來的刺，家庭因此而毀了，實在很可怕。」

我眨眨眼。

「你是想說我的家人——我的父母——認爲我是凶手？」

「什麼？不是！天啊……我絕不會……」

他沒說完。

我自問何時跟父母說過話。眞正的說話，而不是慣例的問候。我不記得了。藍曾說得對。我的父母刻意跟我疏遠了。

而且外頭還有人跟維克多・藍曾說他們認爲是我殺了我妹妹。

我想起藍曾抵達時的緊張模樣，現有我了解了。他會緊張不安並非因爲於心有愧，而是因爲他在猜疑就要採訪的女人有多瘋狂、多危險。

維克多・藍曾來我的屋子並不是要採訪一位聞名於世的暢銷作家。他是來查實這位作家是否非但有怪癖而且還是個殺人凶手。

我們兩個要的都是自白。

我的下腹有疼痛的灼熱感擴散開來，延燒到喉嚨，衝出了我的口腔，變成了毫無笑意、空空洞洞的一聲哈。好痛，可是我停不下來。我笑了又笑，最後笑聲成了嗚咽。我怕極了，怕極了自己是徹底瘋狂了。

我的恐懼是一口深井，而我已失足墜下。我垂直地懸浮在水裡。我想以腳趾觸底，但是沒有盡頭，唯有深淵。

藍曾緊盯著我，等著這陣笑聲消逝。最後僅存痛苦。我壓住抽噎。

「你爲什麼不恨我？」能夠開口後，我問道。

藍曾嘆口氣。「我見識過戰爭，琳達。我見過無可挽回的狀況，見過戰俘，見過孩童的四肢被炸斷。我知道飽受創傷的人是什麼樣子。妳心裡有什麼碎了，琳達，我從妳的眼裡看得出來。我們並沒有那麼不同，妳跟我。」

他沉默了一會兒，似乎在深思。

「琳達，妳答應不會再煩我嗎？」

我羞愧得說不出話來。「當然，」我說，「當然。」

「如果妳答應不會再糾纏我跟我的家人，如果妳答應我會尋求醫療協助，」他似乎在下定決心之前略有遲疑，「如果妳答應我這兩件事情，那麼今天發生的事就不需要讓別人知道。」

我看著他，不敢相信。

「可是……你要跟主編怎麼說？」我笨笨地問。

「就說妳不舒服，說採訪不得不中斷，而且不會有下一次。」

我的頭腦無法保持原有的步調。

「為什麼？」我說。「你為什麼要這麼做？我活該受罰。」

「我覺得妳受的懲罰夠多了。」

我看著他，他看著我。

「妳能答應我這兩件事嗎？」藍曾問道。

我點頭。

「我希望妳能找回內心的寧靜。」他說。

說完他就轉身走了。我聽見他從玄關的掛鉤上取回大衣，再走進餐廳拿外套和袋子。

我知道他一跨過門檻就會到我無法觸及的地方。我知道我再也不會跟他見面，我再也無能為力。

不然妳是想要怎樣？

我聽見維克多．藍曾的腳步聲在通道上響起，聽見他打開前門。我站在廚房，知道我不會攔下他。門在他背後關上。沉寂如洪水淹沒了整棟屋子。結束了。

二十二

雨到底是下了。風挾著雨一陣陣吹打在廚房窗戶上，似乎一心一意要將玻璃打破，但最後終究乏力，偃旗息鼓。暴風雨很快就存留於記憶，遠處也只見啞然無聲的一抹夏季閃電。

我站在那兒，靠著廚房的桌子，努力記住該如何呼吸。我的身體不再自動爲我呼吸，我必須專心，我沒力氣做別的事了，我的頭腦一片空白。我就這麼站了許久。

但後來心裡冒出了別的想法，讓我動了起來。我驚訝於手腳和其他部分仍能照常運作，同時走過了一個一個房間，上樓推開了一道一道的門。然後我找到了牠。牠在睡覺，但我在牠身邊坐下就把牠吵醒了。首先是牠的鼻子，接著是牠的尾巴，然後是牠的全身。布克維斯基累了，但牠很開心看到我。

抱歉吵醒了你，夥伴。今晚我不想一個人。

我縮成球，躺在牠旁邊，占了牠一半的毯子。我挨著牠，想要汲取牠的體溫，但牠躲開了；牠不喜歡，牠需要自己的空間。牠畢竟不是愛磨蹭人的貓；牠想要自由，想要有活動空間。牠很快又入睡，夢著狗狗會有的夢。

我又孤獨地躺了一會兒，盡量什麼都不想，但是胸中卻翻騰著動物的衝動。我想起了藍曾的擁抱——那麼堅實、那麼溫暖——我的胃裡有種感覺，像是自由落體。我再一次盡量什麼都不想，但仍想到藍曾的擁抱與我胸口的那頭獸，以及它可怕的名字：欲望。我知道自己有多可悲，可是我不在乎。

我也知道不是因爲藍曾，我渴望的不是他的擁抱，我的欲望不是因他而生。我知道是因爲誰，但我絕不能去想。

藍曾只是觸媒，現在回想起在人群中生活——表情，肢體接觸，熱度——卻讓我心痛。我不願去想，卻偏偏被拉進回憶裡，然後腦海理性的一面再次啓動。緩刑期結束了，我心裡想的是：警察隨時都會抵達。

我知道自己犯了罪，還一絲不苟地記錄了下來。屋子裡那麼多麥克風和攝影機。我做了可怕的事，警察會來逮捕我，無論藍曾跟我說過什麼。等他頭腦清醒了，就會報警。無論是這裡或是監獄，都沒有多大分別，我都會一人獨坐，胸中欲望之結解不開，如植物人一般活著。

我什麼也不做。不到屋中巡視，毀掉無情地記錄下我的瘋狂的錄影和攝影機。我躺在床上等待，慶幸幾小時前發生的事並沒有漂浮到我的意識層來，因爲我知道有太多能讓我沮喪的事。我正這麼想時，驀然間，一個想法冒了出來，包覆在藍曾的聲音裡，雖然也是我的想法：

「最可怕的地方在懷疑。懷疑就像一根拔不出來的刺，家庭因此而毀了，實在很可怕。」

我想到爸媽，想到在那可怕的一晚之後他們的模樣——也是此後的模樣。收斂，彷彿有人把音量關小了。他們戰戰兢兢地對待我，彷彿我是玻璃做的。戰戰兢兢，而且提高警覺，也很有禮貌，好像我是陌生人。我一直都把它解讀爲體貼，但內心深處我知道不然。現在維克多．藍曾爲我剖析出是什麼。是懷疑。

琳達愛安娜。不，琳達絲毫沒有動機。不，琳達做不出那種事，再說，她有什麼理由？不可能。不，絕不，絕對不會，絕對不可能。可是萬一是她呢？

畢竟我們存在的這個塵世什麼事都有可能：可以有試管嬰兒，可以用機器人探索火星，可以用光束將微小的分子由此地傳送到他處。所以爲什麼這件事不可能？總還會殘留一絲的懷疑的。

我受不了。我在床上坐起來，伸手拿電話，撥了我父母約莫三十年不變的家用電話，等待著。我們上次說話是何時？有多少年了？五年？八年？我想著廚房的抽屜中裝滿了我父母寄來的耶誕卡片，因爲我們是如此慶祝耶誕節的，我們互送卡片。安娜死後，我們就沒有好好地談過一次話。無話可說，對談變成了零星的句子，句子變成了單一的字詞，字詞變成了音節，最後我們索性不再發聲。怎麼會變成這樣？我們還能從卡片——沒讓我們的溝通完全斷裂的東西——回到對談嗎？萬一爸媽當眞認爲我是殺人凶手呢？

妳眞的想知道嗎，琳達？

是的。

直到鈴聲響起我才想起在另一個塵世裡，我父母居住的塵世，時間比我的這個塵世要重要得多。第二聲我就匆匆瞥了眼時鐘：半夜三點。可惡，這麼晚了。我在廚房裡茫然而立了多久？我看著睡眠中的狗多久？我躺在這裡，讓冷漠無情的神祇一樣的監視器用冰冷的眼睛俯視了多久？

我幾乎要掛斷電話，覺得時間實在太晚了，但我立刻就聽見了母親警覺的聲音。

「喂？」

「喂，是我，琳達。」

我母親發出了我無法形容的聲音——令人苦惱的深沉呻吟。我不知道是什麼意思，而我正忙著搜索適切的字眼，能夠說明我爲何在夜深人靜之際吵醒她，跟她說我有件非常難以啓齒的事想問她，忽然，線路喀一聲，接著是拉長的嘟嘟聲，我愣了愣才明白我母親掛斷了電話。

我把電話放下，瞪著牆壁。隨即又躺回床上。

我叫琳達·康拉德茲，三十八歲，是個作家，也是殺人凶手。十二年前我殺了我的妹妹安娜。誰也無法解釋原因，我自己只怕也解釋不了。我可能就是瘋了。我是個騙子，我是殺人犯。這就是我的人生。這就是眞相。至少，對我父母而言是如此。

在我的潛意識中翻湧的一個漆黑的想法浮上了表層，又大又重，後面還攪起了一道大亂流。藍曾的聲音。

迪士尼公主高高坐在馬背上。說真的，我要是女人——我要是蘇菲——就會憎惡布莉塔。

而我心想：我的確是。

啊，豁然大悟的那份痛，那些回憶。是的，我確實憎惡她；是的，我恨她；是的，我嫉妒她；是的，我覺得我父母偏心是錯的——年幼的她，漂亮的她，深諳操縱之法的她，金髮圓眼、如此甜美天真的她，人人都被她小小的指頭弄得服服帖帖。只有我例外，因爲我知道她眞正的德性；知道她能有多惡毒，多不體貼，多殘酷，多麼不可思議的卑鄙。

媽跟爸會相信我的，要不要賭？

妳喜歡那個傢伙？我可以讓他跟著我回家，要不要賭？

難怪泰奧最後受不了她。兩人交往了那麼多年，他終於窺見了表相下的眞面目。他對她的了解差不多跟我一樣深。

喔不，安娜不會做那種事，安娜不會說那種話，妳一定是弄錯了。她還小。妳是說是安娜做的？一定是誤會，她絕對不是那種人。說真的，琳達，妳為什麼老是要撒這種謊？

安娜，安娜。安娜，穿白衣從不會弄髒；安娜，男孩子爲她製作音樂混合帶；安娜，繼承了奶奶的戒指；安娜，名字正著念倒著念都一樣，而我的名字倒著念會很爆笑。

要是把妳的名字倒著念，就會是阿達尼，聽起來像阿達一族。唉唷，別生氣嘛，阿達尼，

只是開開玩笑嘛。阿達尼……哈哈哈哈哈。

聖人安娜。

對，我憎惡我妹妹。這是實話，這是我的人生，我不要想。我不要去想警察，雖然早該到了卻仍未到，或是去想我的父母，或是維克多・藍曾，或是我自己陰沉的想法。

我伸手拉開床頭櫃抽屜，拿出一包藥（美國來的大包裝。我愛死網路了），倒了一些在手上，用隔夜的水吞下去，乾嘔起來，這才發現我餓了。我的胃在造反，我裝滿了藥的胃。我把身體蜷成胎兒狀，等待痙攣停止。我想睡覺。明天又是一天。運氣好的話，或許不是。我的胃覺得像個拳頭。我的口腔中凝聚了液體，我忍不住想到維克多・藍曾在我的餐廳地板上留下的那攤震驚、毒藥與膽汁。我天旋地轉。

我一手摀住嘴，下了床，跌跌撞撞走向門口。布克維斯基抬頭看，看見幫不了我，就任我自生自滅。我踉蹌走到樓上的浴室，剛靠近洗手台就吐了起來。我打開水龍頭，等了一會兒，又乾嘔，突然全身冒汗。突然好冷。

我站在鏡前，盯著倒影。回視我的女人很陌生。我皺眉，檢查把我的額頭一分爲二的皺紋，裂縫一般；我頓時明白了，這不是我的臉，這是張面具。我挑高眉毛，更多裂縫出現，細紋延伸，越來越密。我兩手抱著頭，唯恐一片片的斑駁會掉落粉碎，但是太遲了。我啓動了一個即便有心也阻止不了的過程。

我放手了。我的臉砰一聲落在地板上，留下一片空洞。

我瘋了嗎？

不，我沒瘋。

妳怎麼知道自己沒瘋？

就是可以。

妳怎麼知道自己瘋了？

就是可以。

可如果妳真的瘋了，妳怎麼知道？妳憑什麼能百分之百知道？

我聽著兩個聲音在我的腦海中爭執，我再也不知道哪一個是理性的聲音。

我回到床上，躺著不動，思緒卻如萬馬奔騰。我嚇壞了。我仍覺得好冷。

接著一個奇怪的聲音穿透了我的意識：是嗡嗡聲。不，是拖長的嗡嗡聲。漲大，減弱，接著又拉高。它在悸動，活生生的，透著威嚇，而且越來越嘹亮。我掩著耳朵，險些跌下床。等我把手拿開，我才明白我聽見的是寂靜。在理應決定一切的這一天之後，殘餘的僅有這個。寂靜。

我坐起來，聽著聲音漸漸死寂。這下子什麼也沒有了，唯有夜的清涼。萬籟俱寂。我的心臟呆板地跳動著，宛如再不相信這種徒勞無功的苦差事仍值得一做。我的呼吸很淺，我的血液流得很倦怠，而我的思緒幾乎擱淺。我什麼也不想，只想著一雙兩眼眸不同色的美麗眼睛。

冷不防間，我坐了起來，手中握著電話，雖然我不記得做了什麼決定，而且我在撥電話。我的心臟瘋狂地跳動，我的呼吸如脫韁野馬，血液又開始流動，思緒又開始濃密快速，因為我終於撥了這一通延遲了十一年之久的電話。我早已把號碼默記於心；我撥的次數夠多了，只是每一次撥完就掛斷。

第一聲鈴響幾乎讓我招架不住，出於純粹的反射動作，我幾乎又掛斷了——但我堅持住。第二聲，第三聲，第四聲，我忽然覺得寬心，覺得他不在。但他接了起來。

25 喬納斯

喬納斯．韋伯的手機在半小時內震動了三次。他從長褲口袋裡掏出來，看著來電顯示，是蘇菲，忍不住暗罵自己把號碼給了她。短暫的委決不下，他仍然接了。

「喬納斯．韋伯。」

「我是蘇菲．彼得斯。我需要跟你談一談。」

「聽著，蘇菲，現在不行。」他說，覺察到安東妮雅．巴格和沃克．紀默一聽見她的名字就盯著他看。「我稍後回電好嗎？」
「不會很久，而且真的非常重要。」蘇菲說。
她的聲音讓喬納斯一震。怪怪的，有些狂躁。
「好吧，等一下。」
他朝同事投去致歉的眼神，離開了處理中的犯罪現場，其實他非常高興能夠到戶外去。
「好了，我偷到了一分鐘。」他說。
「你在開會嗎？」
「差不多。」
「對不起。只是我剛才在美術館裡，我正在看梵谷的向日葵，而……我不是跟你說過一定是陌生人嗎？我說認識布莉塔的人絕對不會傷害她？你說我把她說得像天使。她就是，你知道，某種天使。」
「蘇菲，」喬納斯說，「說慢一點，我跟不上！」
他能聽見線路彼端她緊張的呼吸。
「我當時就知道我在布莉塔的公寓裡看見了不屬於那裡的東西。我跟你說過，你記得嗎？說凶手留下了什麼，就跟電影裡的連續殺人魔一樣。有什麼東西不對勁，只是我想不出來。現在我知道了！」

「冷靜一點，蘇菲。」喬納斯盡量捺著性子。「先做個深呼吸。對，就是這樣。好，接著說。」

「好，我說一定是連續殺人犯，是個瘋子。你說真實生活裡並沒有連續殺人犯，說大多數的犯罪都是被害人的伴侶犯下的，諸如此類的話。」

「蘇菲，我記得很清楚。妳提這些做什麼？」

「你說不可能是連續殺人犯因爲沒有類似的案子，但萬一布莉塔是第一件呢？連續殺人案裡的第一件？要是他繼續殺下去呢？」

喬納斯沉默不語。

「你還在嗎？喬納斯？」

「還在。」

她的說法很混亂，但他明白他不得不讓她說下去。

「好。嗯，反正……我剛才說我在美術館，看梵谷的向日葵。你記不記得我跟你說布莉塔的公寓有不對勁的地方？現在我知道是什麼了。眞不知道之前我怎麼會想不起來，我的腦袋好像堵住了。可能是因爲太明顯了，而我也不知道是爲了什麼，總在找不明顯的東西，隱微的東西。可是我知道了，可惡，我知道了！」

「是花。」喬納斯說。

震驚的沉默。

「你知道？」蘇菲問道。

「剛剛才知道的。」喬納斯說，盡量說得冷靜。「欸，蘇菲，我眞的得回去了。」

「你知道這是什麼意思嗎，喬納斯？」蘇菲興奮地問道，不理會他最後一句話。「凶手在布莉塔的公寓裡留下了花！有哪個正常的凶手，在一時衝動，或是動機卑劣之下犯案，會把花放在被害人旁邊？」

「我們改天再冷靜地討論，蘇菲。」喬納斯說。

「可是……」

「一開完會我就打電話給妳，我保證。」

「花是凶手留下的，你懂嗎？不是布莉塔的花！布莉塔不喜歡花。大家都知道！花可能是他的一種標記！如果眞是這樣，那他就一定會再殺人。你一定要從這個方向調查，也許現在還來得及阻止他！」

「蘇菲，我們以後再說，我保證。」

「可是我還有件事一定要告訴……」

「以後再說。」

他掛斷了，把手機放回口袋裡，回到不通風的公寓。

命案現場與布莉塔．彼得斯的公寓類似，他的同事正以密齒梳細細篩檢。客廳躺著一名金髮女郎，一身白衣，此時已吸飽了她的鮮血。單看外表，可以說她是布莉塔．彼得斯的妹妹。她也一樣一人獨居，一樣住一樓。警察抵達時，門也開著。

蘇菲的話浮上喬納斯的心頭：「花可能是他的一種標記。」

喬納斯四下尋找，最後回到同事那邊。兩處命案現場有一個最大的分別：凶手帶來的鮮花並沒有到處亂撒。

喬納斯又聽見了蘇菲的聲音：「他一定會再殺人，也許還來得及阻止他！」

他看著金髮女郎的屍體，她握著一小束白玫瑰，與她所躺的乾涸血泊形成鮮明的對比。來不及了。

二十三

我坐在窗前眺望湖水，有時我看見樹林邊緣有動物，狐狸或是兔子。運氣夠好的話，甚至是頭鹿。但現在什麼也沒有。

我一直在看日出。我沒睡。我的世界再一次崩潰。我怎可能睡得著？在打過電話之後？我能聽見我報出姓名後他在床上坐起來。線路先是一陣沙沙響，接著是他沉重的聲音。

「米格里斯小姐！」他說。「天啊！」

我不得不嚥口水。

「現在是早上六點。」他擔心了起來。「發生了什麼事？妳需要幫忙嗎？」

「不是。」我說。「不算是。我很抱歉吵醒你……」

短暫的沉默。

「沒關係。我只是很意外是妳打的。」

我幾乎不記得他稱呼過我「米格里斯小姐」。但接著他的專業，訓練有素的鎮定自若立刻接手，排擠了他的驚訝以及他的……他的……

「有什麼需要我協助的地方？」

嘿，朱利安，我寫了一本書，你是主角之一。你好嗎？

我逼著自己如他一般正式。他真的忘了我嗎？忘了可能最好。

「我不知道你還記得多少，幾年前你調查了我妹妹的命案。」我說。

「我當然記得妳。」他過了一會兒才回答，語氣不卑不亢。我嚥下了失望。

不然妳想怎樣，琳達？

我努力回想我的初衷。

妳不是主角，琳達。

「我想問你一件事。」我說。

「請說。」

全然的中立。什麼也沒有。

「嗯，是我妹妹的案子。我不知道你記不記得，可是我發現了我妹妹，而且……」

「我記得。」他說。「我答應妳會抓到凶手，可是我沒有信守承諾。」

這句話也說得不慍不火，但他倒是記得**這一點**。

繼續啊，琳達，問他。

「我心裡有件事。」

「什麼事？」

問他啊！

「嗯，首先，我如果吵醒了你，很抱歉，這時間打電話實在很不恰當，我知道……只是……嗯，當時……」我嚥了嚥口水。「我一直不知道我是頭號嫌犯。」

我停下來，等著他反駁，但他沒有。

「嗯，我需要知道你是不是……」我能聽見他的呼吸。「當時你是不是覺得我是凶手？」

毫無回應。

「你現在認爲我是凶手嗎？」

仍然毫無回應。他是在思索嗎？他是在等我說下去嗎？

沉默。

他認爲妳終於要認罪了，琳達。他在等妳自白。

「舒默先生？」我問道。

我懷念我們的對談，而且我巴不得坐下來，讓你說服我；詩歌可以很美妙。我想知道你單調乏味的同事怎麼了？你的妻子最後真的搬出去了嗎？你的後腦勺是否仍然有那一綹頭髮？對了，你好嗎？我很想你，朱利安。我有感覺我們是從同一顆星球來的。

「舒默先生，」我說，「我必須知道。」

「我們遵守了正確的程序，爲了找到凶手調查過每一個方向。」

避而不答。

「可是沒有辦法逮捕凶手。」

「凶手」。何不說「她姐姐」？

幹。

「請原諒，現在實在不是最好的時機。我甚至不知道現在是不是適合談。改天再談好嗎？」

等他跟同事商議過，如何處理十年前的舊案的頭號嫌犯莫名其妙又跟他接觸，等他謀畫出從妳口中取得自白的最佳策略，琳達。

「謝謝。」我無力地說，掛斷了電話。

朱利安——不，是舒默警司——認爲我有罪。我自己一個人。我站在大客廳裡，盯著湖水。一切都靜止不動。在我內心也一樣。接著像什麼開關打開了，我想起來了。

那是夏天，天氣很熱。仲夏的酷熱連夜晚來臨也降不下來。空氣停滯，睡衣緊黏著大腿，各地的兒童都在床上輾轉反側，最後乾脆起床：媽咪，我睡不著。露台門敞開，窗帘輕輕拂動，蚊子成群，個個吸血吸到飽。空氣像帶電，嬰兒哭鬧，情侶爭吵。我也吵了一架：我放聲大叫，暴跳如雷，丟東西。菸灰缸，書，杯子，花盆，我的手機，他的手機，拿到什麼丟什麼。鞋子，靠枕，蘋果，髮膠，我的太陽眼鏡。而馬克，笑得無法控制——妳終於失控了，公主，妳終於瘋了，眞的，妳眞的不應該再喝這麼多酒了——而我，因爲他的嘲笑而更憤怒，我這麼生氣，這麼吃醋，他居然只是一笑置之。天啊，妳的腦筋到底是怎麼想的，妳的親妹妹耶，簡直是胡鬧，發神經，公主，我是偶然碰見她的，這個城又不大，再說，拜託，不過就喝了杯咖啡，我不知道有明文規定禁止跟未婚妻的妹妹喝咖啡。她說得沒錯，我快被妳笑死了，我還以爲她是胡說八道，結果她眞說對了，我快被妳笑死了！

我的彈藥丟完了。我很熱，T恤黏著背和雙乳間，我停下來，站在那兒，喘著氣，我說：

「你是什麼意思？」

馬克看著我。他站在原地。沒有飛彈需要閃躲了，卻笑得很誇張。

「什麼什麼意思？」他問道。

「你說『她說對了』，那是什麼意思？」

馬克搖頭，揚起一道眉以示惱怒。

「好，妳眞想知道的話，安娜說我最好不要跟妳說我們見面了，因爲妳會氣得跳腳。」

一時間，我氣得全身無力。我盡量不看他，要是我現在看他，我會爆炸。我盯著餐桌上的報紙，專心看頭條——德國派兵阿富汗——然後看專欄作家的照片。我瞪著那張飽經風霜的臉孔，那雙淡得出奇的眼睛。我盡力冷靜下來。面孔在我的眼前閃過，我瞪著它，卻毫無助益。

馬克又吐息。「結果我是白痴，我說：『拜託，安娜，這是什麼話，琳達很酷的。』安娜就說：『等著瞧，馬克。等著瞧。』」

他不再嘻皮笑臉。他瞪著眼，彷彿是頭一次看見我，彷彿他到現在才看清他的未婚妻畢竟不酷。酷，他總用這個字跟夥伴描述我。琳達很酷，琳達愛足球和啤酒，如果我在外頭過夜，琳達不會找麻煩。吃醋？喔，拜託，琳達才不會呢。我跟那個行銷部的女人有一腿，琳達都能諒解。純粹是生理需求。我認罪了，她也了解，因爲她很酷。我們無話不談。琳達什麼都懂：男生的電影、啤酒、色情片。琳達有世界上最棒的幽默感。琳達很酷。

馬克瞪著我。「妳現在爲什麼這麼不酷？」他問道。

我的憤怒有如一隻握緊的拳頭，我抓起車鑰匙就走了。

屋外更熱，夏夜悶熱跳動。我坐上汽車，加速離開，氣得喘不過氣來，用力踩油門。我找到了路，並不遠。街道空蕩蕩的，在漆黑中閃著光，突然我就來到了她的門前，用力按電鈴。她打開門，一身的黑色連衣裙，光滑平整的皮膚，笑起來齒如珍珠，嘴裡嚼著口香糖。怎麼了，琳達？我進了公寓。現在是怎麼回事，安娜？這是怎麼回事？妳想挑撥我跟馬克是不是？妳想偷走我的未婚夫嗎？妳這個愛耍心機的臭女人！

她發出輕巧的笑聲，因爲她知道我是不會眞的生氣的，也因爲罵人的話從我嘴裡冒出來就是荒謬可笑——聽著就是不對，彷彿我是在模仿什麼演員。她吹著口香糖泡泡——啵——說：「以我的經驗，男人不想的話，是不會讓妳偷走的。」說完她又輕巧地笑，回頭往廚房走，把我留在那裡，直到那時我才注意到音樂——披頭四，黑膠唱片——小賤人從我那兒偷走的披頭四唱片；妳反正也不聽嘛，琳達。

我不敢相信。她直接走開，去弄他媽的沙拉，而我別無選擇，只能像個傻子一樣跟上去，仍然扯開嗓門大吼大叫：妳想怎樣，安娜？妳想怎樣？妳已經什麼都有了，妳對馬克又沒興趣。她不理我，逼得我抓住她的胳臂，說：妳對馬克一丁點興趣都沒有。他不是妳的菜，妳究竟是想幹什麼？妳想怎樣，安娜？妳早就不是十五歲了，爲了好玩把我的男朋友偷走一點都不好笑。我們不是青少年了，而且坦白說，青少年的時候已經不好笑了。

但這一次不同。她掙開了我的手。妳瘋了，琳達。我不知道妳到底想怎樣。妳又在編故事了。不管什麼事，老是要小題大作。少在那裡裝什麼被害人。妳不想讓我拿的東西，我哪拿得走。妳不想讓我偷的男人，我哪偷得走。這種一哭二鬧三上吊，我眞的受夠了——誰也不了解我，誰也不喜歡我，我好胖，我好醜，誰也不看我寫的故事，我一點價值也沒有，我好可憐……沒完沒了的。

剎那間，天地一片漆黑——被怒火燒得漆黑——但我壓制著怒火。我不是十五歲了，我跟自己說。我不是一個十五歲的獨行俠。我沒有青春痘或備胎或可笑的眼鏡。我有錢，我寫作，我闖出了名號，我有未婚夫，我是個成熟的女人。我不必跳進妹妹的陷阱，我只需要讓怒火隨呼吸消散，不讓安娜占上風，轉身回家。我不必陪著她玩，我不必讓她激怒我，我可以在情勢失控之前回家。而這類事情總是會失控，最後總是安娜贏，挨罵的總是我，因爲琳達就愛誇大；琳達有時候就像演連續劇一樣，老是這樣子；琳達就是愛編故事。

我呼吸，呼吸。滿順利的，我設法冷靜了下來。顏色恢復正常，世界揭開了一層淡紅色的紗，一切安好。然後安娜說：「對了，妳怎麼知道誰是我的菜？」我問：「嗄？」她刻意字正腔圓地重複她的問題：「妳、怎、麼、知、道、誰、是、我、的、菜？」

我瞪著她──她的圓眼睛和尖尖的犬齒──她切完了番茄，拿手巾擦拭濕手指，直視我的臉：「馬克是個很吸引人的男人。」

我只能瞪著她，等我終於能擠出聲音，我的聲音沙啞：「可是妳對馬克又沒興趣。」

「也許有，也許沒有。」

安娜的小肩膀聳了聳。她微笑，吹了一個口香糖泡泡。啵。

「也許我只是想試試看我辦不辦得到。」

冷不防，一陣難以置信的痛苦射穿了我的頭，既猛烈又鋒銳。我眼前一片紅，不知怎麼地握住了刀子，接下來的事我不是記得很清楚。不，不能說我記得，坦白說，我眞的不記得。剩下的唯有沉寂，以及鐵鏽與骨頭的氣味。我呆若木雞，眞正的呆若木雞。我不了解，我的頭腦不了解，我擦掉了指紋，然後我們在客廳裡；安娜跌跌撞撞跑進了客廳——不遠，只有幾呎；公寓不大。我打開了露台的門（空氣，我需要空氣），世界是一片的紅，深紅，我吸進來的不是空氣，而是什麼紅紅的東西，濃稠膠黏的東西，而且我聽見了可怕的曲調：**你只需要愛，啦噠噠噠噠**——既優美又譏諷——**愛，愛，愛**。世界的模樣很奇異——邊緣鋒利，硬如鐵石。我在照片中，有人把色彩飽合度調到了最高。我悵然迷失。發生了什麼事？安娜爲什麼躺在地上？爲什麼會有血？鮮血會害安娜起雞皮疙瘩——她怎能躺在血泊中，讓血泊幾乎擴散到我的鞋尖？

我退後一步；我瞪著地板上的安娜，不知是垂死或已死。我的天啊，發生了什麼事？一定有人跑了進來。人呢？

一縷風吹過我的臉，我抬起頭，覺察到動靜，嚇了一跳。確實有人從露台門消失了。天啊，天啊，天啊，天啊，有人，別回頭。可是他回頭了，我們視線相遇，我知道他殺了安娜。這一分鐘很漫長，接著那人走了，我只看見露台上的門被風吹動，有如紙片，我迴避視線，看見安娜躺在血泊中——我的頭腦不了解是什麼情況——怎麼可能呢？我讓自己進去，因爲安娜沒來應門，我進入公寓，就發現安娜是這個樣子，死了，血流不止，而露台門口有個男人——天啊，天啊——而我認爲他也會殺了我——我也會死，跟安娜一樣——天啊，拜託，拜託，親愛的上帝啊，我怕死了，都是血腥味，到處都是血。

我拿起電話報警。我全身發抖，不停哽咽，而且我想著露台上的男人，在黑暗中，幾乎隱形。我只看見他一眼，但是那雙眼睛——那雙冷酷的淡色眼眸——我永遠忘不了，一直到我死的那一天。

警察來了。我坐在那裡，瞪著安娜，警察問我問題，幫我披上毛毯。有一個長得不錯的警官，雙眼顏色不同。起初我沒辦法說話，發不出聲音。我不知道是怎麼回事，但我盡力而爲。這麼好的一個人，我願意幫助他，我振作起來，把陰暗中那雙冷酷清澈的眼睛告訴他，還有露台門，以及安娜不可能躺在血泊中，因爲安娜非常怕血。我問他爲什麼，而他答應會查出來，不知何時，來了副擔架和一名攝影師跟更多警察，然後我就到了警局，然後我躺在床上，我的父母也在。天啊，天啊，不。

馬克也在。他在我身邊坐下，機械似的輕撫我的頭髮。實在太可怕了，我可憐的公主，天啊。稍後他做了筆錄。跟別人一樣的筆錄，跟我父母一樣的筆錄，跟我們所有的朋友一樣。他們繞著自身編織的故事，而且會以生命來維護：幸福的夫妻、姐妹情深、形影不離的女兒。不，她們從不吵架，從不，甚至小時候都不吵，長大了當然更不可能。姐妹間的嫉妒？天啊，沒有，沒那回事。眞是胡說八道，什麼古老的觀念。她們深愛彼此，相處極佳，兩個人簡直像連體嬰。姐妹情深，形影不離。

我重複那個眸色很淡的男人的說法，忘了只是個故事；即使是在我編造之時，我就已忘了。我訴說我的故事，而且我很善於說故事（琳達又在編故事了）。我說了一次又一次。我爲了自己的生命而說，結果深陷其中，我成了其中的一個角色——被害人的姐姐，絕望心碎，孤獨退縮。「她始終沒能走出來，可憐的孩子，她們姐妹倆感情那麼好。根本就分不開。」

但眞相卻一點一點地啃噬我，在內心掙扎，有如一隻籠中獸，四處衝撞，想要自由。但我仍然相信自己的故事。我就是我編的故事；這是一篇精采的故事。後來我病了，無法再走出屋子，而我一直鎖著這頭籠中獸，繼續相信是那雙冷酷的眼睛以及陌生人。

但籠中獸不肯作罷，有一天牠鼓足了全身之力——牠的生猛之力——背水一戰。我看見了神似故事中的人，我不得不反應，不得不回到那一夜，而我揪住那個眼神冷酷的人，要搏殺出一份認罪自白，但我不肯讓自己這麼想，我不肯接受——不，不，不接受——我要搏殺出的認罪自白是該出自自己之口。

我是殺人凶手。

餘下的部分不過是篇精采的故事。

事情的來龍去脈可能是如此。諸如此類。

我立在窗前，望著樹林邊緣和湖水。

26
蘇菲

蘇菲盯著電話，命令它響，但它就是不作聲。

她走進廚房，從架上拿了酒杯，倒了滿滿一杯，坐下來。忽然嘎吱一聲，嚇了她一跳。只是木地板。她盡量平靜下來，喝了一大口酒，開始爬梳自己的思路。

她有被跟蹤的感覺。但是眞的嗎？或只是神經過敏？因爲目前的她的確是草木皆兵。不，那晚確實有人，在地下停車場。誰知道自那天之後他又悄無聲息地跟蹤過她幾次。

蘇菲看著手機。喬納斯．韋伯仍毫無訊息。她伸出食指在撥號鍵上盤旋，終究縮了回來。有什麼用，喬納斯只會訓她一頓，要她不要插手警察的工作，要她對警方有信心。

如果想要有進展，她就得親自動手。至少這一點是清楚的。她起身，伸手去拿外套，略一猶豫，又坐了下來。她打開電視，又再關上。

如果她早個兩分鐘趕到布莉塔的公寓就好了。如果她直接進去，而沒有浪費時間按門鈴就好了。如果她當下就施以急救就好了。如果，如果，如果。蘇菲知道是罪惡感驅使她忙個不停。她就是得把那個男人揪出來。但如何著手呢？

突然間，她心中一動。

很簡單啊。她看見了凶手，而凶手也看見了她。她雖沒能認出是誰，但凶手卻似乎知道她是誰。他必定是調查過，因爲現在他在跟蹤她，想趁她落單時逮住她，以便殺人滅口。他是不會停手的。他至今仍未找到適當的時機。

要是蘇菲把自己拱手送上去呢？如果下一次察覺到他在後面，她不逃跑，反而坦然面對呢？

不，無異是發神經。自找死路。

蘇菲向後靠著沙發，又灌了一大口酒。她思忖著布莉塔在生命的最後幾分鐘所感覺到的恐懼，告訴自己恐懼並不是沒有任何作爲的好理由。

她喝了更多酒，躺下來，盯著牆壁。她翻身，盯著天花板。白色天花板越看越白，在她的眼前閃著微光，忽明忽暗。不過其中還有別的東西。蘇菲能辨識出極微小的黑點，比果蠅還小，但又不僅僅是一粒粒的小點，她定睛細看，看見黑色在眼前擴散，刺穿了一片的白，而且越來越密、越來越黑，最後，她豁然開朗。那是天花板上冒出了頭髮，濃密烏黑，有如陰毛，朝著她生長茁壯。天花板綻開了一片氣孔，如果她仍舊躺在這裡，什麼也不做，會被吸進去。

蘇菲一躍而起，喝光了酒，沿著通道到臥室，一面低聲埋怨保羅仍未來搬走的箱子。她很生氣，氣自己，氣世人。很想從標著「雜物」的箱子裡抽出一根高爾夫球桿，砸爛點什麼。她在大手提袋裡尋找不久前買來的防狼噴霧，跟皮夾、鑰匙、手機一塊兒放進皮包裡，離開公寓，飛奔下樓。

黑暗有如天鵝絨，還散發著秋的氣息。蘇菲曉得悶熱的夏天就要讓位給陰晴不定的秋天了。

她在夜晚的街道上行走，逐漸遠離了熱鬧的街區，深入暗影幢幢的地區。她其實並沒有停下來想想有何計畫。

給殺人凶手設下圈套。以她爲誘餌。

完美，只要你對生命不是太過留戀。

蘇菲明白她是以電視上的警匪片爲藍本，有凶手、被害人、討厭的目擊證人、好心的警察。這麼想竟然反倒輕鬆了些：不把這件事看成眞正的悲劇，不把這件事看成眞實人生中的一部分，只是另一宗案件。

蘇菲腳步不停，越來越少人和她經過。氣溫變低，轉爲寒冷，風也刺骨。蘇菲解開外套，她想要冷，她想發抖，她想感受傷心或憤怒之外的東西，即使感受的只是寒冷或是痛苦也好。

內心深處她知道這類的想法有多自我毀滅，這個計畫有多瘋狂，完全根植於她承受不了的罪惡感。可是蘇菲讓警告的聲音瘖啞，轉入了眼前的漆黑公園中。

她在長椅上坐下，靜候。她盯著暗影，越來越冷。不多久，她看見他了。

二十四

我啜了口茶，放了音樂，希望能驅逐腦海中的聲音，卻沒有用。艾拉・費茲潔拉對我歌詠著夏日時光與舒適的生活，但夏季早逝，而我的生活感覺艱苦，腦中的聲音仍不停地繞著眞相爭辯。湖水在晨光中閃耀著靛、紫、深紅、橙、黃色，最後是淺淺的藍。

我在那恐怖、炎熱、深紅的夜晚看見了維克多・藍曾。我確信我看見了。

琳達又在編故事了。

我看見他了。

就跟妳在許多年之前看見林間空地有小鹿一樣嗎？

我當時只是孩子。小孩子都會撒點小謊，捏造故事。

而妳現在仍然在捏造。

我知道自己看見了什麼。我沒瘋。

喔，是嗎？

那雙淺淡的眼睛，他的眉型，他的表情混雜了恐懼與挑釁，十二年前我都看見了，而昨天他站在我面前，我認出來了。

他有不在場證明。

我看見他了。

無懈可擊的不在場證明。

可是，是他。我看見他了。

那警察為什麼不逮捕他？

警察也沒有逮捕我呀。如果有人認爲我瘋了，殺害了自己的妹妹，爲什麼警察沒有逮捕我？

妳是走運。

我這輩子沒有走運過。

妳是高明的騙子。

我沒有騙人。我看見他了，就在露台門口。

妳說故事說久了，最後連自己也相信了。

我知道我看見了什麼。我記得那晚，我記得一清二楚。

妳瘋了，琳達。

胡說！

妳聽見了不存在的音樂。

可是我記得。

妳看見不存在的東西，妳老是頭暈，妳的腦袋瓜差點因為痛苦而爆炸，妳連自己都幫不了。

我記得清清楚楚。他在那裡。我從他的眼神看了出來，他也認出了我。而且他恨我讓往事又湧上心頭。他在那裡。他殺了安娜。也許我一直都錯了。也許安娜並不是意外遇害的。也許他們兩個認識。我不懂什麼叫婚外情，不見得就沒有婚外情。誰知道呢？或許是吃醋的情人、跟蹤狂、瘋子。

瘋子是妳吧！搞不好妳精神分裂，或是長了腦瘤。搞不好就是因為這樣才會痛，才會暈眩，才會以為聽見了音樂。

那幽魅的音樂。

我看著窗外。湖水波光粼粼，而在湖的東岸，有什麼動靜。樹枝在動，接著牠從樹木間出來，雄偉巨大：一頭紅鹿，莊嚴美麗，高擎著頭。我屏住呼吸，有如畫家般目不轉睛地看著牠，掬飲牠的動作、牠的優雅、牠的活力。牠凝立在湖面升起的淡淡霧氣中，幾分鐘之後，牠又隱沒在林間。

我經常坐在這裡，盼望能看到動物，而如願的次數卻少得可憐。紅鹿？沒見過。這頭動物似乎是給我的徵兆。

沒有什麼徵不徵兆的。妳老是無中生有。

許久許久，我就坐在這棟美麗大宅的窗前，這裡是我全部的塵世，我眺望遠方，希望紅鹿能再回來。雖然心知肚明是不可能的，仍靜坐枯候。否則我也不知道能做什麼。我坐在那兒，眼中是一片湖景，湖面被風吹出了陣陣漣漪，安撫了我。日頭越爬越高，落在我的塵世中的混亂絲毫影響不了它，它有自己的塵世要照亮。

太陽約莫有四十五億年之久了。這種事我知道，十一年來我有許許多多的時間閱讀。太陽照耀過大量的物事。晨曦透過玻璃照得我暖洋洋的，宛如有人在撫摸我，而我樂在其中。

這是可愛的一天。說不定我能遺忘昨日的經歷，只對這新的一天、對樹林邊、對湖水、對太陽抱著感激之心。日頭爬得更高，它不會累，即使是在四十五億年之後。我什麼也不必做，而且我在想我可以一輩子坐在這裡，寧靜淡然——動都不動最好，因爲即便是最輕微的變化也會毀掉一切——但我聽見了。樂聲。

愛，愛，愛。

不。拜託，拜託，不。

愛，愛，愛。

不要又來了。拜託，我再也受不了了。

我發出乾乾的哽咽聲，在椅子上蜷縮，兩手按住耳朵。

樂聲消失了。我抽噎，緊緊抱著頭，抱得頭都痛，而心臟把恐懼傳輸到全身。我不知道是絕望，是痛苦，是身心俱疲，但我直到現在才想起：如果音樂是我自己的想像，如果音樂只在我的腦海中，而且始終是只在我的腦海中，那怎麼會用手摀住耳朵，樂聲就停止？我把手拿開，側耳諦聽。什麼也沒有。我幾乎要失望了。我開始想……

愛，愛，愛。

又來了。我覺得暈眩，一如每次聽見的反應。可是這一次聲音不同，漲大，減低……四處飄移。樂聲在移動。

我從椅子上站起來，關節痛，我努力穩住身體。驀然間，我明白了。屋子的窗戶都歪斜了……樂聲來自戶外。不是披頭四的唱片，是……口哨。有人一邊吹口哨一邊繞著房屋轉。

我的心跳加速。是維克多·藍曾回來殺我嗎？沒道理啊，我立刻糾正自己。昨天他有的是機會啊。

眞會胡思亂想。維克多·藍曾是無辜的，而且也證明了，無論我覺得有多難接受眞相。

那麼會是誰？我雙腿麻木，接近窗戶，臉孔壓著冰冷的玻璃，想要查看屋角。我沒看見有人。口哨變得模糊。無論是誰都走遠了。我匆忙走到隔壁的餐廳，跟自己說一定又會來不及，我用力拉開窗，而我們視線交會。

27
蘇菲

蘇菲從街上走回家，牙關格格相擊，冷到骨子裡，全身濕透。她在公園長椅上坐了許久。好幾次覺得看見黑暗中有人影閃出，朝她而來，但每一次都是她神經緊張。什麼也沒有；她唯一看見的影子是她自己的。

蘇菲轉入她住的那條街。一想到進入自己的公寓，又過一個無眠的夜，腦海中充斥著恐怖的畫面，她就卻步。

她開了鎖，步入玄關，拾級而上。她能聽見上一層有聲音，她的脈搏加快。上面的平台有窸窣聲，有人站在她的公寓外。

蘇菲的心抽痛，她能摸到大衣口袋裡的防狼噴霧，她硬逼著自己冷靜。只差幾步她就能從轉角看到公寓外的平台。剩八步，她會看見什麼？剩七步，有人在破壞門鎖？剩六步，鄰居來送幫她代收的包裹？半夜三更的？剩五步，樓上那隻時常偷跑出來的狗？剩四步，不，是那個人影。剩三步，那個白色眼睛的人影。剩兩步……蘇菲筆直撞上了一個匆匆下樓的男人。

「蘇菲！」喬納斯．韋伯喊。

「對不起。」蘇菲驚呼道。「天啊！」

「不，我才要說對不起。我不是故意要嚇妳的。我打了十幾通的電話，妳都沒接，我有點擔心。」

「我把手機調成靜音了。」蘇菲說。「你等多久了？」

「沒多久，大概十分鐘吧。妳去哪兒了？」

蘇菲沒回答。

「你要不要進來？」她問。「如果我們在樓梯上說話，會把整棟樓的人吵醒。」

一會兒之後，兩人隔著廚房餐桌而坐；蘇菲換了乾淨的衣服，兩人都捧著熱茶。

「那些花。」她說。「我眞不敢相信我會一直想不起來。」

「我們應該早知道的，那是我們的工作，不是妳的。」

蘇菲輕啜熱茶，拿著杯子打量喬納斯。他迴避她的視線。

「你有什麼事瞞著我，喬納斯？」

他一隻綠眼一隻褐眼注視她。

「妳得放手，蘇菲。」

蘇菲大怒，一拳擊中桌面。

「可惡！我不能。」她尖聲說。「我妹妹被殺害之後，我就像窒息一樣。除非我抓到他，否則我沒辦法呼吸！」

她嚥回眼淚。喬納斯溫柔地握著她的手。

「妳知道嗎，蘇菲，」他說，「我能了解。如果是我遇上這種事，我也會想要做點什麼。我了解妳覺得良心不安，所有的倖存者都覺得良心不安。可是這件事不是妳的錯。」

蘇菲的眼眶又紅了。

「每一個人都覺得是我的錯。每一個人！」她哽咽道。

她終於把這句話說了出來，對她有好處。

「我的爸媽和……」

「沒有人會這麼想。」喬納斯打斷了她。「只有妳。」

「要是我能早一點趕到……」

「別說了。妳幫不了妳妹妹，妳現在故意去冒生命危險，也幫不了妳自己。我不喜歡妳一個人晚上在附近遊蕩，妳好像是故意想引誘他來找妳。」

蘇菲收回了手。

「妳是想害自己送命，是不是？」喬納斯問道。

蘇菲避開了視線。

「你該走了。」

「別這樣，蘇菲。」喬納斯說。「別拿自己冒險。」

她默默無語，又快掉淚了，卻不想讓他看見。

「你該走了。」她說。

喬納斯點頭，轉身要走。

「拜託妳好好照顧自己。」

蘇菲在天人交戰。要不要告訴他？說她感覺被跟蹤？

「等等。」她說。

他轉過來，期待地看著她。

蘇菲的頭腦超時工作了。

「沒什麼。」她最後說。「沒什麼。再見，韋伯警司。」

等蘇菲又是獨自一人之後，她坦承自己不再那麼篤定了。她在地下停車場奔跑，跑到肺像著火，清晰地聽見了後面的沉重腳步聲；當時她深信殺害她妹妹的人伏在她的汽車後座等她。可是隔天早晨她去取車，街上都是人，整件事只像是一場惡夢。

到公園去慢跑，覺得看見有人躲在樹後，可是她停下來盯著樹，卻一點動靜也沒有。

我是不是快瘋了？她這麼納悶。

不，當然不是，她心裡有聲音回答。

妳怎麼知道自己是不是瘋了？另一個聲音問。

就是可以。

可是如果妳眞的瘋了，又怎麼知道？懷疑的聲音不肯罷休。

蘇菲設法甩落這種想法。她最近心緒不寧。跟保羅分手，因爲她受不了有他在附近；她無法和父母談話；然後自從藝廊的派對之後就襲上心頭的這種陰森鮮紅的感覺，現在她知道那是恐慌症發作。蘇菲不再覺得像自己了。

她回到廚房，經過了保羅那些討厭的箱子，又泡了杯茶，望著窗外，雖然除了幾條朦朧的人影和經過的汽車之外就沒有什麼可看的。

最後她坐在廚房餐桌後，拿起素描本和鉛筆，在許久之後，第一次繪畫。感覺很好。寂靜的夜，柔滑的黑暗，而蘇菲，獨自在廚房裡，有筆、有紙、有菸、有茶，在古風的吊燈下，在一座黃光島上。她自在地畫著。

鉛筆把那兩隻不久之前才嚴肅地注視她的顏色各異的眼睛描摹成單一顏色，但她很滿意她的素寫。喬納斯。

一時衝動之下，蘇菲從長褲口袋掏出手機，找到他的號碼。她得告訴他。

然而她想到現在已經很晚了，半夜三更了。她把手機收起來。

她很冷，所以就站起來，裝滿水壺，從盒子裡勾出一只茶包。
她聽到玄關有吱嘎聲，嚇了一跳。

二十五

我像石頭一樣立在房間中央，瞪著窗外。

我的園丁正看著我，表情近乎歡快。魔咒打破，我的氣憤湧回，就如什麼閘口打開了。憤怒以及尖銳的頭痛。這兩個連體雙胞胎。

「你幹嘛這樣？」我大喊道。

他皺起了眉頭，似乎沒聽到我說話，卻能看見我生氣的臉。我把窗戶打開。

「這是怎麼回事？」我問他。

「什麼怎麼回事？」佛迪反問，一臉迷糊，瞪大棕色、男孩般的眼睛，在他滿佈皺紋的臉上既格格不入又令人感動。

「你吹的口哨……」

我不知該如何接下去，我怕佛迪會說：「什麼歌？」之類的，到時我就非尖叫不可了，一直叫，一直叫，叫到地老天荒。

「妳不喜歡披頭四？這首歌很好聽耶！」

我瞪著他。

「你吹的是——」我的嘴巴好乾，「是……披頭四的哪一首？」

佛迪看著我好像我瘋了。說不定他猜對了。

「〈你只需要愛〉，大家都知道啊！」他聳聳肩。

「眞好玩，」他說。「我是昨天從妳的屋子裡聽到的，然後就一直忘不掉。」

換我整個清醒了。

「你昨天有來？」我說。「可是你從來都不會星期四過來啊。」

我感覺到膝蓋在打顫。

「對啊，可是妳前幾天說我可以自己調整時間，所以我就想偶爾星期四過來也沒關係。」

我張口結舌瞪著他幾秒。

「我應該先通知妳嗎？」他問道。

「唉喲，不用啦。」我結結巴巴地說。「當然不用。」

我不知該說什麼，我的臉好痲。

「佛迪，我需要跟你談一談。你進來一下好嗎？」

他一臉困惑，說不定他是擔心我會開除他。

「嗯，我其實在收拾了，我還得到下一個客戶家去。」

「一下下就好。拜託！」

他不安地點頭。

在走向前門時，我努力讓自己的頭腦清明，卻不成功。等我把門打開，佛迪已經站在台階上了。「我是不是嚇到妳了？我吹的口哨？」他問道。

「不是啦，不過——」我閉口不說，不想站在門口談。「先進來吧，佛迪。」

他在門墊上擦鞋底，留下了大塊的泥巴，這才踏進屋裡。

「失禮，」他說，發出他特有的捲舌音，而我這才想起我從來沒問過他是哪裡的口音。佛迪幫我照料花園有許多年了，今天他一定很緊張，因爲我第一次沒有面帶笑容和他打招呼。他已不復當年的年輕——必定早就過了退休年齡，儘管他的頭髮仍黑，濃密的眉毛仍是深褐色的。我很喜歡他，而他顯然不是需要這份工作就是以園藝爲樂，因爲他從來沒表示過要辭職。這樣最好，如果我失去了佛迪，不得不徵求一名新的園丁，布克維斯基一定會心碎的。布克維斯基愛死佛迪了，幾乎誰也比不上。

彷彿是應聲而來，我聽見樓上有聲響。布克維斯基醒了，聽見我們的聲音，飛也似的下樓來，往我們身上撲——先跳向我，再跳向佛迪，再回頭跳向我，我都快忍不住笑牠了——我的狗，我的夥伴，這一團毛球，精力無窮。

我把牠抱起來，摟在懷裡，使勁擁抱，但牠對我的綿綿情意毫無共鳴，拚命扭動，逼得我只好把牠放下地，然後牠又在玄關來回撒歡蹦跳，追逐隱形的兔子。

佛迪將身體重心從一隻腳換到另一隻腳，有如緊張不安的學童。

「沒什麼大不了的事，佛迪。」我說。「休息一下，陪我喝杯咖啡。」

我的膝蓋和橡皮一樣。我率先往廚房走。如果佛迪眞聽見了音樂，那麼或許就表示……那麼或許別的事也就……

別驟下結論，琳達。

我讓園丁坐在昨天拍照的椅子上，（眞的只隔一天嗎？）他呻吟一聲坐下，只是因爲到他這把年紀了，習慣作作樣子。事實上，佛迪的身體比我健壯。

咖啡機咕嘟響，我在心裡斟酌著該如何措詞。

「原來你昨天來了，聽到了一首歌就念念不忘啊？」我說。

佛迪歪著頭看我，隨後點頭，彷彿是在說：**對啊——那又怎樣**？

「你確實聽見了？」

他點頭。

「在哪裡聽到的？」我問。

「窗戶外面。我不想打擾妳，眞的不想。我看到妳有客人。」

我看出了佛迪欲言又止。

「爲什麼要這麼問？」他終於說。

我該透露多少？

「只是好奇。」我說。

「妳是不是覺得我在偷聽？」佛迪問道。

「別擔心，」我說，「這不是我問你的原因。」

咖啡煮好了。

「喔，」他說，「昨天窗子都開著，我在餐廳外面的花園挖土，就聽到了那首歌。還滿大聲的，不過妳早知道了。」

我既想笑又想哭，還想發脾氣。但我只是從櫃子裡拿出咖啡杯。

「對。」我說。「我知道，我在場嘛。」

我彷彿是打開了自動駕駛，將咖啡倒入杯裡。我的腦袋目前還無法消化這件新消息。

「我不要糖也不要加奶。」佛迪說。

我端給他一杯，緊握著自己的杯子，喝了一口，布克維斯基跑過來往我身上跳，我放下杯子，讓牠舔我的手。

我跟牠玩了一會兒，幾乎忘了佛迪也在，直到聽見他說：「謝謝妳的咖啡，我該走了。」

布克維斯基追著佛迪的腳，又叫又搖尾，留下我一個人恍恍惚惚坐在廚房裡。

你究竟是在玩什麼遊戲，藍曾先生？

原來眞的有音樂，並不是出於我的想像。

但如果音樂是眞的，幕後的黑手是誰？維克多．藍曾？因爲他讀了我的書，得到的結論是我會和書中人物蘇菲一樣對這首歌起同樣的反應？對，如果音樂是眞的——而且確實是眞的，因爲不是只有我一個人聽見——那麼維克多．藍曾必定是幕後的黑手。因爲他有計畫，他說沒聽見是在說謊。

且慢。我的頭腦中有如一群受驚的小鳥鼓翅亂飛。現場還有攝影師啊，他必定也聽見了音樂，總該有什麼反應才對。

除非藍曾有共犯。

唯有這個可能。

太詭異了，琳達。

說不通，妳太牽強附會了。

如果他們兩個其中之一，或是兩個人都在我的水裡或咖啡裡摻了東西呢？

攝影師幹嘛要蹚這渾水？

他絕對脫不了關係。

共犯？**妳真這麼想**？**藍曾說對了，妳需要協助**。

說不定攝影師試過要警告我。「多多保重。」他離開前說。「多多保重。」

這不過是臨別的應酬話。

我站了起來。我穿過走廊，衝上樓梯——腳下一絆，跌倒了，手忙腳亂爬起來，走完最後幾級，沿著走廊跑進書房。

我打開筆電，仍然站著就以顫抖的手打起字來——打字，按滑鼠，搜尋——搜尋，搜尋，搜尋維克多．藍曾用他的手機讓我看的網頁。Spiegel Online，二〇〇二年八月：「我們在阿富汗的記者。」我搜尋又搜尋。不可能，他是如何做到的？但結果是眞的。我找不到，它消失了，收錄藍曾報導的資料庫頁面。藍曾的不在場證明也是。

不在那兒。

28 喬納斯

喬納斯在街上疾馳，細細領會著熱茶擴散整個胃部的感覺。

他的頭嗡嗡響，滿是他的小隊蒐集到的第二名命案被害人的資料。除了外貌相似之外，與布莉塔．彼得斯就沒有一丁點關連。目前暫時不調查兩人共同的小社交圈。他們必須找出另一個方案。事情並不容易。

下班後，喬納斯藉由拳擊練習盡可能宣洩掉心裡的悶氣，拳賽後也稍覺舒服。但是見到了蘇菲．彼得斯，辛苦的肢體訓練所帶來的鬆弛感就又煙消雲散了。她就是他把這件案子視爲個人成敗的原因。他不禁懷疑是否就是因爲如此才有了反作用，使他忽略了什麼地方，犯了錯。

蘇菲今晚不同，似乎更憂鬱也更脆弱。只是一種感覺，可喬納斯直覺地減速。他看見了蘇菲的臉，她認命的表情。她說「再見，韋伯警司」的語氣。那麼哀傷，那麼決絕。

他該回頭嗎？神經病。

蘇菲不是會傷害自己的人。

不到十五分鐘後，喬納斯和衣躺在床上。他想稍微休息一下，再到書房重新研究案子。他能覺察到身邊的空洞，他太太去最好的朋友家住，想「把心裡的事想清楚」。喬納斯閉上眼睛。他覺得終於跳下了一整天轉個不停的思緒旋轉木馬。

他的手機叮一聲，有簡訊傳來，他呻吟了一聲。會是蜜亞嗎？他拿起床頭櫃上的電話，第一眼沒認出是誰的號碼，但最終知道了。是蘇菲。

喬納斯坐了起來，打開簡訊。

只有三個字：**他來了**。

二十六

記錄了藍曾不在場證明的網站消失了。

我頭暈目眩地眨眨眼，回想我在他的手機上，而不是我的手機上看到的東西，是藍曾打的字，不是我。無論我看見了什麼，我現在都找不到。我瞪著螢幕一會兒，然後我雙手拿起筆電，往牆上猛摔。我把電話線扯下來，連電話一起扔到牆上。我大吼大叫，踢書桌。我感覺不到痛苦。我到處亂摸，因狂怒與痛恨而盲目，抓到什麼——筆、釘書機、活頁簿——就往牆上摔。我用拳頭打牆，打到白牆變紅牆。我一點感覺也沒有。

我的書房如廢墟。我跌坐在地上，在一片狼藉之中。我滾燙的身體變冷，我開始發抖。我從裡到外翻了個遍，內臟變成冰塊，收縮麻痺。

藍曾騙了我。

我不知他是如何做到的，可是架設一個假網站能有多難？

不比用手機播放披頭四的歌，再假裝沒聽見難。

不比給自己吃催吐劑，讓自己的震驚更能取信於人難。

不比給女人的咖啡下藥，讓她乖乖聽話，分不清東西南北，肯接受荒誕的想法難。

必定就是這麼回事。難怪我會產生幻覺，莫名其妙地眼睛發黑，而且還突然能接受詭誕的想法，幾乎失去自己的意志。難怪我直到現在才又視線恢復正常。搞不好是一小劑的蟾毒色胺，或是二甲基色胺，或是麥司卡林[7]。這樣就說得通了。

我怎麼可能會以爲我會傷害安娜？

陽光照射在書房地板上，我的手在滴血，我的耳朵在耳鳴。我想到安娜；我相當清晰地看見她在我眼前：我最好的朋友，我的妹妹。因爲安娜有時的確不體貼、虛榮又自私，但並不表示她就不天眞、甜美、無辜。因爲安娜有時確實很刻薄，並不表示她做不到無私無我、慷慨大方。因爲我有時會恨安娜，並不表示我不愛她。她是我的妹妹。

安娜不完美。不是聖人安娜，只是安娜。

我想到藍曾。他可眞是有備而來，比我強多了。

我如果指控他，也只是空口無憑，而現在他也知道了，所以才來證實這一點。他不必來跟我對談的。但維克多·藍曾是個聰明人。他知道不來的話，永遠也不知道我究竟知道多少——我是否有指控他的具體證據，我是否向別人提起過他。在他發現他要處理的只是個孤單不穩定的女人時，啊，想必他是鬆了大大的一口氣。他的策略一如啓發策略的源頭一般簡單：不惜代價，矢口否認，同時盡量讓我覺得沒有安全感。如此一來就足以讓我一頭扎入懷疑之海中。

但此時此刻我不再有疑問。我傾聽。不再有聲音在辯論不休，現在唯有一個聲音，而這個聲音說在我妹妹遇害十二年之後，我在電視上看見凶手不像是眞的——非常不像是眞的——卻並非不可能。這是一件非常難以置信的眞相。維克多．藍曾殺了我的妹妹。

我的憤怒有如一隻握得死緊的拳頭。

我必須離開這裡。

29 蘇菲

他立在她面前。他有刀。

她在玄關聽見聲音，整個人變得有如石雕，但總算方寸未亂，知道要用手機傳簡訊給喬納斯。然後她就屏氣凝神，豎著耳朵傾聽。

無論玄關的人是誰，他都在重施故技。沒有聲響，沒有吱嘎聲，沒有呼吸聲，但蘇菲能察覺到有人。拜託，讓他是保羅，她心想，即便是違心之願。保羅總算來搬他礙事的箱子了，或是來哭鬧，來跟我說他想念我。不，拜託，拜託，讓他是保羅。

---

7 這三種都是致幻性藥劑。

就在這時，她看見他擋在門口，幾乎把門口堵死，有如一座森嚴高塔，就在不到兩米處。蘇菲屏住呼吸。

「彼得斯小姐。」他說。

整個經過好像攤在她的眼前。他必定是監視她走過黑暗的街道和公園，決定不冒險接近她。她看見他站在她住的這棟公寓大樓外，等著其中的住户進出，隨即趁門關上之前溜進來。她看見他幾近無聲地打開了她的門，或許使用了信用卡。她沒上鎖，一如以往，雖然她總提醒自己不要忘記上鎖。

蘇菲仍因恐懼而全身僵硬，她以前聽過他的聲音，卻想不起是在哪裡。

「你殺了我妹妹。」她驚呼道。

她只說得出這句話，她的腦袋轉動得太緩慢，接著，她又不知不覺說了一遍。

「你殺了我妹妹。」

男人乾笑。

「你想幹什麼？」蘇菲說。

話一出口，她就明白說這話有多笨。男人並不回答。

蘇菲氣急敗壞地搜尋解決之道。現在不採取行動，她就不能活著離開房間了。她至少必須要拖延時間。

「我認識你。」她說。

「啊，原來妳聽出了我的聲音？」男人答道。

蘇菲瞪著他。接著靈光一閃。

「你是布莉塔房東的兒子。」她以木然的驚愕說。「那個哥哥發生意外的。」

「猜對了。」他的語氣幾乎是歡天喜地。「跟妳講電話眞是非常好玩。」他又說一句，而蘇菲則忙著在腦袋裡篩檢可行的自救方案。

她無路可逃。她想到廚房抽屜中的刀子，太遠了，又想到皮包裡的防狼噴霧——但皮包掛在前門的鉤子上。

「只可惜車禍的故事是假的。」男人又說。「別怪我，我倒覺得這一招挺聰明的呢。」

他因自己的別出心裁而微笑，但所有好玩的表情立刻消失。

「來，」他說，「我們到浴室去，妳帶路。」

蘇菲動也不動。

「你爲什麼殺人？爲什麼殺布莉塔？」她問道。

「爲什麼殺布莉塔？」男人重複，還假裝思索了片刻。「問得好——爲什麼殺布莉塔？我老老實實跟妳說，我還眞不知道答案呢。我們有誰說得清爲什麼會覺得這一個人有吸引力，另一個卻讓你反感呢？我們有誰眞的知道爲什麼會做我們做的事嗎？」

他聳聳肩。

「還有別的問題嗎？」他譏諷地問。

蘇菲吞嚥了一下。

「那天晚上你到停車場幹嘛？是在跟蹤我嗎？」她問道。爭取時間，無論能爭取到多少。

「什麼停車場？」男人反問。「我一點也不知道妳在說什麼。行了，少浪費時間了。進浴室去。」

蘇菲的喉嚨縮緊。「進浴室幹什麼？」她沙啞地說。

「妳妹妹的死給妳的打擊太大了，明天他們會發現妳死在浴缸裡。妳太傷心了，活不下去。大家都會了解的。」接著，比較有耐性地說：「快點。」

但蘇菲動彈不得。她總會嘲笑恐怖電影裡的人在受到威脅時只會愣愣站著，而不做點什麼，宛如待宰的羔羊。但她也像腳底生了根。然後她像是甦醒了過來，放聲尖叫。

不到一秒的工夫，男人就撲了上來，一掌按住她的嘴巴。

「再叫一聲，我就讓妳死在這裡。聽懂了沒有？」

蘇菲發出喘氣聲。

「聽懂了就點頭。」

她點頭。

男人放開了她。「好，進浴室去。」他說，威嚇地揚起了刀。

蘇菲的身體又開始聽她使喚了。她顫巍巍地邁步，發了瘋似的動腦筋。要到浴室去的話，他們必須順著放滿雜物的長走廊前進，而走廊是在前門的方向。她離開廚房一、兩步，能感覺到持刀的男人尾隨她。保羅的搬家箱子排滿了走廊。一個箱子寫著「冬季衣物」，下一個寫著「DVD」。蘇菲又邁一步，再一步，經過了「書」和「鞋」的箱子。前門越來越近，但感覺仍遙不可及，仍在走廊的盡頭。再一步。她辦不到。但說不定……

只需要一秒鐘的時間——短暫的分心。又一步。但殺人凶手的兩眼始終盯著她，她能察覺到他在後面，提高警覺。再三、四步就到浴室了，而一切就完了。再兩步。「CD」，「雜物」。再一步……

蘇菲走到浴室門前，從眼角看見男人，舉起了刀，她正要把門把往下按，門鈴響了，既漫長又尖銳。男人瞄了門一眼，注意力暫時渙散，蘇菲把握住機會，從保羅的搬家箱中抽出了高爾夫球桿，高高舉起。

二十七

十一年是一段很長的時間。我晚上醒來，瞪著天花板，有時忍不住會想外面的塵世是否是我夢見的。說不定這個塵世並不眞是**我的**塵世，說不定唯有一個塵世。說不定我應該只相信我看得見、摸得到的東西。說不定其餘的都是我虛構的。畢竟，我總是會虛構故事。我記得我虛構故事。

我想像這裡就是一切——我的房子，全世界。我想像我沒有別的地方可去，我會在這裡老死。我想像我可以在這裡養孩子，降生到我的塵世的孩子，什麼都不知道，只知道一樓、二樓、閣樓、地窖，陽台，露台。我想像自己跟他們說童話故事，故事裡會發生神奇的事情，故事裡盡是奇幻與神話人物。

「有一個國家，」我會這麼說，「長了好多巨樹。」

「樹是什麼?」他們會這麼問，我就會告訴他們樹是神奇的東西，會從土壤裡冒出來，你把小小的種子埋進土裡——樹是奇妙的東西，一年四季都不同，會變化，好像有魔法，會開花，或是長出綠葉或五彩的樹葉。「而且這個國家裡不只有樹，還有長羽毛的生物，大的小的，坐在樹上，用外國語唱歌。還有龐大的生物，跟我們的屋子一樣大，住在水裡，噴出來的水跟尖塔一樣高。而且還有山脈，有原野，有沙漠，有草原。」

「草原是什麼，媽咪？」我的孩子會這麼問。

「草原就是大片大片的土地，非常綠非常軟，長滿了青草——小孩子跑過去會有討厭的莖刺得他們的腿癢癢的。草原好大好大，你們可以一直跑一直跑，跑到喘不過氣來，還是跑不到盡頭。」

「沒有那樣大啦，媽咪。」我一個孩子會這麼說。「才沒有哩，媽咪，不可能那樣大。沒有那樣大的東西啦。」

我想著外面的塵世，就被無限的渴望吞沒。這種感覺我很熟悉；我在寫作時感覺到，在跑步機上感覺到，在我的夢裡感覺到——甚至是在和藍曾談話時也感覺到。

我想要站在小鎮的市集廣場上，我想要仰望夏空，遮著眼睛擋太陽，看著褐雨燕在教堂的高塔周圍飛掠，迅疾得像會跌斷頸子。我想到森林漫步，聞著木頭與松脂的香氣。我想要蝴蝶一般分明的動作——輕率歡樂，漫無目標。我想要一團白雲擋在夏日的驕陽之前，讓日曬之後皮膚感覺一陣清涼。我想要在湖中游泳，水草搔癢妳的小腿。而且我心裡想：我可以再次體會這些經驗。

是的，我很怕。但如果幾個月來我沒白過，學到了什麼的話，那就是恐懼並不是沒有作爲的藉口。而是恰恰相反。

我必須回到眞正的塵世中。我要自由。

然後我會處理藍曾。

30 喬納斯

喬納斯．韋伯警司站在辦公室窗前觀看最後一批褐雨燕在天空嬉戲，沒多久牠們也會向南遷移。

收到蘇菲的簡訊之後，他不得不強自鎮定。他踩油門，飛馳過城，同時在路上通知同事，在他們駕警車抵達之前就先行趕到。到蘇菲公寓的最後幾米路他是用跑的，他猛按電鈴，無人應門，他強自冷靜。他也按了鄰居的門鈴，最後一位氣沖沖的老太太放他進公寓大樓——沒關係，我是警察——隨後他跑上樓，大力搥門，差一點就要把門撞開，門卻突然開了。

喬納斯盡量不去想自己是否及時趕到了。

蘇菲幫他開門，臉色白得像一張紙，卻神情鎮定。他鬆了口氣，注意到她並沒有受傷。接著他看見了那個人躺在地上，不知是死了或受傷了。他測過他的脈搏，證實他仍活著，就叫了救護車。他的同事抵達了，救護車抵達了，人人都著手工作。總算結局不壞。

喬納斯從窗前移開，在辦公桌後坐下，猜想著不知蘇菲在做什麼。幾天了，他始終抗拒著打電話給她的欲望。她會沒事的，這點他很肯定；不消多久她就會找回從前的自己。像蘇菲這樣的人總是能穩穩地以雙腳落地。可是他卻在和自己掙扎；他很想聽她的聲音。他拿起電話，撥了號碼，又猶豫了——安東妮雅．巴格闖入他的辦公室，嚇了他一跳。

「樹林裡發現男屍，」她說，「你來不來？」

喬納斯點頭。「馬上來。」

「怎麼了？」巴格問道。「你怎麼還是一臉不爽？」

喬納斯不作答。

「還在想我們的小朋友嗎？」她問道。

巴格以如此就事論事的口吻談論那名殺人凶手，讓喬納斯惱火。這個人在殺了布莉塔．彼得斯之後又殺了一個女人啊。可是他們警察本就是這麼說話的。

「我們應該早抓到他的。」喬納斯說。「他根本就不應該有殺害第二個人的機會。紀默查出布莉塔．彼得斯抱怨房東自行進入她的公寓，那時我們就該追查下去。」

「我們有追查啊。」

「可是我們不應該聽了老人的否認就算了。要是我們再追查下去，可能就會發現進入公寓的人不是他，而是他兒子。」

「你說得對。」巴格說。「或許結果就會不一樣。可是現在再想又有什麼用？」

她聳聳肩。她把整件案子忘掉的速度還眞是快得驚人。

然而喬納斯卻仍無法接受凶手的冷酷。他對布莉塔・彼得斯並沒有什麼個人恩怨，他甚至不算認識她。他只是有一次去看他父親見過布莉塔一面，而布莉塔正好是他喜歡的型；她誘發了他什麼。那麼純潔，那麼天眞。他殺了她「因爲他想要她，而且他有辦法殺」。此外別無其他動機。他認爲被害人公寓中的白玫瑰「這招挺聰明的」，是什麼「獨創」——「跟電影一樣」。

喬納斯・韋伯設法不去想這個男的，他的案子就快開庭，但他卻會在他的腦海中糾纏許久。

「你來不來？」安東妮雅又說一次。

喬納斯再點頭，收起了手機。這樣最好。蘇菲的心願已了，她妹妹的命案破了。這才是重點——除此無他。

二十八

等莎樂特清早上門，把爲我採買的日用品拿出來，我已經辛苦工作了幾小時了。我看著技師面無表情地拆除了我屋裡的麥克風與攝影機。我把一切都收拾乾淨了。我抹除了維克多·藍曾的一切痕跡。我看了瘋狂作家與迷惑記者的錄影帶。我沒讓自己的憤怒失控——不會再有房間被毀，不會再有血淋淋的拳頭。恰恰相反，我把自己武裝了起來。

而現在唯一要做的就是收服莎樂特，只是沒有那麼簡單。我們站在廚房。莎樂特在把蔬菜、水果、牛奶、起司放進冰箱，還懷疑地看了我一眼。我能理解，我的要求她必然覺得很古怪。

「妳要我養布克維斯基幾天？」她問道。

「一個星期？這樣可以嗎？」

莎樂特仔細端詳我，點點頭。

「好啊——有何不可？我很樂意。我兒子會樂得發瘋。他最愛狗了，他巴不得能自己養一隻。」

她躊躇了一下，偷偷瞄了我右手上的繃帶——就是我像個瘋婆子一樣猛砸牆壁的那隻手，傷得太重了，我只好請醫生過來，幫我包紮。我知道莎樂特也很想說上幾句：說她擔心古怪的雇主，她從來不到戶外，最近甚至經歷了一次憂鬱期，而現在又要求她照顧她的狗。乍聽之下倒像是我在計畫自殺，想確定有人會在我死後好好照顧我的寶貝寵物。當然是這麼回事——正常人不會把寵物交給別人照顧，除非是他們要去度假，而我有度假計畫這種想法卻是荒誕不經的。

「康拉德茲小姐，」她期期艾艾地說，「妳還好嗎？」

我對莎樂特感到的無限喜愛讓我差一點就去擁抱她，而我如果這麼做了，絕對會害她更緊張不安。

「很好啊——眞的。我知道這幾個月來我一直怪怪的，可能還很消沉，可是我現在好多了。只是我接下來幾天有好多事情要做，而布克維斯基現在又需要別人多關注……」

我住口不說。我知道我的話說得荒唐，但我也別無良法。

「如果妳能照顧他幾天，那就好極了。我當然會付妳錢的。」

莎樂特點頭，緊張地抓抓有刺青的小臂。

「好吧。」

我再也控制不住自己了，張開手臂就摟住了她的脖子。今天稍早，我問了她那個來採訪我的記者是否跟她聯絡過，她說沒有。反正，我也不相信藍曾會傷害莎樂特。他又不笨。

莎樂特忍受我的擁抱。我緊緊抱住她幾秒才放開。

「呃，謝謝。」莎樂特喃喃說，頗爲尷尬。「那我去收拾狗狗的東西。」說完她就上樓了。

我登時吁了口長氣，心情還幾乎歡悅起來。我正要到書房去，卻在門廳停了下來，驚異地瞪著我幾個月前從暖房拿過來的小蘭花。我細心照料它，施肥，一週澆一次水，時時關愛它，但直到現在我才看見它抽了新芽了。芽上的花苞非常小，毫不起眼，但已能預見會開出燦爛的異國風情的花朵。有如奇蹟一般。我決定把這盆蘭花也交託給莎樂特照顧。我可不想在我離家的期間害它枯死。

接著我利用一整天的時間在書房裡上網閱讀。我發現蘭花幾乎在任何環境中都可生存——土壤中，岩石上，附著於其他的植物。理論上，蘭花可以長生不老，但幾乎沒有人知道蘭花的壽命有多長。

不知何時，莎樂特離開了。布克維斯基被帶上她的汽車時抵死不從，好像車裡會有什麼可怕的東西。牠認得莎樂特的車，因爲每次都是她帶牠去看獸醫，可牠依舊嚇得發狂。我稍稍安撫了牠，揉牠的毛，但爲時不久。我不要牠以爲我們是要永別。

希望能再看到你，夥伴。

莎樂特帶著布克維斯基離開之後，我走入暖房，給植物澆水。做完後，我煮了咖啡。接著一手端杯子，我閒步走入圖書室，吸入令人心安的氣味，眺望著窗外一會兒，直到咖啡變冷，屋外的世界變暗。

晚上了。沒有什麼事可做了。我準備好了。

尾聲　蘇菲

她是偶然遇見他的。她去了一家沒去過的酒吧，儘管人相當多，她仍一眼就看見了他。他一個人坐在吧台，面前擺著一杯酒。蘇菲幾乎不敢相信，隨即想到他可能會以爲她在跟蹤他，正打算要走出去，他卻轉過頭來，看見了她。她露出尷尬的笑容，走了過去。

「妳在跟蹤我嗎？」喬納斯．韋伯問道。

「其實純粹是巧合。」蘇菲回答。

「我之前從沒在這裡看到過妳。」他說。「妳經常來嗎？」

「我經常走這條路，可是今天是頭一次進來。」

蘇菲坐上了一張高凳。

「你喝什麼?」她問道。

「威士忌。」

「好。」蘇菲說,轉頭對酒保說話。「給我來一杯他喝的。」

酒保斟了一杯,放到她面前。

「謝謝。」

蘇菲瞪著清澈的褐色液體,微微搖晃酒杯,看著酒汁在杯中蕩漾。

「我們要慶祝什麼呢?」她最後說。

「我要爲我的婚姻正式失敗喝一杯。」喬納斯說。「妳呢?」

蘇菲遲疑了,無法消化聽到的消息。不知道是否該說什麼,又決定沉默是金。

「我以前老是說:祝世界和平。」她說。「可是世界並不和平,而且也不會和平。」

「那就免了。」喬納斯說。

兩人彼此凝視,舉杯互碰,一飲而盡。

蘇菲從長褲口袋裡挖出一張鈔票,放在吧台上。

「不用找了。」她對酒保說。

她轉頭看喬納斯。他那雙奇異的眼睛直視她。

「妳要走了?」他問道。

「沒辦法。」

「眞的？」

「對，家裡有人在等我。」蘇菲說。

「喔。妳跟妳的未婚夫又……復合了？」

他的語氣不冷不熱。

「不是，我找到了別人，我不想讓牠一個人在家裡太久。你要不要見見牠？」

喬納斯還來不及回答，蘇菲已經從牛仔衣口袋裡掏出手機，在螢幕中輕點了幾下，隨即把一張毛髮蓬亂的幼犬照片直推到他的鼻子下。

「漂不漂亮？」她問。

喬納斯忍俊不禁。

「叫什麼名字？」

「我想用我最喜歡的一個作家的名字，也許叫牠卡夫卡。」

「嗯。」

「你不喜歡？」

「卡夫卡絕對是個好名字，可是牠的樣子不怎麼像卡夫卡。」

「那牠的樣子像誰？別提你那些詩人；我才不要叫牠里爾克呢。」

「我覺得牠像布克維斯基。」

「像布克維斯基？」蘇菲問，忿忿不平。「頹廢落拓的酒鬼？」

「不是，是不修邊幅。而且有點酷。」

喬納斯聳聳肩。他正要說什麼，手機響了。他沒接，隨後短促的一聲嗶，提醒他有訊息。

「你需要回電。」蘇菲說。「是新案子。」

「對。」

「那，反正我也要走了。」

蘇菲下了高凳，凝視喬納斯的眼睛。

「謝謝你。」她說。

「謝什麼？逮到他的是妳。」

蘇菲聳聳肩。

「還是要謝謝你。」她說，在喬納斯的臉頰上印下一吻，轉身離開。

二十九

我的塵世是一張一千平方米的圓碟，而我就站立在邊緣上。外頭，在我的前門的另一邊，潛伏著我的恐懼。

我按下門把，打開了門。在我面前是一片黑暗。許多年來我頭一次穿上了大衣。

我跨出了極小的一步，刺骨的頭痛又回來了。可是這一關我必須闖過去——闖過我的恐懼。前門在我背後關上，發出的聲音有決絕的調性。夜風直襲我的臉。冰冷的天穹上群星閃爍。剎那之間，我熱得不得了，五臟六腑揪成了一團。但我仍向前跨了一步，再一步。我是闖入陌生海域上的孤獨水手，我是杳無人煙的星球上僅有的人類。我踉蹌前進——只進不退。我來到了露台邊緣，四周漆黑如墨。

草地由此開始。我一腳前一腳後，感受著腳下的柔軟草地。然後我停下來，喘不過氣。黑暗滲入了我的身體，我覺得額頭出汗。

我的恐懼是一口黑井，我掉了進去，在水中垂直懸浮。我想以腳趾去觸底，但什麼也碰不到，唯有黑暗。我閉上眼睛，任由自己墜落。我沉入了黑暗中，身體向下漂流，被水吞沒；我被往下拉。井是個無底洞，我越陷越深，但我不掙扎：我閉著眼，雙臂如水草搖擺。突然間，我碰到了井底，清涼穩固。我感覺到井底拂過我的腳趾，很快我的體重就落在井底，而且我雙腳站立著。

我睜開眼睛，奇異地注意到在這裡，在黑暗的核心中，我能夠不費力氣就站立呼吸。我環顧四周。

湖水平靜。輕風在林邊低吟。我的四周都有吱呀聲、沙沙聲。也許是林下植被中的鳥，或是一隻忙碌的刺蝟或潛行的貓，而我猛地領悟到這裡有那麼多的生命，即使我看不見。我不是孤獨的一個人——樹林中、草原上、湖裡、岸邊盡是動物——那麼多的麋鹿和紅鹿，那麼多的狐狸和野豬和貂，那麼多的小貓頭鷹和茶鴉和倉鴞，鱒魚和白斑狗魚，蚱蜢，瓢蟲和蚊子。這麼豐盛的生命。

我的唇角偷偷綻開一抹笑。我站在草原的邊緣，我的恐懼涓滴不剩。我再次邁開步伐，我邁入了梵谷的星空。我左顧右盼，星斗畫出一條條光彩，月亮在黏稠閃爍的夜空中是一抹光暈。

我自思自想：夜晚不僅是神祕、詩意、美麗而已。

它也漆黑恐怖。像我一樣。

三十

安娜死後，無論什麼都讓我沒有招架之力。表情、提問、人聲、燈光、噪音、速度——以及恐慌症發作，起初只在我看見刀子或是聽見某一首歌時發作，但不多久大大小小的事情都會引發我的恐慌症。一個搽安娜的香水的過路人，肉店櫥窗中血淋淋的肉塊——幾乎無一例外。我頭腦中的白光，我眼球後的痛苦，那種尖銳火紅的感覺。以及缺少控制。

暫時足不出戶對我有好處：一個人，多少得到寧靜安詳，寫本新書。早晨起床，工作，進食，再工作，睡覺。捏造故事，故事中沒有死亡。活在一個沒有危險的塵世中。

別人認爲十年多足不出戶很困難，他們以爲到外面去很容易。他們沒說錯，到外面去是很容易。可是不到外面去也很容易。幾天很快就變成了幾週，幾週變成了幾月幾年。聽起來像是極漫長的時間，其實不過是又一天串連著過去的一天。

一開始，沒有人注意到我不再出門。琳達總在眼前，她會打電話，寫電子郵件，而幾時我們眞要找時間見個面，我們總有那麼多的事待做。但有一次我的出版商問我是否要開幾次的朗讀會，我拒絕了。朋友們不是結婚了，就是辭世了，我受邀參加婚禮葬禮，我也拒絕了。我贏得獎項，受邀參加頒獎典禮，我拒絕了。

到最後，大家明白了。罹患神祕疾病的謠言傳開來，我的心怦怦亂跳。直到那時，我都在設法克服我的恐懼；我站在前門與我自己天人交戰，命令自己越過門檻，卻敗得很慘。

但這個奇妙的疾病，某家日報創造散佈的謊言，卻讓我從所有的應酬中脫身。不再有邀請。一夕之間，我不再是無禮的反社會份子，而是，從壞的方面說，值得可憐的人——從好的方面說，是勇敢的人。而且我的文學生涯更是得到了莫大的助益。琳達·康拉德茲，患有神祕疾病的作家，離群索居，比那個會跟你握手，在讀書會和你交談的有血有肉的琳達·康拉德茲，書賣得更多。於是我從不闢謠。我何必？我可不想談論我的恐慌症。

而如今我有種感覺，我是被拖入了一本有十一年未曾看過的童話故事裡了。我坐在計程車中，飛快穿過黑夜，我的頭抵著車窗，眼睛掬飲掠過的塵世。

我抬頭看。夜空是一幅墨黑的帘子，粉紅雲朵如雜耍演員舞過。星斗不時閃爍。眞實的塵世比我記憶中還要魔幻得多，還要令人撟舌不下。一想到這個塵世能夠提供給我的各種幾乎無窮盡的可能，我就頭暈目眩。

我幾幾乎承受不住——那股狂放不羈的感覺在我的心口擴散，最後我的頭腦如茅塞頓開：

我自由了。

天是漆黑的，但燈光與迎面而來的汽車，速度與動作與我四周的生命卻使我迷醉。我們要進城了，交通越加繁忙，街道熙來攘往，即使時間已晚。我是在巡狩，看著經過的人，彷彿他們是異國的動物；彷彿是我這一生首見。這邊來了個母親和她的孩子，她把孩子縛在肚子上，孩子圓滾滾的腿隨意踢動。那廂走著一對老夫婦，手挽著手，讓我想起了我的父母，我趕緊移開視線。另一邊，一群的動物——五隻，不，是六隻——在人行道上行走，低著頭，盯著手機，一面漫不經心地輕點螢幕。這些青少年在我上次來時還只是學步的小娃。

我認得這座城市，但同時也覺得眼生。我知道只剩下了連鎖店——超市，折價店，速食店，咖啡店，書店。我看報，知道這類事情。但我沒有親眼見過。

計程車晃了一下停住，我嚇了一跳。我們來到了市郊的寧靜住宅區——漂亮的小房子，維護良好的前花園，腳踏車。如果是星期日，我就能夠從家家戶戶的客廳窗子看見犯罪連續劇的最後幾分鐘。

「到了。」司機冷冰冰地說。「二十六塊二。」

我從長褲口袋裡掏出了一捲鈔票。我不習慣使用現金，我上網購物太久了。我找出一張二十歐元和一張十歐元，細細回味著真實貨幣的手感。我把鈔票遞給司機，跟他說：「不用找了。」

我很想坐在車裡，拖延一會兒，但我知道我今晚已經走得太遠，回不去了。

我打開了車門。我不理會立刻把車門再關上的衝動，我不理會我的頭痛，硬是打起精神，下了車，跌跌撞撞走向十一號門口，這道門跟九號、十三號一式一樣。我不理會腳下踩的碎石路，心中湧現的情緒。我引動了動作偵測器，小徑上的燈光陡然亮起，宣告我的來臨，嚇了我一跳。我看見窗帘後有動靜，忍住了咒罵；我寧可有時間能先冷靜下來。

我登上三級門階，來到前門，手指伸向門鈴，還沒按，門就開了。

「琳達。」男人說。

「爸。」我說。

我母親出現在他後面——約莫五呎三的一個大人整個愣住。我父母立在門口，瞪大著眼。接著，兩人同時回過神來，一把抱住我，我們三人緊緊相擁。我心中的大石頭落地，心裡甜滋滋的，就跟我們花園中的櫻桃那麼甜——像我童年中的酸模、雛菊與一切的氣味。

一會之後，我們都在客廳喝茶，我父母坐在沙發上，而我坐在他們對面，我最愛的扶手椅上。走到這張扶手椅的路上有條走廊，掛滿了我童年與青少年的照片——琳達和安娜露營，琳達和安娜在別人家過夜，琳達和安娜過聖誕節，琳達和安娜過狂歡節。我盡量不去看。

我從眼角看見電視的閃光，是我母親打開的，有點沒事找事做。我方纔和爸媽說明我是如何又能離開屋子到這裡來的。我跟他們說我好多了，眼下有一件重要的事待處理，怪的是，這樣的解釋目前似乎就讓他們滿意了。而此時我們坐在這裡，害羞地看著彼此；有太多的話要說，卻不知從何說起。

咖啡桌上擺著我母親匆匆弄出來的三明治。她仍覺得有需要餵飽我。我心神恍惚；這一切都太超現實了——木顆粒壁紙，咕咕鐘，地毯，家人照片，熟悉的氣味——不可思議。更不可思議的是我來了。

我偷偷瞄了父母一眼。兩人老化的程度不一。我母親幾乎沒變——可能比以前要柔弱一些，此外就沒有什麼變化。她個子矮，身形單薄，衣著重實用，老式的髮型最近染成了紅褐色。相較之下，爸就老多了。這麼些年啊。他的左邊嘴角向下歪，雙手發抖，但是他極力掩飾。

我緊握著茶杯，有如握著生命線，目光在客廳飄移，最後落在我左邊的書架上。有一排書格外引起我的矚目——那種特殊的鉛字面。很眼熟。我仔細一看，發覺立在書架上的是我寫的書——按照時間排列，每一部小說都有兩本。我嚥了嚥口水。我老是以爲父母對我的書不感興趣，當然也就覺得他們不會看。他們從不提我的作品——無論是我在青少年期虛構的短篇故事，或是我二十出頭時寫的小說。我們從不談我不成熟的早期作品或是之後的暢銷書。他們從不詢問，也不要我寄書給他們。多年來我一直很失望，到最後，我也把它忘了。但此時我看見他們一直都有我寫的書——每一本——而且還是兩本。可能是爲了配對——或是備用，以防有一本不知放到哪兒去了。

我正要問，就聽見我母親清喉嚨——這是她偷偷展開對話的習慣。

我本打算要當第一個開口的人，一口氣把該說的話說完。但我卻啞口無言。該怎麼說呢？該怎麼問你的父母他們是否認爲你是殺人凶手？你又要如何面對答案？

「琳達。」我母親開口了，立刻中斷，嚥下了喉中的硬塊。「琳達，我要妳知道我了解。」

我父親也點頭附和。

「我也是。」他說。「我是說，一開始當然很震驚。可是妳媽跟我談過了，我們了解妳爲什麼這麼做。」

我完全糊塗了。

「而且我也要道歉。」我母親說。「那天晚上我掛了妳的電話。我覺得很難過——我一掛上電話就後悔了。我第二天還打電話給妳，可是打不通。」

我皺起了眉頭。我的直覺反應是爭執。有人打電話來，我總是知道。我是——而且絕對不誇張——地球上最道地的宅女。但我旋即想起來了——我毀掉的書房，我破裂的筆電，撕成了碎片的活頁簿，從牆上扯下來的電話機砸碎在地板上。好。可是他們究竟是在說什麼？

「妳當然想怎麼做就怎麼做，那是妳的故事。」我母親說。「在那天終了，那是妳的經歷。不過如果妳能事前知會我們一聲，會比較好。尤其是……」她欲言又止，清喉嚨，接著語氣更爲和緩。「尤其是，命案的那部分。」

我瞪著母親。她一臉的心力交瘁。但我眞的不知道她在說什麼。

「妳在說什麼啊，媽？」我問道。

「我在說妳的新書。」她說。「說《血親姐妹》。」

我搖頭，一臉迷糊。我的書還要兩週才會出版。目前只寄了幾本預印本給書商和媒體。而且絲毫沒有報導，我的父母親也和出版業素無來往，他們是怎麼知道我的新書的？我的胃隱約有股悶悶的感覺，既濃又稠。

「你們是怎麼知道我寫了新書的？」我盡量平靜地問。

我當然應該是那個知會他們的人，可是假裝我想到要事先知會他們，那我就是說謊。我壓根就忘了。

「有個記者跑來。」我父親說。「很不錯的傢伙，是一家名聲很好的報社，所以妳媽就請他進來了。」

我感覺到頸子的寒毛直豎。

「就坐在妳現在坐的地方，說我們有名的女兒在下一本書裡拿她妹妹的命案當寫作的資料，問我們有何感想。」

我在墜落。

「藍曾。」我喘息著說。

「就是他！」我父親喊了起來，彷彿一直在回想他的名字。

「一開始我們不相信。」我母親說，又加入了談話。「後來他拿出了那本小說。」

我覺得頭暈。

「維克多．藍曾來過，來這棟屋子？」我說。

我父母看著我，眼中閃著警戒。我一定是面色蒼白。

「妳還好嗎？」我母親問。

「維克多．藍曾來過，來這棟屋子，而且跟你們說了我的書？」我問道。

「他說他要採訪妳，想先知道一點妳的背景。」我父親說。「我們不該讓他進來的。」

「所以我打電話來妳才掛我電話。」我驚訝地說。「妳在氣那本書。」

我母親點頭。我好想摟住她的脖子，因爲她在這裡，因爲她是我母親，因爲她從沒相信過我是殺人凶手，連一秒鐘都沒有。這種想法太荒謬了。如今我跟她面對面坐在這裡，我能清晰地明白這一點。可是獨自在我的大房子裡，卻似乎完全合情合理。我住在鏡屋中太久了，把我的一生完全扭曲了。

維克多．藍曾來這裡挖掘出我知道多少，我父母知道多少。等他明白爸媽一無所知，我們幾乎不聯絡，他就聰明地利用了這個優勢。

我憤怒得無法呼吸。我需要片刻安靜來讓頭腦清醒。

「我離開一下。」我說，站了起來。

我離開了房間，感覺到父母親盯著我的背。我把自己鎖進客人用的浴室裡，坐在清涼的地磚上，兩手摀住臉，竭力鎮定下來。終於能夠離開屋子的幸福感正緩緩蒸發，突顯而出的是一個迫切的問題：我要如何處理藍曾？

沒有證據能指控他。他必須親口認罪。但是他甚至在我的槍口下都死不認罪。

但那是在我的屋子裡，而他自然會假定一切都會留下紀錄。如果我現在找他呢——在他覺得安全之時？

我遲疑了一下，隨即拿起電話，撥給朱利安。電話響了一次、三次、五次，接著是答錄機。我留了話，請他回電，報上電話號碼，就掛斷了。朱利安會不會仍在上班？我撥到警察局。我不認識的警察接的電話。

「我是琳達．米格里斯。」我說。「舒默警司在嗎？」

「不在。」那人說。「明天才會來。」

可惡！我忍不住就想衝動行事，可是我不想又搞砸了。我需要協助。

我沖了馬桶，打開水龍頭，是特意給我那仍然緊張地坐在客廳的父母親聽的。然後我出了浴室，回客廳。我一進門，兩老的臉就亮了起來。我注意到他們費了很大的力氣不審視我，不掃描我的臉，尋找這些年的痕跡。

我又坐了下來。我拿了一個三明治，因爲我知道我母親會開心。等我張口咬下，我才知道我眞的很餓。我正要再吃一個，手機響了。我不認得這個號碼。會是朱利安回我電話嗎？我匆忙接了電話。

「喂？」

「晚安。請問是琳達・康拉德茲嗎？」是個男人。

我不認得這個聲音，立刻就起了戒心。我站起來，朝我父母投出抱歉的一眼，走進門廳，順手帶上了客廳門。

「對。請問哪位？」

「哈囉，康拉德茲小姐，眞高興找到妳了。我叫麥西米倫・韓克，是我的同事維克多・藍曾把妳的電話給我的。」

我覺得天旋日轉。

「喔？」我無力地說。

我不得不倚著牆，怕會失去平衡。

「希望妳不介意這麼晚了我還來打擾。」男人說，但他沒等我說話。「是採訪的事。我們都好興奮能得到獨家專訪妳的機會，可惜第一次沒成功。妳現在好多了嗎？」

這是怎麼回事？

「嗯。」我說，吞嚥了一下。

「太好了。」韓克說。「維克多說妳不舒服，沒辦法接受採訪。可是我們仍然想在下一期的報紙能有妳的專訪。我想請問是否能找個比較合適的時間再採訪一次。越快越好。」

我屏住呼吸。

「再一次？」我驚呼道。「還是藍曾嗎？」

「喔，對了，我應該一開始就先說的。恐怕維克多．藍曾不行。他今晚忽然決定明天要到敘利亞去，做長期的研究報導。可是妳如果不介意由我或是我其他的同事……」

「維克多．藍曾明天要出國？」我驚訝地說。

「是啊，那個瘋子。」韓克隨隨便便地說。「反正他早晚也會坐不住。我知道妳寧可由他來採訪，可是也許我們可以……」

我掛斷了。我的頭嗡嗡響。

我只有今晚了。

我完全沉浸在自己的心事中。母親打開客廳門，探出頭來，把我嚇了一大跳。

「沒事吧，親愛的？」

我的心雀躍地跳動。她有好多年沒喊我親愛的了。

我父親的臉孔出現在她後面。我微笑，儘管內心恐慌。

「沒事。」我說。「可是我可能得走了。」

「什麼——現在？」我母親問。

「對，眞的很對不起，可是出了件急事。」

我父母驚恐地看著我。

「可是妳才剛回來，不能馬上就走。」我母親說。「至少留下來過夜。」

「我很快就會回來，我保證。」

「不能等到明天嗎？」我父親問道。「很晚了。」

我看得出他們臉上的關切。他們不在乎我寫了什麼或如何生活，他們只想要我陪著他們。琳達。他們的長女，他們僅存的女兒。我父母默然看著我，我險些就讓步了。

「對不起。」我說。「我會回來的，我保證。」

我擁抱我母親，很想嚎啕大哭。我輕輕掙脫了她的懷抱，她不情願地放開我。我擁抱我父親，想起他在我小時候抱著我在空中轉圈，那麼結實、那麼高大，是個哈哈大笑的巨人，如今卻顯得脆弱。我慢慢退開，他含笑看著我，顫抖的手摸我的臉，大拇指輕撫我的面頰，跟以前一樣。

「明天見。」他說，放我離去。

「明天見。」我母親說。

我點頭，硬擠出笑容。

我拿起皮包，離開了父母家，踏上路途，感覺黑夜將我吞沒。

三十一

我在他的屋外，坐在計程車中。我鬆了好大一口氣，有燈光，他在家。他現在離婚了，可是依舊住在這裡。我至少知道這一點。但並不是因爲以目前的狀況，我還應該關切他的婚姻狀態。

我吸入了混雜的氣味：皮座椅，汗臭，刺鼻的鬍後水。我讓視線落在門階上，想起了我們坐在黑暗中，共抽一根菸，好久好久以前的事了。

我有將近十二年沒見過朱利安。在十二年前的剛開始，我深信不可能就這樣，他遲早會跟我聯繫——打電話，傳簡訊，出現在我家門口，發出某種訊號。卻一無所有。朱利安·舒默警司。我記得我們之間的牽絆，如電流一般無形卻眞實。

我想念他。此時此刻坐在他屋外的計程車中，電台飄揚著古典樂，司機在方向盤上打拍子，我努力鼓起勇氣下車，分分秒秒從我的指間流逝。

我打起精神。大步走向前門，感應器啓動的燈光照得我眼花。我拾級而上，按電鈴，鼓起勇氣來面對朱利安。我的心情無關緊要，重要的是他相信我——他會幫我。我勉強做了次深呼吸，接著沉重的木門打開來。

一名非常高、非常美的女子站在我面前，探詢地看著我。

「請問找誰？」她說。

霎時間，我啞口無言。我眞是白痴，怎麼就沒想到會有這種可能？地球是會自顧自轉動的。

「不好意思，打擾了。」我說。「朱利安．舒默在嗎？」

「不在。」

女人雙手抱胸，靠著門把。她赤棕色的頭髮落在肩上，看了一眼等待的計程車，再回頭來注意我。

「他今晚會回來嗎？」我問道。

「他早八百輩子前就該回來了。」她回答。「妳是他的同事？」

我搖頭。我能感覺到這女人不信任我，但我別無他法，只能請她幫忙。

「聽著，我迫切需要協助。妳能不能打他的手機？」

「他都不帶手機。」

唉，琳達，妳這是什麼爛計畫。

「好吧。那……等他回來能不能幫我傳個話？」

「妳到底是誰啊？」

「我叫琳達．米格里斯。朱利安在許多年前調查過我妹妹的命案。我迫切需要他的協助。」

女人蹙眉，似乎不確定是否該請我進去聽聽我的說法——而且顯然決定否決。

「跟他說我來過。琳達．米格里斯。跟他說我找到他了——當年的那個人。他叫維克多．藍曾。妳記住了嗎？維克多．藍曾。」

女人瞪著我，好像我瘋了，卻不作答。

「叫他盡快趕到這個地址。」我說，在皮包裡摸索我的筆記本，撕下了我匆忙寫下的藍曾地址。

「越快越好，好嗎？眞的很重要！」

我懇求地看著她，卻只是讓她退後幾步。

「既然那麼重要，妳幹嘛不打緊急專線？」她問。「這個星球上又不是只有朱利安一個警察。」

「說來話長。拜託妳！」

我遞出那張紙，她只是盯著看。我想也不想，一把抓住她的胳臂，把紙塞進她手裡，不理會她的驚呼。

然後轉身離開。

街燈下計程車散發出橘光，宛如落日。我兩腿發軟，走回去，坐上計程車。不必再繞路了。我給了司機地址，打起精神。藍曾的臉出現在我面前，腎上腺素湧出，與我的怒火混合。我的身體充滿了精力，讓我很難靜靜坐著。我做了幾次深呼吸。

「妳沒事吧？」司機問道。

「沒事。」我說。

「妳不舒服嗎？」

我搖頭。

「能不能告訴我我們在聽什麼？」我問，藉此讓自己分心。

「是貝多芬的小提琴協奏曲。」司機回答。「可是我不知道是哪一首。妳喜歡貝多芬嗎？」

「我爸最愛貝多芬了，以前他只要有機會就會把第九交響曲放得震天響。」

「要我說啊，那是空前絕後的大師之作。」

「眞的？」

「絕對是！貝多芬是在已經耳聾了以後寫的第九交響曲。那麼美妙的音樂，那麼多不同的部分，那些樂器，合奏，獨奏——天堂才有的美麗聲音——竟然來自一個聾子的腦袋。」

「我都不知道。」我撒了個小謊。

司機熱心地點頭，而他的熱心讓我開心。

「貝多芬第一次指揮第九交響曲的時候，最後的音符消失，他背後的觀眾激動得像瘋了一樣。可是貝多芬聽不到。他轉身面對觀眾，不確定觀眾會有什麼反應。一直到他看著一張張狂喜的臉，他才知道有多好。」

「哇。」我說。

「對。」司機回答。

接著車子一晃，我們停下了。

「到了。」司機說。

他轉過來看著我。我也看回去。

「好。」我說。

我離開了保護繭一般的計程車，而它立時消失在夜色中。我置身市郊，一處寧靜富裕的住宅區。比我父母那條街的房子大。林蔭道上種植著栗樹。

我認出了藍曾的屋子。我認得出來是因爲在我計畫的早期，我雇用了私家偵探，要他去摸藍曾的底，清查他的家庭以及他的社交背景。

在這個奇異的夜晚，我第三次走上碎石小路，但這一次我的膝蓋沒有發抖，心跳沒有加速。我很淡定。感應器啓動，照亮了我的路。我登上兩級門階，來到前門。屋內開了一盞燈，我尚未及按電鈴，維克多．藍曾就開了門。

那雙淺淡、清澈的眼睛。

「我早該知道妳會來的。」他說，放我進去。

三十二

我來到了旅程的終點。維克多．藍曾站在我面前，僅有一臂之遙。

他關上前門，堵住了外面的塵世。只有我們兩個。

藍曾似乎變了。他穿著黑襯衫、牛仔褲，儼然鬚後水廣告中的人物。那雙淺色的眼睛，打從多年前在安娜的公寓第一次看見，就知道會永生不忘。我怎會懷疑自己？

「妳來做什麼，琳達？」藍曾問。

他似乎比我們上次見面之後矮了一點，抑或是我覺得自己高了一點？

「我要眞相。」我說。「我有權要眞相。」

我們站著，彼此凝視了一、兩秒。我們之間的空氣在震動。這一刻痛苦地延宕下去，我咬牙忍住。然後維克多．藍曾別開臉。

「別在這談。」他說。

他往走廊走，我跟過去。他的房子又大又空，彷彿他就要搬出去——也像他從沒有眞正住進來過。

不知他走在我前面，感覺我跟在後面，心裡是怎麼想的？我來了就表示我看穿他了，他沒能把事情了結，下一回合開始了。

他盡力表現出冷靜的模樣，但他心中必然思潮翻湧。我們走過一條走廊，掛滿了大幅粗粒黑白照片。夜晚的海景，女人的後腦勺，蛻皮的蛇，天河，黑蘭花，一臉狡猾的狐狸，伴著我走。然後我們走過短短一段懸空樓梯到藍曾的客廳。

一具金屬與有機玻璃材質的名牌燈讓房間沐浴在清冷的燈光下。沒有電視。沒有書架、盆栽。只有皮革，玻璃，水泥。名牌家具，兩張皮革單人沙發，一張玻璃几，藍黑色調的抽象畫。空氣中殘存著淡淡的菸味。相鄰的是開放式廚房。客廳有陽台，籠罩在黑暗中。

「請，」藍曾說，指著一張單人沙發，「請坐。」

「你應該知道還有別人曉得我來這裡。」我說。

這是我僅有的王牌。

「如果我沒跟他們聯繫，他們就會過來找我。」

藍曾冷酷的眼睛瞇了起來。他點頭，心有所思。

我坐下了。藍曾坐在我對面的另一張單人沙發上。我們之間只隔著那張咖啡桌。

「要喝點什麼嗎？」藍曾問。

他似乎很有自信我沒有武器。可能是因爲他把我的槍丟進施坦貝爾格湖了。

「不用。」

我不肯讓自己分心——這一次不行。

「你看到我並不意外。」我說。

「不算意外。」

「你怎麼知道我會來？」

「我猜妳的病並沒有妳聲稱的那麼嚴重。」他說。

他拿起咖啡桌上的香菸，抖出一根，點燃。

「要不要來一根？」他問。

「我其實不抽菸的。」我說。

「可是妳書裡的主角，她抽菸。」藍曾說，把一根菸連同打火機擺在我們之間的咖啡桌上。

我點頭，拿了香菸，點燃了。我們靜靜地抽菸。在我們了結這件事之前，先來個一支菸工夫的優雅休戰期（我們兩個似乎是同一個心思）。我抽到只剩最後一釐米才捻熄，等著聽我要的答案。

我不知道爲什麼，但我感覺現在遊戲都玩完了，藍曾會把答案告訴我。

「告訴我眞相。」我說。

藍曾不看我，而是瞪著地板上的某一點。

「二〇〇二年八月二十三日那天你在哪裡？」

「妳知道我在哪裡。」

他抬起視線，我們彼此凝視，就如多年之前。我當然知道他在哪裡，我怎麼還會懷疑？

「你是怎麼認識安娜·米格里斯的？」

「我們眞的要用這種方式？問這些蠢問題？」

我吞嚥了一下。「你認識安娜。」我說。

藍曾發出深沉的隆隆聲——他毫無笑意的乾笑。「我愛安娜。」他說。「可是我『認識』她嗎？我可以摸著良心說，我不知道。可能不認識。」

他噴鼻皺眉，一仰頭，轉啊轉的，脊椎咯咯響。他又點了一根菸，手指在發抖。只是微微的。我努力消化他的話。

我在腦海中聽見了朱利安的聲音：「激情犯罪。那麼憤怒，刺那麼多刀，總是指向激情犯罪。」而我回答道：「安娜沒有在談戀愛，不然我會知道。」

喔，琳達。

「你……」我發現很難說出口，好像下流不堪。「你在跟我妹妹談戀愛？」

藍曾點頭。我想著急就章貼在我胸口的扁平手機，此時正錄下每一句話，我希望他能回答，可是他完全沒那個打算。只是坐在那兒抽菸。他仍迴避我的目光。而我明白主客易位了，現在是他受不了我的凝視。

「我可以問你一個問題嗎？」我開口。

「妳不就是爲這個來的。」藍曾說。

「你爲什麼要到我家？」

藍曾茫然瞪著前方。「妳想像不出那是什麼滋味。」他說。

我譏誚地撇嘴。

「我的編輯接到電話：著名作家想接受我的採訪。我不知道是怎麼回事。我在文藝版見過琳達．康拉德茲這個名字，可是除此之外，這個名字就沒有什麼意義了。」

藍曾搖頭。

「文藝主編被忽視覺得很生氣，他當然是想親自採訪妳。我不在乎，我很期待這次的訪問。」

藍曾苦笑，緊張地吸了口菸，又往下說。

「我們的實習生敲定了採訪的日期，我拿到一本試讀本，先做了功課。」

我在發抖。

「於是我就讀了。妳知道，只是像爲了工作一樣的讀，利用空檔：火車上，電扶梯上，睡前翻個幾頁。我跳過了一大堆。我不怎麼喜歡犯罪小說，這世界已經夠殘暴了，不看這種書我也能過……」

他發覺這些話出自他有多不對勁，戛然而止。

「我沒注意到。」他最後說。「一直到那一章，我都沒發覺。」

我因爲他迴避「命案」這兩個字而瞧不起他。有一會兒，他一言不發，在整理思緒。

「我讀到那一章……好玩的是，一開始還沒明白過來。我想是我的頭腦不願意明白，所以就盡可能拖延。場景似乎眼熟，熟得刺心，熟得討厭，就像我可能在電影裡看過的一幕，完完全全的不眞實。我那時在搭火車。等我明白過來——等我發現了我讀的是什麼——倒是……挺好笑的。也眞怪，你會在轉瞬之間想起一直被你壓抑的事情。起初我只想把書放下，去想別的事情，徹徹底底忘了它。可是第一張骨牌倒下了，於是一張接一張，回憶湧了上來，然後我氣得七竅生煙。」

他看著我，他的眼神嚇壞了我。

「我一直在拚命遺忘那一晚。我拚了老命，而且就快成功了。我……妳知道……你過日子，你上班，你不呆坐著回想過去。至少不會二十四小時都想。」

他亂了章法，雙手掩著臉，陷入沉思，再次浮上來，強迫自己說下去。

「十二年來我並沒有每一天每一個時刻都在想，我殺了人。我……」

他說出來了。我的雙手發抖，抖得太厲害，只得用力按著大腿。他說出來了！他說他殺了人。

藍曾用力地呼吸。

「可是我做了。是我做的。書讓我想起來是我做的。我幾乎就要遺忘了。幾乎。」

我愕然看著藍曾又一次搗住臉，自責自憐。接著他又挺直腰。我不知爲何，但他似乎下定了決心，準備回答我的每一個問題。也許是因爲他認爲不會有人相信我，也許是因爲說出來對他有好處，也許是因爲他早已決定不會讓我有機會說出去。

不。他休想！他是逃不了的，而且他也知道。

「一旦我明白了這本書的內容，我就開始研究妳。不用幾分鐘我就發現妳是安娜的姐姐。」

他在說安娜的名字時盯著我，彷彿是在我的臉上尋覓她的五官。

「我不能不去。」藍曾只這麼說。

「你想知道我有什麼證據。」我說。

「我不認爲妳有證據能控告我，否則的話，妳早就報警了。可是我也沒有十分的把握。」

他又乾笑。

「眞是個不錯的小陷阱。」他說。

「你可並沒有傻傻地掉進來。」

「我當然沒有。我冒的風險太大了，眞的，我會賠上一切。」

我覺察到這句話後面的威脅。我忍住了。不知道如果我問他那晚發生了什麼事，他會不會回答我？

「音樂是哪裡來的？」我卻問這個。

他立刻就明白我的意思。

「第一次是來自攝影師袋子裡的一只小手機。第二次是我的另一只手機，沒在桌上的那一只。」

我應該擔心他怎麼會毫不猶豫就回答我的問題的，可是我仍繼續問。

「你是怎麼把攝影師也拖下水的？」

藍曾的嘴角一揚，好像想笑，卻忘了怎麼笑。

「他欠我一個人情，很大的人情。我跟他說只是爲了惡作劇，讓足不出戶的瘋癲作家嚇掉魂，我們就能得到一篇好報導。別把他當壞人，他一點也不想這麼做，可是到頭來，他也沒有選擇。」

我想起了藍曾與攝影師之間的冰冷氣氛。

「你何必這麼做呢？」我問道。「何必這麼大費周章？」

藍曾嘆氣，瞪著地板。樣子像魔術師在眾目睽睽之下把藏在袖中的有標記的牌掉了出來。

「我得預防萬一。免得妳報警，叫他們來抓我。」

我懂了。在我的心中播下懷疑的種子確實是讓我閉嘴的最安全的做法——足不出戶的瘋癲作家——孤獨，古怪，不穩定，幾乎與社會脫節。我看著藍曾，這個沉重安靜的男人。難怪我會上當。我預測到他會有某些舉動——說謊，暴力，矢口否認，甚至試圖殺害我。但我無論如何也想不到他有本事搬演這麼大的一場秀——跑龍套的演員，道具，配樂等等。簡直是大師。因爲誰會爲這種事下那番工夫？而我如果說出去，又有誰會相信？

「你故意讓我以爲是我殺害了自己的妹妹。」我說，每個字都帶著憤恨。

藍曾不理我。

「你怎麼知道我會落入你的圈套？你怎麼知道安娜跟我並不是那麼……」

我欲言又止。想到這一點竟然痛苦得難以忍受。

「安娜跟你談過我。」我說。

藍曾點頭。我好像肚子挨了一拳。

「她怎麼說的？」

「說妳老是愛吵架，即使是在小時候，妳們兩個就像水火不容。說她覺得妳很自私，也受夠了妳那種藝術家的調調……說妳罵她自以爲是，還有——請多包涵——是愛耍心機的人渣。」

我覺得嘴巴乾得要命。

「但就算安娜沒說，」藍曾接著說，「有哪對姐妹不會討厭彼此，至少也會偶爾覺得討厭。而且又有哪個活下來的人不會覺得愧疚？」

他聳聳肩，宛如在說幾乎不值一提。

我們默然一會兒。我努力整理思緒，藍曾則用香菸的煙霧把自己纏繞住。現在我不得不問了。我一直在拖延，因爲一旦他回答了，該說的就都說了，而我不知道接下來會如何。

「那晚出了什麼事？」我問。

藍曾抽菸，一言不發。他的沉默太久了，久得我怕他根本不會回答了。接著他把菸捻熄，凝視著我。

「二〇〇二年八月。」他說。「天啊，好久以前了。像另一輩子。」

我盡量別點頭。十二年前的那個夏天。安娜仍活著，我訂婚了。突然間成名，突然間致富。我的第三本書很暢銷。我父母的銀婚紀念。伊娜和比容結婚，婚宴在湖邊，我們喝醉了，跟新婚夫婦一塊裸游。另一輩子了。

藍曾做了個深呼吸。我的手機仍在錄音，燙著我的皮膚。

「安娜跟我，我們……我們認識差不多一年了。我剛當爸爸，剛當上主編。我覺得自己是個大人物，有很多人嫉妒，當然，別人說我也不過是因爲娶了老闆的千金才有今天的地位，別人說我要的只是我太太的錢和影響力。不過我知道不是這樣的。我很擅長我的工作，而且我愛我太太。我在人生中找到了定位，可是後來我跟這個年輕的女孩一頭栽進了愛河。很荒謬，但也是人之常情。我們當然努力隱瞞。她一開始覺得好玩，有點刺激——禁忌的愛。我從一開始就覺得危險，有幾次險些被她的男朋友撞破，他知道不對勁，就跟她分手了。她不在意，可是我嚇壞了，因爲我怕會曝光。可是我不能放棄她，在開始的階段不行。」

他搖頭。

「眞是白痴，徹底的白痴，而且也很庸俗，完全是陳腔濫調。因爲，到了某個階段，這個女孩當然會想要占有我，而我當然不會拋棄我的嬌妻幼女。我們吵架，一次又一次。到後來，我跟她說結束了，不再見面了。但女孩習慣了我行我素，她威脅我，突然變了一個人，變得我都不認得了，說了些是人就不該說出口的話。

「『要是我去找你老婆呢？你覺得她會願意聽到她一個人坐在家裡，用乾癟的奶子給你的小醜八怪餵母奶，而你卻在我這裡風流嗎？』

「我叫她住口，說她一點也不了解我太太，不了解我的婚姻，可是她就是不肯住口。

「『我太了解你的婚姻了，我的愛。我知道等你岳父發現你居然敢背著他被寵壞的小女兒偷吃，他就會把你這個廢物踢出去。你還眞以爲你拿到那個職位是因爲你能幹？自己撒泡尿照照！杵在那兒活像是快哇哇大哭了，笑死人的窩囊廢！哈，我怎麼看你也不像是一塊當領導人的材料。』

「我要她住口，她還是一直吼。

「『想擺脫我，少臭美了。等我懲罰了你，你會什麼都不剩。老婆，工作，孩子，一個也沒有。別以爲我是在說著玩的，別小看我！』

「我目瞪口呆，氣得渾身僵硬。眼睛幾乎看不見。然後她笑了。

「『看看你看我的那個樣子，維克多！跟一隻落水狗一樣！是不是要我從現在開始叫你維維啊？當狗的名字挺不錯的，對不對？來，維維。坐！乖狗狗。』

「她發出調皮的笑聲，像小男生的笑聲，當初讓我不顧一切愛上的笑聲，現在我聽了卻想吐。她笑了又笑，不肯停下來。她一直笑一直笑，後來……」

藍曾沒說完。沉默了一會兒，沉浸在自己的回憶中。我屏住呼吸。

「**已婚男子殺害情婦**。」他終於說。「這種案件報紙的標題都是這麼下的。就這麼幾個字：**已婚男子殺害情婦**。」

他又哈哈大笑，我無言以對。我不知道是什麼讓我更震驚。安娜將近一年的不倫之戀，或是藍曾庸俗得不能再庸俗的動機。情人的口角。被情婦激怒的男人，最後在憤怒之下殺了她。

我聽見朱利安的聲音：**一定是伴侶**。

人生往往比不上小說那麼荒誕詭異。

「你是殺人凶手。」我說。

藍曾的心裡似乎有什麼崩斷了。

「不是！」他高聲喊。

他一拳擊中玻璃桌。

「幹！」他怒吼。

但立刻就恢復了鎮定。

「幹。」他又罵，這次很小聲。

接著他像打開了話匣子，滔滔不絕地說著。

「我不是有意的。我不是事先就計畫好了。我不會爲了自保或是掩飾而殺人。我只是抓狂了，我眼前一片黑。不到幾秒鐘就恢復了理智，只有幾秒鐘。安娜，菜刀，那麼多血……我瞪著她。瞪了又瞪。我呆住了。我想不通是怎麼回事，我是做了什麼。然後門鈴就響了，然後就有人拿鑰匙開門。我站在那裡，像化爲石頭，突然間這個女人就進屋來了，而且看著我。我沒辦法描述是什麼感覺。可是我又能動了，我只想要離開。我從露台門出去，拔腿就跑。我嚇慌了，我哭得一塌糊塗。我在黑夜中奔跑。回家，不然還有哪裡？是本能吧。我丟掉衣服，丟掉了刀子，像個機器人，完全不動腦。我上床，到我太太身邊，我們旁邊的小床裡睡著寶寶。我等著警察上門。瞪著天花板，驚恐得全身僵硬，等著警察。整晚恐慌地躺著，隔天也像機器人一樣自動去上班，可是什麼也沒發生。又恐慌地躺了一晚，又一晚，又一晚。可是什麼事也沒發生。我不敢相信，我幾乎是想要它發生，想要他們來抓我，只求不必這麼苦苦等待。有時我能說服自己這只是一場惡夢，要不是上了報，我最後甚至可能還眞信了。我想挽救我的婚姻，可是雖然有了孩子，還是每況愈下。即使從那晚之後我沒有徹底心神錯亂，只怕也是同樣的結果。即使不管我是不是幾乎沒辦法親手抱孩子——用那雙曾經……我不知道。恐懼當然始終存在。頭幾天頭幾週的極端恐懼稍微變淡了，但是仍在。不僅是恐懼警察會響著警笛停在我家門外，也恐懼我可能會碰上那個在安娜的公寓嚇了我一跳的留著黑色短髮、眼神震驚的女人。在超市遇見她。或是派對，或是……我時時刻刻都在恐懼。但是沒有人來。到了某個時候，我才明白了，安娜一直沒有食言。她眞的沒跟別人說我們的事，誰也不知道我們的事。我沒有出現在她的人生中，我們之間沒有關連。我是個沒有人知道的偶然之交。我的運氣好得出奇。**運氣好得出奇**。過了一陣子，你就會開始想你能脫身或許是有原因的，上天給了你另一個機會。或許是有什麼大事要你做。後來這個到阿富汗的工作冒了出來，誰也不想要，誰也不想冒險跑到漫天烽火的前線，跑到這個滿天風沙的國家去。可是我要這份工作。我認爲這是重要的事。所以我去了，等合約到期後，我仍不走。這是非常有意義的工作。」

他用力點頭，幾乎像是需要說服自己。接著他就一聲不吭。

我眨眨眼，頭暈目眩。維克多．藍曾終於認罪了。

這麼多年來，我始終認爲知道眞相後我能放下心中的大石頭，可現在我只覺得空落落的。沉默塡滿了房間。你什麼也聽不到——連呼吸聲都沒有。

「琳達。」藍曾終於開口了，在單人沙發上探身。「拜託把妳的手機給我。」

我看著他。

「不。」我一口回絕。

你必須為你犯的罪付出代價。

我的眼睛落在咖啡桌上的沉重菸灰缸上。藍曾注意到了。他慘然一嘆，靠回椅背。

「幾年之前我到美國去報導死刑犯。」他說。

我的心思電轉。我死也不會把手機交給藍曾。他必須爲他犯的罪付出代價，我不會又讓他逍遙自在。

「他們很讓人著迷，那些人。」藍曾接著說。「有的人等待執行死刑等了幾十年。我在德州對某個死刑犯有比較深入的認識。他在二十五歲左右結夥搶劫殺人，入獄後他信了佛教，開始寫童書。他把稿費捐出來做公益。那人被處死時已經坐了將近四十年的牢。這類的案子衍生的問題是：這麼一個六十五歲的人，等待死刑執行等了四十年，他和犯下殺人罪的那個二十五歲的青年仍然是同一個人嗎？他仍然是殺人犯嗎？」

我看著藍曾，希望他繼續說，因爲我不知道他停止後會發生什麼事。

你在哪兒啊，朱利安？

「那天晚上是發生了一件可怕的錯誤。」他說。「一時的失控。眞的只是一時，恐怖又不可原諒。如果能夠挽回，我願意付出一切，眞的。可是我沒辦法。」

他陷入沉默。

「可是我懺悔過了，」他又開口說，「竭盡我所能。每天早晨我醒來都想著全力以赴。做好事。當好人。我支持一大堆很棒的組織。我做義工。拜託，我甚至還救了一條人命！是個孩子！在瑞典，一條河裡。誰也不敢下水，可是我下了。**那才是**我！當年發生的事，那……那只是一時失控。難道只因爲那件事就要抹殺我這個人？在我自己的眼裡？在我同事的眼裡？我女兒？我難道除了是殺人犯之外什麼也不是？」

他說著說著變成在對自己說話，而不是對我。

「我不是那樣的人。」他靜靜地說。

這下子我知道我爲什麼會上他的當，爲什麼會相信他了。他說他是無辜的，只是個記者，只是個父親，只是個好人，並不是在騙我。他當眞相信。這是他的眞相，他偏斜的、扭曲的、拼湊的、自以爲是的眞相。

藍曾抬頭瞄我。

他的眼中有決心，我的背脊一陣陣發涼。這裡只有我們兩個，朱利安是不會來了。誰知道他回家了沒有？誰知道他的女朋友會不會幫我傳話？反正無所謂了，來不及了。

「你還是可以做正確的事。」我說。「你可以去自首，說出那晚的經過。」

藍曾搖頭。「我不能這麼對我女兒。」

他的視線不離我左右。

「妳記不記得問過我我會爲了什麼殺人？」

「記得。」我說，用力吞口水。「你女兒。」

他點頭。

「我女兒。」

我終於看懂了藍曾臉上那我無力詮釋的奇異表情。藍曾很傷感。傷感又認命。他知道接下來的情況，而他不喜歡，所以他會傷感。

我看著他——新聞記者，戰地記者。他那雙灰色的眼睛見過那麼多的世面，他臉上的皺紋隱含著那麼多的故事。我私下想，換作不同的情況，我可能會喜歡他——換作不同的情況，跟他坐在這裡，聊著安娜，會很溫馨。他會讓我想起我已遺忘或是不知道的事情——許多微不足道的小毛病。但此時此刻並不是不同的情況，而且也沒有不同的情況。

「我已經安排好了，如果沒有我的回音，就會有人來找我。」我以嘶啞的聲音提醒他。

「把妳的手機給我，琳達。」

「不行。」

「我說的話是只給妳聽。」他說。「妳剛才說得沒錯，妳有權利聽到眞相。把妳想知道的事告訴妳才公平。可是把妳的手機給我。」

他站了起來，我也站了起來，還退後了幾步。我可以衝向樓梯，可是我知道他比較快，而我不想讓他跟在我後面——他以及那個沉甸甸的菸灰缸。

「好吧。」我說。

我把手伸到外套下，拉出了手機。藍曾的身體放鬆了。接下來的事情發生得飛快。我沒工夫想。我衝向了窗戶，拉開一扇窗，使勁把手機拋出去。手機落在草地上。我的胳臂一陣巨痛，我轉過身。發現自己對上了藍曾冷酷的眼睛。

三十三

長久以來，我只有一個願望：揪出殺害安娜的人。而現在我跟他面對面，該說的話都說完了，我還有一個願望。

我想活下去。

可是我沒有脫身之途。短短兩步，藍曾就堵死了通往前門的路，而陽台根本不用考慮。雖然如此，我還是打開了陽台門，站到外面去。清涼的風吹過我的臉。再兩步，我就抵著欄杆了。

我不能再前進了。低頭一看，我在黑暗中辨識出了草皮，以及再過去計程車停下的馬路。想跳過去太遠了。無路可逃。我聽見金屬聲，覺察到藍曾在我後面。

我轉身面對他——不敢相信自己的眼睛。

他在哭。

「妳爲什麼不待在家裡，琳達？」他問道。「我不會對妳怎樣。」

他手中握著槍。我張口結舌瞪著他。敢開槍，他就逃不了。會有人聽見槍聲，尤其是在這裡，在這個寧謐的住宅區。他怎麼會以為事後能脫身？

「你一開槍，警察就會立刻趕到。」我說。

「我知道。」藍曾答道。

我糊塗了。我望著槍口，呆掉了。好像被催眠了。跟我的手槍一模一樣。我用來脅迫他的那一把，他丟進湖裡的那一把。我逐漸恍然，腦海中嗒一聲響。

「妳認出來了。」藍曾說。

是我的槍。根本沒丟進湖裡。我看見了經過——藍曾的胳臂在黑暗中揮動，做出丟擲狀，其實握著槍的手並沒有放開。藍曾把槍悄悄丟在某處，可能是草叢中，留待稍後再撿，神不知鬼不覺，只為預防萬一。眞是個老狐狸，腦筋轉得眞快。他不可能是事先計畫的。他簡直是憑空得了個大寶貝——一把槍，是我非法取得的，而且佈滿了我的指紋。

「是我的槍。」我無力地說。

藍曾點頭。

「這是自衛。」他說。「妳顯然瘋了。妳跟蹤我，監視我。威脅我。我都錄下來了。今天妳又帶著槍跑到我家來。我們兩個扭打……」

「你眞的打算要出國嗎？」我問。

藍曾搖頭。我終於明白了。這是為了確保我會來而耍的詭計。匆忙之餘。驚恐之餘。趁黑夜未盡。簡單高明的一個詭計就把我誘到他的屋裡，最終擺脫了我。用我自己的槍。

陷阱是用來捕捉或殺戮的工具。

維克多．藍曾爲我設下的陷阱是大師的傑作。

他困死我了。我毫無出路。但他持槍的手在顫抖。

「別開槍。」我說。

我想到安娜。

「我沒有選擇。」藍曾答道。

他的額頭冒出一顆顆汗珠。

「我們都知道不是眞的。」我說。

我想到諾伯特，想到布克維斯基。

「可是聽起來像是唯一的一條路。」藍曾說。

他的上唇抽動。

「拜託不要！」

「不要吵，琳達。」

我想到媽跟爸。

「如果你開了槍，那你就眞的是個殺人犯了。」

我想到朱利安。

「閉嘴！」

這時我只有一個想法：我可不要死在這裡。

我一轉身，踩著陽台的欄杆，輕輕一躍落下。

我重重落地，跟電影演的不一樣。我沒有翻滾，沒有踱行離開；我直接撞到地面，右踝一陣劇痛，一時間我好像瞎了，我四肢著地，像隻受創的動物一樣趴著，腦袋像一團漿糊，同時恐懼得幾乎什麼也看不見。我甩甩頭，想驅散暈眩感。然後我東張西望，以爲會看見藍曾站在欄杆上俯視我。但上面沒有人。他人呢？

緊接著我聽見了。天啊，我在這裡趴了多久？我想站起來，但右腿撐不住。

「救命啊。」我放聲尖叫，卻沒發出聲音。我這才恍然，我落入了自己的一個惡夢中了——我夢過太多次，嗚咽抽泣，全身是汗，在這個夢裡我扯開喉嚨大叫，卻一點聲音也發不出來。我掙扎著再站起來，這一次成功了。

我單腳跳，絆倒了，以受傷的腿支撐，痛得我哀哀叫，跪倒在地，無法前進，卻必須前進，我用爬的，盲目又驚慌，爬過黑暗。然後我看見了他，在我面前。我不懂他是如何辦到的；他應該是在我後面，從屋子出來，可是他繞到前面去了；無聲無息就從黑暗中現身，朝我逼來。我不理痛楚，爬了起來。我只看見他的輪廓、他手裡的槍，我站著面對他。

他是條陰影，只是條陰影。他慌張地環顧四周。接著他的距離夠近，我能認出他了。一看見他我就像挨了一拳。我的身形一晃，雙腿支撐不住，跌在地上。然後他就跑到了我身邊，彎腰俯視我。他擔心的臉，他不同顏色的眼睛。朱利安。

「天啊，琳達。」他說。「妳受傷了嗎？」

「他在這裡，」我啞著嗓子說。「藍曾，殺了我妹妹的人。他有槍。」

「待在這裡別動。」朱利安說。「別慌。」

這時，藍曾從他的屋側出現了。他一發現我不是一個人，就戛然止步，停在黑暗中。

「警察！」朱利安說。「把槍放下！」

藍曾立在那兒——仍只是一條陰影。接著，他的手臂一揮，舉到太陽穴旁，開槍。

他向地上跌。

緊接著萬籟俱寂。

摘自琳達・康拉德茲著《血親姐妹》草稿

妮娜・西蒙（未收入已出版之小說）

一天晚上，他站在她門外，也不通名報姓。

她請他進去。她爲他倒了些葡萄酒。他問她可好，她回答還不錯：早晚會沒事的，她也不想抱怨。兩人坐在她的沙發上，喬納斯坐一邊，蘇菲坐另一邊，蘇菲的小狗夾在兩人之間，活潑急躁。兩人說笑飲酒，在極珍貴的幾分鐘內，蘇菲忘了布莉塔與那條人影。最後小狗玩累了，睡著了。蘇菲站起來把他們一直在聽的唱片翻面。樂聲再次揚起，如帶電的泡沫，蘇菲又坐下來，搜尋地看著喬納斯，他正喝完第二杯酒。

「我們這是在幹嘛？」蘇菲問道。

「嗄？」

喬納斯以他那奇特美麗的眼睛瞧了她一眼。

「這個啊！總是找彼此作伴，雖然你有太太，而我才剛解除婚約，現在正是感情很脆弱的時……」她一句話沒說完，一手爬梳過頭髮。「你爲什麼要假裝不能打電話，非要親自跟我說不可？我爲什麼半夜坐在你家門階上？你爲什麼在我家門口徘徊？我們現在一頭又栽進去不就太不理性了嗎？」

「對，妳說得一點也沒錯。」喬納斯說。

「可是我們明明知道，」蘇菲答道，「那何必還一直把痛苦和渴望拖下去？」

喬納斯淡淡一笑，酒渦出現了。

「因爲我們需要那種痛苦和渴望。因爲就是這樣我們才感覺活著。」他說。

兩人默默凝視了幾分鐘。

「我看我該走了。」喬納斯說，站了起來。

「對。」

蘇菲也起身。

「那……」

片刻的猶豫，之後兩人動了。一個跨步，兩人已合爲一體。他緊抱著她，謹慎地輕撫她的頭髮，彷彿她是野生動物，剛剛變得溫馴——而接下來的事是暗黑的、美麗的、深紅的、迷惑的。

翌晨蘇菲被街上啾啾飛過的褐雨燕吵醒，她沒睜眼就用手去找他。他走了。她嘆口氣。她大半個夜都睜著眼睛，聽著喬納斯的呼吸，不知該如何是好，最後終於睡著。他趁她仍在睡時悄悄溜走，倒幫她省了做決定的麻煩：兩人不會再見了。

蘇菲下床，收起窗帘，冷得發抖，換好衣服，到廚房去煮咖啡——赫然看見喬納斯坐在客廳沙發上，嚇了一跳。她的一顆心怦怦跳。他沒有悄悄溜走，他等著她醒來。

他沒聽見她。她凝視著他後腦勺上的那綹頭髮一會兒。她相信這種事——相信要信任你的本能。或許她應該這麼說——就一頭栽下去吧。不，她不能，她只會害自己丟臉出醜。

「早安！」她說。

喬納斯轉過去。「早安！」

他微笑，有些尷尬。

「咖啡？」蘇菲問。

「好極了。」

她走進廚房，啓動咖啡機，和自己苦苦爭辯。人生苦短，她心裡想。我索性就說出來。要是現在不說，永遠也不會說。

她回到客廳，兩腿打顫。她停在他後面，清喉嚨。

「喬納斯？我有話要跟你說。這話我很難開口，所以……拜託不要打岔。」

他安靜地諦聽。

「我不想要你走，我想讓你留下來。我想時候到了你是能感覺到的，而我感覺到了。」

她的話像彈珠似的滾過鑲花地板。喬納斯低著頭一會兒。蘇菲躊躇了。也許她是犯了錯。也許她是在給自己丟臉。可是球已動了，往山坡下滾，無可挽回。

「我知道目前的情況很無望。你仍然是有婦之夫，我也剛跟那個本來春天要嫁的男人分手。而且我當然不想害你因爲跟證人牽扯不清而在警局惹上麻煩。」

蘇菲暫停，大口呼吸。喬納斯仍一聲不吭，只專注聆聽。她的喉頭緊縮。

「可是我要你，你懂嗎？我要你。」

蘇菲發覺她在哭。近來她動不動就哭。她盡量冷靜，擦掉眼淚，太陽穴陣陣悸痛。

「好了，」她說，筋疲力盡，「我要說的話都說完了。」

他仍不發一言。

「喬納斯？」

他轉過頭來，發現她站在後面，微微吃驚。他立刻向後轉，摘掉耳機，露出微笑。

「妳說了什麼嗎？」他問道，以下巴指著他的MP3。「我在找回我對妮娜．西蒙的愛。」

接著他看見了她的臉。

「蘇菲，妳沒事吧？妳哭了嗎？」

蘇菲吞嚥了一下。

「沒事，我沒事。」

她覺得頭昏。她說的話他一個字也沒聽見，而她沒那個力氣重複了。說不定這樣最好。只不過是一夜，她怎麼跟他說那些？

「妳確定嗎？」

公寓似乎悶得一點空氣也沒有。

「對，我沒事。」她說。「可是，欸，我得走了。我差點就忘了今天早晨我得去跟藝廊老闆碰面。」

「喔，好。可是……咖啡呢？我還以爲我們……」

「我得走了。別生氣。走的時候順便把門關好。」

她看出了他的訝異——或許也有失望。接著他擠出笑容。

「好。」他說。

蘇菲轉身就走，邁了幾步，腿比平常要沉重。然後她停下來，又轉身面對他。

「喬納斯？」

「嗄？」

「等你準備好了再聯絡——等你想見我的時候。給我個信號，好嗎？」

他的眼神變得嚴肅。

「好。」

「你會嗎？」

「我會。」

蘇菲離開時能感覺他的視線落在她的背上。

三十四

又來了──那種尖銳，殷紅的感覺。我回到了維克多．藍曾家前院的草皮，腦中迴盪著槍聲，我能感覺掌心下的青草，我很冷，我的頭痛。

「米格里斯小姐？」

過了一陣子這聲音才傳入我的腦海。

「米格里斯小姐？」

我抬頭，緩緩重新調整，回到現實。這裡是警察局。米格里斯小姐，就是我──雖然我已經習慣了別人以我的筆名「康拉德茲」來稱呼我。警察在跟我講話，我忘了他叫什麼名字，今天早上他已經詢問過我了。他的態度疏遠中不乏友善，而且他的問題沒完沒了。

「妳需要休息一下嗎？」他問道。

「不用。」我說。

我的聲音既疲憊又平緩。我想不起上一次睡超過幾分鐘是在何時。

「就快完了。」

我的心緒又回到了藍曾屋前的草皮上，同時自動自發回答警察的提問。我坐在草地上，氣喘如牛。耳中迴盪著槍聲。朱利安盯著我的臉，叫我待在原地別動，其實即便我想動，也動彈不得。我看著他謹慎地向藍曾逼近，藍曾躺在草地上，在黑暗中，然後——來不及了，來不及了——我心裡想：那是詭計！他的一個詭計！可是朱利安已經欺近了，我看見他彎下腰，我等待著第二聲槍響，我發出了無聲的尖叫。但是什麼也沒有。我不冷，全身抖個不停。我看見朱利安又站起來，回頭走向我。

「他死了。」他說。

我失魂落魄的。朱利安在我身邊坐下，抱住我，以他的體溫包住我，最後我哭了起來。我們四周的房屋紛紛亮起了燈。

「謝謝妳，米格里斯小姐。」警察說。「暫時就這樣吧。」

「暫時？」

「嗯，我們可能還會有別的問題。」他答道。「有個人以妳的手槍自盡了，而妳的說法聽起來滿……複雜的。」

「我需要律師嗎？」

他遲疑了。「請一個也無妨。」他說，站了起來。

我沒有力氣擔心。我在醫院得知我的腳踝並沒有斷，只是扭傷了。一樣，目前我只能用一條腿，而且拐杖使用得很不順手，尤其是因爲我的右手仍未痊癒。

警察幫我開著門。我走出了那間我稱之爲「偵訊室」的房間，雖然我不算正式被偵訊——只是提問。

離開前，朱利安過來了。我的心臟怦怦跳，我實在忍不住。但他閃避我的視線，正式地朝我伸手，轉頭和同事說話。

「手機找到了。」他說。

我重重地嘆了口氣。

「談話錄下來了嗎？」我問道。

「我的同事仍然在評估，不過看樣子是錄下來了。」

另一個警察跟我握手，把我和朱利安單獨留下。我的心思飄到了我們在草地上的擁抱；我盡量不去想。他的同事一來，朱利安就放開我，不再叫我琳達，也一直迴避我的視線。

「米格里斯小姐。」他現在這麼叫，聽來像告別。

「哈囉。」我笨笨地說，想吸引他的目光。他沒給我機會，轉身消失到辦公室。

我不免納悶，他的態度會這麼怪是否因爲內心深處，他曾相信是我殺害了我妹妹，而現在因自己的誤判而覺得難堪。一定是這樣的。說不定就是因爲這個原因他才沒有在我們共度那夜之後跟我聯絡。我回想藍曾說的話：「總是還會殘留一絲的懷疑。」我眞慶幸藍曾在我的手機上留下的自白能夠消除那一絲的懷疑。

我撐著拐杖笨拙地在警局走廊上前進，忽然後面傳來熟悉的聲音。

「米格里斯小姐？」

我笨拙地轉身。安德莉亞．布蘭特站在我面前，她一點也沒變，不過她掛著笑容，這倒新鮮。

「我聽說了昨晚的事。」她說。「妳眞的應該讓我們來辦案的。」

昨晚。兩個字緩緩滲入我的頭腦。眞的結束了。

我沒吭聲。

「嗨，」女警說，「很高興妳沒事。」

「謝謝。」

剎那間，她似乎還想說什麼。說不定是在這一刻她想起了幾個月前的電話，明白打電話的人是我——目擊證人打電話給她，又掛斷了。然後安德莉亞．布蘭特的肩膀聳了聳，幾乎看不出來，說「祝妳一切順利」，之後就走了。

到了出口，我回頭望。我改變主意了。一次一步。我又撐著拐杖沿著走廊往回走。我想到我有一大堆的事待做——找我的律師；跟父母談一談；去帶回布克維斯基；打電話給出版商；

警告我的經紀人，以防有媒體打電話給她；睡覺；洗澡；想想將來想住在哪裡（因爲我不敢回自己的屋子——至少目前還不行；上一次我跨進去，就整整待了十年多沒出門）。我得找人討論我的恐慌症，越來越嚴重了，而如今張力一鬆弛，我不再是純粹爲了存活而奮戰了。事情太多了。

結果我卻在敲朱利安消失於後的那道門，順手就把門打開了。

「我可以進來嗎？」我問。

「當然了，米格里斯小姐。請進。」

我終於能夠好好打量他了。他坐在一張整齊的大辦公桌後。神清氣爽。

「眞的？」我問。

「當然了，請進。」

「不，我是說你眞的要叫我米格里斯小姐？眞的？」

今天頭一次，朱利安直視我的眼睛。

「妳說得對，琳達。」他說。「那樣叫太可笑了。妳不坐嗎？」

我顫巍巍走向他提供的椅子，費了番力氣坐進去，把拐杖倚著辦公桌。

「我是來謝謝你的。」我撒了個小謊。「你救了我一命。」

「妳的命是妳自己救的。」

我們默然半晌。

「你一直都是對的。」我最後說。「確實是激情犯罪。」

朱利安深思著點頭。我們又一次沉默，但這一次沉默的時間更久，氣氛彆扭。我左邊牆上的掛鐘滴答響。

「我從來不認爲是妳殺了妳妹妹。」朱利安脫口而出，打破了沉默。

我訝然瞪著他。

「妳不就是想問我這個？」他說。

我點頭。

「從來沒有。」他說。

「我打電話給你，你……」我開口說，但他沒讓我說完。

「我幾乎有十二年沒有妳的消息，琳達。突然有一天妳半夜三更打電話來，把我吵醒，問我那些問題。不說『嗨，朱利安，你好嗎？對不起，我沒跟你聯絡』。妳指望我會有何反應？」

「哇。」我說。

「一點也沒錯，**哇**。跟我想的一樣。」

「等等，是**你**要跟我聯絡才對，我們當初是這樣說好的。那時候是你還有太太，你說等你準備好，會給我信號。」我忿忿地說。

我從前的希望又浮上了表面，苦澀頑強——有十二年之久。

「哼，反正也沒關係了。」我說。「抱歉吵醒了你跟你的女朋友。不會再有下次了。」

我想站起來，腳卻一陣刺痛。

朱利安驚訝地瞪著我，隨即咧齒一笑。

「妳以爲樂莉莎是我的女朋友？」

「未婚妻，老婆……隨便啦。」

我和拐杖的奮戰慘敗，放棄了，覺得好累。

「樂莉莎是我妹妹。」朱利安微笑著說。「她住在柏林。」

我的心跳停了一秒。

「喔，」我呆呆地說，「我不知道你有妹妹。」

「我的事妳不知道的可多了。」朱利安答道，仍然笑吟吟的，但立刻就恢復嚴肅。「附帶一提，我確實聯絡了，琳達。」

「少來！我一直在等你！」

他沉默了一會兒，像是失神了。

「妳記得我們有一次在談論文學？」他最後說。

「那又怎樣？」
「妳記不記得？我們第一次正經的談話。許多年以前，在我家的門階上？」
「當然記得。你說你沒耐性看小說，也看不出有什麼好，可是你最愛讀詩。」
「而妳說妳一點也不喜歡詩歌。我說早晚有一天我會讓妳愛上詩歌，妳記得嗎？」
我記得。
「對，你說我應該讀讀梭羅或是惠特曼，說他們一定會讓我愛上詩歌。」
「妳沒忘記。」朱利安說。隨即眞相大白。
我想起了我床頭几上那本破舊的惠特曼，某個書迷在多年之前送我的。至少我是這麼以爲的。那本書伴著我度過了最黑暗的時光，甚至在採訪日之前那無眠的一晚救了我。我的膝蓋發軟。
「那就是你的信號？」我愕然問。
朱利安聳聳肩。我全身的力氣都流光了，癱在椅子上。
「我不懂，朱利安。我還以爲你把我忘了呢。」
「我還以爲是**妳**把**我**忘了呢。後來音信全無。」
我們傷感地靜坐。
「你爲什麼不打電話給我？」我最後問道。

「嗯，」朱利安說，「大概是我以爲那本詩集……滿浪漫的。妳沒有回音，我就覺……」

他聳聳肩。「我就想妳的世界又繼續轉動了。」

我們面對面而坐，我想著如果我們有了彼此，這十二年會多麼的不同。我對朱利安，對他的生活幾乎是一無所知了。他自己都說世界又繼續轉動了。

我心中暗想，衝動的老琳達會盯著他，張開手放在桌上，看他是否會握住。可是我不再是那個老琳達了。我是個被人生嚇倒的女人，整整有十一年足不出戶。我吃了許多苦頭。我變老了，也許還變聰明了。我很清楚朱利安現在的人生容不下我，我明白如果我硬是要闖進去就太自私了。

我向前探，直視朱利安的眼睛，張開手放在桌上。朱利安想了想，握住了我的手。

三十五

吵嚷的電話鈴把我從無夢的睡眠中驚醒，乍然醒來我不知道身在何方。接著我認出了暫時棲身的飯店房間——等我收拾好了心情，想通將來要住哪裡。布克維斯基睜開一隻眼睛，惺忪地看著我。

我的第一個反應是去找手機，找不到，想起了還在警察局裡，這才明白是座機，趕緊接起來。

「妳比教宗還難找。」諾伯特責備道。「妳知不知道《血親姐妹》今天上市啊，大小姐？」

「當然知道。」我說謊。

其實我連想都沒去想。

「喂，我還是沒搞懂。妳是眞的放棄了隱居的生活了？妳在外面嗎？」

我差一點微笑。諾伯特上次去過我家之後就一直搞不清楚狀況。

「我在外面。」我說。

「他媽的。」諾伯特搬出了他的法語口頭禪。「我不相信！妳在開玩笑！」

「改天再從頭到尾跟你說，好嗎？」我說。「今天不行。」

「太不可思議了。」諾伯特說。然後又補一句：「太不可思議了！」

但他終究恢復正常了。

「我們一直沒談過妳的書。」他說。

我了解我有多想念諾伯特。我壓抑住問他有何看法的衝動，因爲我知道他想要我問，而我不想那麼快讓他如願。有兩、三秒鐘我們兩個都沒搭腔。

「妳好像不怎麼在乎妳的出版商對妳的小說有什麼看法嘛，」他終於說，「雖然他爲妳鞠躬盡瘁了那麼多年。不過我反正還是會說。」

我忍住不笑。「說吧。」我答道。

「妳騙我，」諾伯特說，「根本不是驚悚小說，是僞裝成驚悚小說的羅曼史。」

我無言可對。

「對了，媒體討厭這本書。可是，好笑的是，我覺得不錯。可能是我老了。好了，我是想應該讓妳知道一下。不過妳當然是一點興趣也沒有啦。」

這下子我可眞的憋不住笑了。

「謝謝你，諾伯特。」

他吐息，半是好笑半是生氣，二話不說就掛了電話。

我坐起來。下午了，我睡了好長的一覺。布克維斯基本來在我身邊打瞌睡，狐疑地看了我一眼，像是怕我逮到機會又會突然走掉，拋棄牠。

放心吧，夥伴。

我回想起莎樂特開門看見我的表情，忍不住又大聲笑起來。我過去帶布克維斯基，而莎樂特瞪著我，活像我是陌生人。

「康拉德茲小姐！我眞不敢相信！」

「妳好啊，莎樂特。我只是來帶狗的。」

布克維斯基應聲而來，但牠不像平常一樣往我身上跳，而是困惑地站在那裡。

「我看牠是跟我一樣，很驚訝妳會在屋子外面。」莎樂特說。

我蹲下來，讓牠嗅我的手。牠嗅了，起初很害羞，但立刻就搖起了尾巴，熱情地舔我的手。

我回到現實。有太多事待做。首先我要去看我父母，看看他們如何接受這個消息。接著我得回警察局，找律師談一談——諸如此類的。我有艱鉅的任務，但是我知道我處理得來。我的內心起了變化。我覺得強壯，生氣勃勃。

戶外漸漸多了春意。大地有了生氣；大自然也似乎覺察到有什麼新的東西萌生了。它在伸展轉折。

我想著安娜。不是多年來我在心中或寫作中創造出的聖人安娜，而是跟我吵架、跟我和好的眞實的安娜。我愛的安娜。

我想著藍曾，他死了，而我現在也無法問他安娜的公寓中爲何有鮮花，或是他送的花安娜是否喜歡。

我想到朱利安。

我下床，淋浴著裝。讓客房服務送早餐來。我餵了布克維斯基。我聽著幾乎全滿的語音信箱。我幫莎樂特歸還的蘭花澆水，花苞就快開了。我寫了待辦事務清單，然後打電話給出版商和律師。我哭了一會兒，擤擤鼻子。和父母敲定了見面時間。

我離開了飯店房間，搭電梯下去。我穿過大廳，朝出口前進。自動門打開了。

我叫琳達・康拉德茲，是個作家。我三十八歲。我自由了。我就站在門檻上。

而我的面前是萬丈紅塵。

虛構048

陷阱
Die Falle

作者　梅蘭妮・拉貝　Melanie Raabe
譯者　趙丕慧

出版者　愛米粒出版有限公司
地址　台北市10445中山北路二段26巷2號2樓
編輯部專線　(02) 25622159
傳真　(02) 25818761
【如果您對本書或本出版公司有任何意見，歡迎來電】

總編輯　莊靜君
特約編輯　金文蕙
行銷企劃　葉怡姍
校對　林淑卿、鄭秋燕
內文美術　黃寶慧
印刷　上好印刷股份有限公司
電話　(04) 23150280
初版　二〇一七年(民106)一月一日
定價　460元
總經銷　知己圖書股份有限公司　郵政劃撥：15060393
(台北公司)台北市106辛亥路一段30號9樓
電話：(02) 23672044／23672047　傳真：(02) 23635741
(台中公司)台中市407工業30路1號
電話：(04) 23595819　傳真：(04) 23595493
法律顧問　陳思成 律師
國際書碼　978-986-93468-7-0　CIP：875.57 / 105021126

愛米粒出版有限公司
Emily Publishing Company, Ltd.

因為閱讀，我們放膽作夢，恣意飛翔—
成立於2012年8月15日。不設限地引進世界各國的作品，分為「虛構」、「非虛構」、「輕虛構」和「小米粒」系列。在看書成了非必要奢侈品，文學小說式微的年代，愛米粒堅持出版好看的故事，讓世界多一點想像力，多一點希望。來自美國、英國、加拿大、澳洲、法國、義大利、墨西哥和日本等國家虛構與非虛構故事，陸續登場。

愛米粒出版
Emily

廣	告	回	信
台北郵局登記證			
台北廣字第04474號			

平　信

To：愛米粒出版有限公司　收

地址：台北市10445中山區中山北路二段26巷2號2樓

＊請沿虛線剪下，對摺裝訂寄回，謝謝！

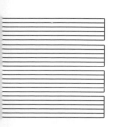

當讀者碰上愛米粒

姓名：＿＿＿＿＿＿＿＿　□男 / □女：＿＿＿歲

職業 / 學校名稱：＿＿＿＿＿＿＿＿

地址：＿＿＿＿＿＿＿＿

E-Mail：＿＿＿＿＿＿＿＿

※請沿虛線剪下，對摺裝訂寄回，謝謝！

● **書名**：陷阱

● **這本書是在哪裡買的?**

a.實體書店 b.網路書店 c.量販店 d. __________

● **是如何知道或發現這本書的?**

a.實體書店 b.網路書店 c.愛米粒臉書 d.朋友推薦 e.____________

● **為什麼會被這本書給吸引？**

a.書名 b.作者 c.主題 d.封面設計 e.文案 f.書評 g.____________

● **對這本書有什麼感想？有什麼話要給作者或是給愛米粒？**

※ 只要填寫回函卡並寄回，就有機會獲得神祕小禮物！

讀者只要留下正確的姓名、E-mail和聯絡地址，
並寄回愛米粒出版社，即可獲得晨星網路書店$30元的購書優惠券。
購書優惠券將mail至您的電子信箱（未填寫完整者恕無贈送！）

得獎名單將公布在愛米粒Emily粉絲頁面，敬請密切注意！
愛米粒Emily: https://www.facebook.com/emilypublishing

愛米粒出版有限公司
Emily Publishing Company, Ltd.